BEREN E
LÚTHIEN

J.R.R. TOLKIEN

Editado por CHRISTOPHER TOLKIEN

BEREN E LÚTHIEN

Tradução de
RONALD KYRMSE

Com ilustrações de
ALAN LEE

Rio de Janeiro, 2024

Título original: *Beren and Lúthien*
Todos os textos e materiais por J.R.R. Tolkien © The Tolkien Estate Limited, 2017
Prefácio, Notas e todos os outros materiais © C.R. Tolkien, 2017
Ilustrações © Alan Lee, 2017
Edição original por HarperCollins *Publishers*. Todos os direitos reservados.
Copyright de tradução © Casa dos Livros Editora LTDA., 2018.

Os pontos de vista desta obra são de responsabilidade de seus autores, não refletindo necessariamente a posição da HarperCollins Brasil, da HarperCollins *Publishers* ou de sua equipe editorial.

🌳*, TOLKIEN* e BEREN AND LÚTHIEN* são marcas registradas de J.R.R. Tolkien Estate Limited.

Publisher	*Samuel Coto*
Editora	*Brunna Prado*
Produção gráfica	*Lúcio Nöthlich Pimentel*
Preparação de texto	*Cristina Casagrande*
Revisão	*Daniela Vilarinho e Gabriel Oliva Brum*
Projeto gráfico	*Alexandre Azevedo*
Diagramação	*Sonia Peticov*
Adaptação de capa	*Rafael Brum*

CIP—BRASIL. CATALOGAÇÃO NA FONTE
SINDICATO NACIONAL DOS EDITORES DE LIVROS, RJ

T589b
Tolkien, J. R. R. (John Ronald Reuel), 1892-1973
    Beren e Lúthien / J. R. R. Tolkien; editado por Christopher Tolkien; tradução Ronald Kyrmse; ilustração Alan Lee. — 1. ed. — Rio de Janeiro: Harper Collins, 2018.
    368 p.: il.

Tradução de: *Beren and Lúthien*
ISBN 978-8595-083-66-0

1. Ficção fantástica inglesa. I. Tolkien, Christopher. II. Kyrmse, Ronald. III. Lee, Alan. IV. Título.

18-52645   CDD: 823
     CDU: 82-3(410.1)

HarperCollins Brasil é uma marca licenciada à Casa dos Livros Editora LTDA.
Todos os direitos reservados à Casa dos Livros Editora LTDA
Rua da Quitanda, 86, sala 601A — Centro
Rio de Janeiro — RJ — CEP 20091-005
Tel.: (21) 3175-1030
www.harpercollins.com.br

Para Baillie.

Sumário

Gravuras	9
Prefácio	11
Notas sobre os Dias Antigos	19
Beren e Lúthien	27
O Conto de Tinúviel	37
Um Trecho do *Esboço da Mitologia*	83
Um Trecho Extraído de *A Balada de Leithian*	87
O *Quenta Noldorinwa*	105
Um Trecho Extraído do *Quenta Noldorinwa*	107
Um Segundo Extrato de *A Balada de Leithian*	113
Um Extrato Adicional do *Quenta Noldorinwa*	149
A Narrativa em *A Balada de Leithian* até seu Término	159
O *Quenta Silmarillion*	285
O Retorno de Beren e Lúthien de acordo com o *Quenta Noldorinwa*	297
Extrato do *Conto Perdido* do Nauglafring	303
A Estrela da Manhã e do Entardecer	313
Apêndice	321
Revisões de *A Balada de Leithian*	323
Lista de Nomes nos Textos Originais	349
Glossário	361
A Casa de Finwë	365
A Casa de Elwë	366
A Casa de Bëor	367

Gravuras

"*Porém agora ele via Tinúviel dançando
no crepúsculo*" (p. 38)   39

"*Mas Tevildo a enxergou onde se empoleirara*" (p. 59)   61

"*Sem folhas, mas com negros corvos / em casca
e ramo, são estorvos*" (p. 92)   93

"*À volta deles, lobos vis; / temem sua sina*" (p. 136)   137

"*Então os irmãos cavalgaram para longe, mas
traiçoeiramente atiraram para trás, contra Huan*" (p. 152)   153

"*Na ponte também, / em manto envolta, noite
escura, / senta e canta*" (p. 184)   185

"*Thorondor, Rei das Águias, desce / e ataca*" (p. 242)   243

"*Volita à sua frente, dança / balé confuso*" (p. 270)   271

"*Certamente é uma Silmaril que ora brilha
no Oeste?*" (p. 317)   319

Prefácio

Após a publicação de *O Silmarillion,* em 1977, passei vários anos investigando a história pregressa da obra e escrevendo um livro que chamei de *The History of The Silmarillion* [A História de O Silmarillion]. Este depois se transformou na base (um tanto reduzida) dos primeiros volumes de "A História da Terra-média".

Em 1981 mandei uma longa carta a Rayner Unwin, presidente da Allen & Unwin, dando-lhe um relato do que estivera fazendo e ainda fazia. Naquela época, como lhe informei, o livro tinha 1.968 páginas com cerca de 42 cm de largura e, obviamente, não servia para ser publicado. Eu disse a ele: "Se e/ou quando você vir este livro perceberá de imediato por que eu disse que não pode ser publicado de nenhuma forma concebível. A discussão textual e as demais são demasiado detalhadas e minuciosas; o tamanho do livro é (e se tornará progressivamente mais) proibitivo. Ele foi feito em parte para minha própria satisfação em acertar as coisas, e porque eu queria saber como todo o conceito realmente se desenvolveu a partir das primeiras origens. [...]

Se houver um futuro para tais investigações, quero me assegurar ao máximo de que quaisquer pesquisas futuras da 'história literária' de J.R.R.T. não se transformem em um despropósito devido a uma má compreensão da real história de sua evolução. O caos e a dificuldade intrínseca de muitos dos papéis (as camadas sucessivas de alterações em uma só página manuscrita, as pistas vitais em fragmentos esparsos encontrados em qualquer lugar do arquivo, os textos escritos no verso de outras obras, a desordem e a separação dos manuscritos e a ilegibilidade parcial ou total em muitas partes simplesmente não podem ser exagerados. [...]

Em teoria eu poderia produzir muitos livros a partir da "História" e existem muitas possibilidades e combinações de possibilidades. Por exemplo, eu poderia produzir o 'Beren' com o Conto Perdido[1] original, *A Balada de Leithian,* e um ensaio sobre a evolução da lenda. Minha preferência, caso chegássemos a algo tão positivo, provavelmente seria pelo tratamento de uma lenda como entidade em desenvolvimento, e não por publicar todos os Contos Perdidos de uma só vez; mas as dificuldades da exposição detalhada seriam grandes em tal hipótese, pois tantas vezes seria necessário explicar o que esteve acontecendo em outro lugar, em outros escritos não publicados."

Eu disse que apreciaria escrever um livro chamado "Beren" na linha que sugeri, mas "o problema seria sua organização, de modo que o tema fosse compreensível sem que houvesse dominação do editor".

Quando escrevi isso, estava falando sério sobre a publicação: não tinha noção de sua possibilidade, exceto por minha ideia de selecionar uma lenda isolada "como entidade em desenvolvimento". Agora parece que fiz exatamente isso — porém sem pensar no que havia dito em minha carta a Rayner Unwin, 35 anos atrás: eu me esquecera totalmente dessa missiva até topar com ela por acaso, quando este livro estava praticamente completo.

Existe, porém, uma diferença substancial entre ele e minha ideia original, que é uma diferença de contexto. Desde então, foi publicada grande parte da imensa provisão de manuscritos relativos à Primeira Era, ou aos Dias Antigos, em edições encerradas e detalhadas, especialmente nos volumes de "A História da Terra-média". A ideia de um livro dedicado à história em evolução do "Beren", que eu chegara a mencionar a Rayner Unwin como possível publicação, teria trazido à luz muitos

---

[1] "Os Contos Perdidos" é o nome das versões originais das lendas de *O Silmarillion*. [N. E.]

escritos até então desconhecidos e indisponíveis. Mas este livro não oferece uma única página de trabalho original e inédito. Qual é então a necessidade, agora, de um livro assim?

Tentarei fornecer uma resposta (inevitavelmente complexa), ou várias respostas. Em primeiro lugar, um aspecto daquelas edições era apresentar os textos de um modo que exibisse adequadamente a forma de composição de meu pai, aparentemente excêntrico (muitas vezes, na verdade, imposto por pressões externas), descobrindo, assim, a sequência de etapas da evolução de uma narrativa e justificando minha interpretação das evidências.

Ao mesmo tempo, a Primeira Era em "A História da Terra-média", foi, naqueles livros, concebida como *história* em dois sentidos. Era de fato uma história — uma crônica das vidas e dos eventos na Terra-média —, mas era também uma história das cambiantes concepções literárias com o passar do tempo e, portanto, o conto de Beren e Lúthien estende-se por muitos anos e diversos livros. Ademais, visto que esse conto se enredou com o lentamente construído *Silmarillion* e, por fim, tornou-se parte essencial dele, seu desenvolvimento está registrado em sucessivos manuscritos que tratam primariamente de toda a história dos Dias Antigos.

Portanto, não é fácil acompanhar a história de Beren e Lúthien, como narrativa singular e bem definida, em "A História da Terra-média".

Em uma carta muito citada de 1951, meu pai chamou o conto de "a principal história do *Silmarillion*" e, sobre Beren, disse que ele era "o mortal proscrito que tem sucesso" (com o auxílio de Lúthien, uma mera donzela, apesar de ser uma Elfa régia) naquilo em que todos os exércitos e guerreiros fracassaram: ele penetra no reduto do Inimigo e arranca uma das Silmarilli da Coroa de Ferro. Assim, ele conquista a mão de Lúthien, e realiza-se o primeiro casamento entre mortal e imortal.

"Como tal, a história é um (creio que belo e poderoso) romance de fadas heroico, passível de ser recebido por si só mediante apenas um conhecimento geral e vago do pano de fundo. Mas é

PREFÁCIO

também um elo fundamental do ciclo, destituído de seu pleno significado se for retirado do lugar que lá ocupa."

Em segundo lugar, minha intenção neste livro é dupla. Por um lado, tentei separar a história de Beren e Tinúviel (Lúthien), de forma que se mantenha por si, na medida em que isso seja possível (em minha opinião), sem distorções. Por outro lado, quis mostrar como essa história fundamental evoluiu ao longo dos anos. Em meu prólogo do primeiro volume de *O Livro dos Contos Perdidos*, eu disse sobre as mudanças nas histórias:

> Na narrativa da história da Terra-média, a evolução raramente foi por franca rejeição — muito mais frequentemente foi por sutil transformação em etapas, de modo que o crescimento das lendas (o processo, por exemplo, pelo qual a história de Nargothrond entrou em contato com a de Beren e Lúthien, um contato do qual não existe nem sugestão nos *Contos Perdidos*, apesar de ambos os elementos estarem presentes) pode parecer-se ao crescimento das lendas entre os povos, o produto de muitas mentes e gerações.

É característica essencial deste livro que os desenvolvimentos da lenda de Beren e Lúthien sejam mostrados nas próprias palavras de meu pai, pois o método que empreguei foi o de extrair trechos de manuscritos muito mais longos, em prosa ou em verso, escritos ao longo de muitos anos.

Também dessa forma são trazidos à luz trechos de descrição detalhada ou de urgência dramática que se perdem no modo resumido e condensado que é característico de tantos escritos narrativos de *O Silmarillion*; é possível até descobrir elementos da história que, mais tarde, foram totalmente perdidos. Um exemplo é o interrogatório de Beren, Felagund e seus companheiros, disfarçados de Orques, feito por Thû, o Necromante (a primeira aparição de Sauron), ou o surgimento na história do apavorante Tevildo, Príncipe dos Gatos, que claramente merece ser lembrado, por mais breve que tenha sido sua vida literária.

Por fim, citarei outro dos meus prefácios, o de *Os Filhos de Húrin*:

> É inegável que existem muitos leitores de *O Senhor dos Anéis* para quem as lendas dos Dias Antigos [...] são totalmente desconhecidas, a não ser por sua reputação de estranhas e inacessíveis no modo e na maneira.
>
> É também inegável que os volumes em questão de "A História da Terra-média" podem muito bem apresentar um aspecto intimidante. Isso ocorre porque o modo de composição de meu pai era intrinsecamente difícil; e um objetivo primário da "História" foi tentar desemaranhá-lo, exibindo, assim, (pode parecer) os contos dos Dias Antigos como uma criação de incessante fluidez.
>
> Creio que ele poderia ter dito, explicando algum elemento rejeitado de um conto: "Cheguei a ver que não era assim; ou percebi que esse não era o nome correto. A fluidez não deve ser exagerada." Houve, ainda assim, grandes e essenciais permanências. Mas certamente eu esperava, ao compor este livro, que ele mostrasse como a criação de uma antiga lenda da Terra-média, mudando e crescendo ao longo de muitos anos, refletiu a busca do autor por uma apresentação do mito mais próxima de seu desejo.

Em minha carta de 1981 a Rayner Unwin, observei que, caso eu me restringisse a uma única lenda dentre as que compõem os *Contos Perdidos*, "as dificuldades da exposição detalhada seriam grandes em tal hipótese, pois tantas vezes seria necessário explicar o que esteve acontecendo em outro lugar, em outros escritos não publicados". Esta demonstrou ser uma previsão acurada no caso de *Beren e Lúthien*. Algum tipo de solução precisou ser encontrado, pois Beren e Lúthien não viveram, amaram e morreram com seus amigos e inimigos sobre um palco vazio, solitários e sem passado. Portanto, segui minha própria solução de *Os Filhos de Húrin*. Em meu prefácio desse livro eu escrevi:

PREFÁCIO

> Parece inquestionável, a julgar por suas próprias palavras, que, caso pudesse completar narrativas finais e acabadas na escala que desejava, meu pai considerava os três "Grandes Contos" dos Dias Antigos — "Beren e Lúthien", "Os Filhos de Húrin" e "A Queda de Gondolin" — obras suficientemente completas, que não demandavam um conhecimento do grande corpo de lendas conhecido como *O Silmarillion*. Por outro lado, [...] o conto dos Filhos de Húrin é parte integrante da história dos Elfos e dos Homens nos Dias Antigos e há, necessariamente, um bom número de referências a acontecimentos e circunstâncias dessa história mais ampla.

Forneci, portanto, "um esboço muito breve de Beleriand e seus povos perto do fim dos Dias Antigos" e incluí "uma lista de todos os nomes que aparecem no texto, com indicações muito concisas sobre cada um deles". Neste livro adotei de *Os Filhos de Húrin* esse breve esboço, adaptando-o e encurtando-o e, da mesma forma, forneci uma lista de todos os nomes que aparecem no texto, neste caso com indicações explicativas de natureza muito variada. Nada neste material acessório é essencial, mas a intenção é de que seja meramente um auxílio, caso seja desejado.

Um problema adicional que eu deveria mencionar surgiu com as mudanças de nomes, muito frequentes. Seguir com exatidão e consistência a sucessão de nomes em textos de diferentes datas não serviria ao propósito deste livro. Portanto, não obedeci a nenhuma regra a esse respeito, mas, por várias razões, distingui o velho do novo em alguns casos, embora não em outros. Em inúmeras ocorrências, meu pai alterou um nome em um manuscrito em um momento posterior, ou até muito posterior, porém não consistentemente. Por exemplo, *Elfin* foi substituído por *Elven*.[2] Nesses casos fiz com que *Elven* fosse a única forma, assim como optei por *Beleriand* ao invés do *Broseliand* anterior; mas em outros casos mantive ambas as ocorrências, como em *Tinwelint* e *Thingol*, *Artanor* e *Doriath*.

---

[2] Duas formas de "élfico" em inglês. [N. T.]

O propósito deste livro, portanto, é bem diverso daquele dos volumes de "A História da Terra-média", dos quais derivou. Ele enfaticamente não pretende ser um acessório daqueles livros. É uma tentativa de extrair um elemento narrativo de uma vasta obra de extraordinária riqueza e complexidade, mas essa narrativa, a história de Beren e Lúthien, estava ela própria em contínua evolução e desenvolvendo novas associações, à medida que mais se engastava na história mais ampla. A decisão do que incluir e do que excluir daquele mundo antigo "em geral" só pôde ser objeto de julgamento pessoal, muitas vezes questionável; em tal tentativa não podia haver "modo correto" atingível. No geral, porém, errei pelo lado da clareza e resisti ao impulso de explicar, temendo solapar o propósito e o método primários do livro.

No meu nonagésimo terceiro ano de vida, este é (presumivelmente) meu último livro na longa série de edições dos escritos de meu pai, em sua grande maioria inéditos até então, e tem uma natureza um tanto curiosa. Este conto foi escolhido *in memoriam* por causa de sua presença profundamente enraizada na própria vida dele e por sua intensa reflexão sobre a união de Lúthien, a quem chamou de "a maior dos Eldar", com o Homem mortal Beren, sobre seus destinos e sobre suas segundas vidas.

Ele remonta a um caminho distante da minha existência, pois é minha mais antiga recordação efetiva de algum elemento em uma história que me estava sendo contada — não simplesmente uma imagem lembrada do local da narrativa. Meu pai a contou para mim, ou partes dela, falando sem nenhum escrito, no começo da década de 1930.

O elemento da história que recordo, com os olhos da mente, são os olhos dos lobos que surgiam um a um na treva do calabouço de Thû.

Em uma carta que me enviou acerca de minha mãe, escrita no ano após a morte dela, que foi também o ano antes de sua própria morte, ele escreveu sobre sua esmagadora sensação de

PREFÁCIO

privação e do seu desejo de que o nome *Lúthien* fosse inscrito no túmulo de minha mãe, abaixo do nome dela. Nessa carta, assim como na citada na p. 27 deste livro, ele retornou à origem do conto de Beren e Lúthien, em uma pequena clareira de bosque repleta de flores de cicuta, perto de Roos, em Yorkshire, onde minha mãe dançou, e meu pai disse: "Mas a história distorceu-se, e fui deixado para trás, e *eu* não posso apelar diante do inexorável Mandos."

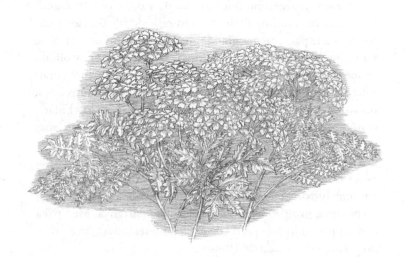

Notas
sobre os
Dias Antigos

A profundidade temporal à qual esta história remonta foi memoravelmente transmitida em um trecho de *O Senhor dos Anéis*. No grande conselho de Valfenda, Elrond falou da Última Aliança de Elfos e Homens e da derrota de Sauron ao final da Segunda Era, mais de 3 mil anos antes:

> Nesse ponto, Elrond fez uma pequena pausa e suspirou. "Lembro-me bem do esplendor de seus estandartes", disse ele. "Ele recordou-me a glória dos Dias Antigos e as hostes de Beleriand, tantos eram os grandes príncipes e capitães ali reunidos. Porém, não tantos, nem tão belos, quanto no rompimento das Thangorodrim, quando os Elfos julgaram que o mal estava terminado para sempre, e não estava."
>
> "Vós vos lembrais?", disse Frodo, dizendo seu pensamento em voz alta de tão admirado. "Mas pensei," gaguejou quando Elrond se voltou para ele, "pensei que a queda de Gil-galad aconteceu em era muito longínqua."
>
> "Assim foi de fato", respondeu Elrond com gravidade. "Mas minha memória remonta até os Dias Antigos. Eärendil foi meu

pai, nascido em Gondolin antes que esta caísse; e minha mãe foi Elwing, filha de Dior, filho de Lúthien de Doriath. Vi três eras no Oeste do mundo, e muitas derrotas, e muitas vitórias infrutíferas."

De Morgoth

Morgoth, o Sombrio Inimigo, como passou a ser chamado, foi originalmente, conforme declarou a Húrin, que fora trazido prisioneiro diante dele, "Melkor, primeiro e mais poderoso dos Valar, que existiu antes do mundo". Então, permanentemente encarnado em forma de Rei gigantesco e majestoso, porém terrível, no noroeste da Terra-média, ele estava fisicamente presente em sua enorme fortaleza de Angband, os Infernos de Ferro; o fumo negro que escapava dos cumes das Thangorodrim, as montanhas que empilhara acima de Angband, podia ser visto ao longe, maculando o céu setentrional. Está dito nos *Anais de Beleriand* que "os portões de Morgoth ficavam a apenas cento e cinquenta léguas da ponte de Menegroth, distantes e, ainda assim, próximos demais". Estas palavras referem-se à ponte que conduzia às habitações do rei élfico Thingol; estas eram chamadas Menegroth, as Mil Cavernas.

Mas, já que estava encarnado, Morgoth tinha medo. Meu pai escreveu sobre ele:

"À medida que crescia em malevolência e emitia de si o mal que concebia em mentiras e criaturas de maldade, seu poder passava para elas e se dispersava, e ele próprio se tornava cada vez mais ligado à terra, relutante em sair de seus escuros baluartes." Assim, quando Fingolfin, Alto Rei dos Elfos noldorin, cavalgou sozinho até Angband para desafiar Morgoth ao combate, ele exclamou diante do portão: "Aparece, rei covarde, para lutar com tua própria mão! Habitante de toca, controlador de servos, mentiroso e espreitador, inimigo dos Deuses e dos Elfos, vem! Pois quero ver teu rosto covarde". Então, (conta-se) Morgoth veio. Pois não podia recusar tal desafio diante do rosto de seus capitães. Lutou com o grande martelo Grond, que a cada golpe fazia um grande fosso, e abateu Fingolfin ao solo; mas ao morrer, este prendeu à terra o grande pé de Morgoth, e o sangue negro escapou em jorros e encheu os fossos de Grond. Depois disso, Morgoth sempre andou coxeando. Assim também, quando Beren e Lúthien penetraram no mais profundo salão de Angband, onde Morgoth se assentava, Lúthien lançou um feitiço sobre ele e, subitamente, ele caiu como uma colina deslizando em avalanche e, arrojado de seu trono como um trovão, jazeu de bruços nos pisos do inferno.

De Beleriand

Quando Barbárvore caminhou pela floresta de Fangorn carregando Merry e Pippin, cada um na dobra de um braço, cantou para eles sobre antigas florestas na grande região de Beleriand, que foi destruída nos tumultos da Grande Batalha ao final dos Dias Antigos. O Grande Mar derramou-se, submergindo todas as terras a oeste das Montanhas Azuis, chamadas Ered Luin e Ered Lindon, de modo que o mapa que acompanha *O Silmarillion* termina a leste com essa cadeia de montanhas, enquanto que o mapa que acompanha *O Senhor dos Anéis* termina a oeste, também com as Montanhas Azuis. As terras costeiras além delas, do lado ocidental, eram tudo o que restava, na Terceira Era, daquela região chamada Ossiriand, Terra dos Sete Rios, onde Barbárvore caminhara outrora:

Passeei no verão entre os olmeiros de Ossiriand.
Ah! a luz e a música no Verão junto aos Sete Rios de Ossir!
E pensei que isso era melhor.[3]

Foi sobre as passagens das Montanhas Azuis que os homens entraram em Beleriand, nessas montanhas estavam as cidades

---

[3] *I wandered in Summer in the elm-woods of Ossiriand. / Ah! the light and the music in the Summer by the Seven Rivers of Ossir! / And I thought that was best.*

dos Anãos, Nogrod e Belegost; e foi em Ossiriand que Beren e Lúthien habitaram depois de Mandos lhes dar permissão para retornar à Terra-média (p. 299).

Barbárvore também caminhou entre os pinheiros de Dorthonion ("Terra dos Pinheiros"):

Aos pinheiros do planalto de Dorthonion subi no Inverno.
Ah! o vento e o alvor e os negros ramos do Inverno em Orod-na-Thôn!
Minha voz se ergueu e cantou no céu.[4]

Mais tarde aquela região foi chamada de Taur-nu-Fuin, "a Floresta sob a Noite", quando Morgoth a transformou em "lugar de pavor, [...] reduto de mal e ameaça" (ver p. 109).

Dos Elfos

Os Elfos surgiram na terra muito longe, em uma região distante (Palisor) junto a um lago chamado Cuiviénen, a Água do Despertar; e de lá foram convocados pelos Valar a deixarem a Terra-média e, passando sobre o Grande Mar, a chegarem ao "Reino Abençoado" de Aman, no oeste do mundo, a terra dos Deuses. Os que aceitaram a convocação foram levados em uma grande marcha pela Terra-média pelo Vala Oromë, o Caçador, e são chamados Eldar, os Elfos da Grande Jornada, os Altos Elfos, distintos daqueles que, recusando a convocação, escolheram a Terra-média por região e destino.

Mas nem todos os Eldar, apesar de terem atravessado as Montanhas Azuis, partiram por sobre o mar, e os que ficaram em Beleriand são chamados Sindar, os Elfos Cinzentos. Seu alto rei era Thingol (que significa "Capa-gris"), que reinava em Menegroth, as Mil Cavernas em Doriath (Artanor). E nem todos os Eldar que

---

[4] *To the pine-trees upon the highland of Dorthonion I climbed in the Winter. / Ah! the wind and the whiteness and the black branches of Winter upon Orod-na--Thôn! / My voice went up and sang in the sky.*

atravessaram o Grande Mar permaneceram na terra dos Valar, pois um de seus grandes clãs, os Noldor (os "Mestres-do-Saber"), retornou à Terra-média, e eles são chamados de Exilados.

O principal impulsionador de sua rebelião contra os Valar foi Fëanor, criador das Silmarils; era o filho mais velho de Finwë, que liderara a hoste dos Noldor desde Cuiviénen, mas já havia morrido. Nas palavras de meu pai:

> As Joias foram cobiçadas por Morgoth, o Inimigo, que as roubou e, após destruir as Árvores, as levou para a Terra-média e as guardou em sua grande fortaleza de Thangorodrim. Contra a vontade dos Valar, Fëanor abandonou o Reino Abençoado e exilou-se na Terra-média, conduzindo consigo grande parte de seu povo, pois, em sua soberba, ele pretendia recuperar as Joias de Morgoth à força.
>
> Seguiu-se depois a desesperada guerra dos Eldar e dos Edain [os Homens das Três Casas dos Amigos-dos-Elfos] contra Thangorodrim, em que, por fim, foram vencidos totalmente.

Antes de sua partida de Valinor ocorreu o terrível evento que maculou a história dos Noldor na Terra-média. Fëanor exigiu daqueles Teleri, a terceira hoste dos Eldar na Grande Jornada, que estavam morando na costa de Aman, que entregassem aos Noldor sua frota de navios, seu grande orgulho, pois sem navios a travessia de tal hoste para a Terra-média não seria possível. Os Teleri recusaram completamente.

Então Fëanor e sua gente atacaram os Teleri em sua cidade de Alqualondë, o Porto dos Cisnes, e tomaram a frota à força. Nessa batalha, conhecida por O Fratricídio, muitos dos Teleri foram mortos. Isso é mencionado em *O Conto de Tinúviel* (p. 38): "os feitos malignos dos Gnomos no Porto dos Cisnes" (ver p. 144, versos 509–14).

Fëanor foi morto em combate logo após o retorno dos Noldor à Terra-média, e seus sete filhos dominaram amplas terras ao leste de Beleriand, entre Dorthonion (Taur-na-fuin) e as Montanhas Azuis.

O segundo filho de Finwë foi Fingolfin (meio-irmão de Fëanor), que era considerado senhor supremo de todos os Noldor, e junto com seu filho Fingon ele reinava em Hithlum, que ficava ao norte e a oeste da grande cordilheira das Ered Wethrin, as Montanhas de Sombra. Fingolfin morreu em combate singular com Morgoth. O segundo filho de Fingolfin, irmão de Fingon, era Turgon, fundador e soberano da cidade oculta de Gondolin.

O terceiro filho de Finwë, irmão de Fingolfin e meio-irmão de Fëanor, era Finrod nos textos mais antigos, posteriormente Finarfin (ver p. 106). O filho mais velho de Finrod/Finarfin era Felagund nos textos mais antigos, porém mais tarde Finrod; ele, inspirado pela magnificência e beleza de Menegroth em Doriath, fundou a cidade-fortaleza subterrânea de Nargothrond, pelo que foi chamado de Felagund, "Senhor de Cavernas"; assim, o Felagund mais antigo = o Finrod Felagund tardio.

Os portões de Nargothrond abriam-se para a garganta do rio Narog, em Beleriand Ocidental, mas o reino de Felagund estendia-se muito longe, a leste até o rio Sirion e a oeste até o rio Nenning, que chegava ao mar no porto de Eglarest. Mas Felagund foi morto nos calabouços de Thû, o Necromante, mais tarde Sauron, e Orodreth, o segundo filho de Finarfin, tomou a coroa de Nargothrond, como é contado neste livro (pp. 114–26).

Os demais filhos de Finarfin, Angrod e Egnor, vassalos de seu irmão Finrod Felagund, habitavam em Dorthonion, dando ao norte para a vasta planície de Ard-galen. Galadriel, irmã de Finrod Felagund, morou por longo tempo em Doriath com Melian, a Rainha. Melian (em textos mais antigos, Gwendeling e outras formas) era uma Maia, um espírito de grande poder que tomou forma humana e habitava nas florestas de Beleriand com o Rei Thingol; era mãe de Lúthien e antepassada de Elrond.

No sexagésimo ano após o retorno dos Noldor, pondo fim a muitos anos de paz, uma grande hoste de Orques desceu de Angband, mas foi totalmente derrotada e destruída pelos

Noldor. Chamou-se a isto *Dagor Aglareb*, a Batalha Gloriosa, mas os senhores élficos a consideraram como um alerta e fizeram o Cerco de Angband, que durou quase quatrocentos anos.

O Cerco de Angband terminou com rapidez terrível (apesar de preparado havia muito) em uma noite do meio do inverno. Morgoth despejou rios de fogo que fluíram das Thangorodrim, e a grande planície gramada de Ard-galen, que ficava ao norte de Dorthonion, transformou-se em um deserto ressequido e árido, conhecido daí em diante por um nome mudado, *Anfauglith*, a Poeira Sufocante.

Esse assalto catastrófico foi chamado *Dagor Bragollach*, a Batalha da Chama Repentina (p. 108). Glaurung, Pai dos Dragões, emergiu então de Angband pela primeira vez com todo o seu poderio; vastos exércitos de Orques derramaram-se rumo ao sul; os senhores élficos de Dorthonion foram mortos, assim como grande parte dos guerreiros do povo de Bëor (pp. 108–10). O Rei Fingolfin e seu filho Fingon foram rechaçados com os guerreiros de Hithlum até a fortaleza de Eithel Sirion (Poço do Sirion), onde o grande rio surgia na face leste das Montanhas de Sombra. As torrentes de fogo foram detidas pelas Montanhas de Sombra, e Hithlum e Dor-lómin permaneceram inconquistadas.

Foi no ano depois da *Bragollach* que Fingolfin, em fúria desesperada, cavalgou até Angband e desafiou Morgoth.

Beren e Lúthien

Em uma carta de meu pai, escrita em 16 de julho de 1964, ele disse:

> O germe de minha tentativa de escrever lendas minhas para adequarem-se aos meus idiomas particulares foi o conto trágico do infeliz Kullervo no *Kalevala* finlandês. Permanece um aspecto importante nas lendas da Primeira Era (que espero publicar como *O Silmarillion*), embora como "Os Filhos de Húrin" esteja inteiramente modificado, exceto no final trágico. O segundo ponto foi a composição, "tirada da minha cabeça", de "A Queda de Gondolin", a história de Idril e Earendel, durante uma licença do exército por doença, em 1917, e a versão original do "Conto de Lúthien Tinúviel e Beren", mais tarde no mesmo ano. Este foi originado por um pequeno bosque com grandes arbustos de "cicuta" (sem dúvida muitas outras plantas relacionadas também estavam lá) próximo a Roos, em Holderness, onde estive por um tempo na Guarnição Humber.

Meu pai e minha mãe casaram-se em março de 1916, quando ele tinha 24 anos de idade, e ela, 27. Moraram primeiro na aldeia de Great Haywood, em Staffordshire, mas ele embarcou para a França e para a Batalha do Somme no começo de junho daquele ano. Doente, foi mandado de volta à Inglaterra no começo de novembro de 1916 e, na primavera de 1917, foi transferido para Yorkshire.

A versão primária de *O Conto de Tinúviel*, como ele o chamou, escrita em 1917, não existe — ou mais precisamente, existe apenas na forma fantasmagórica de um manuscrito a lápis que ele apagou quase por completo na maior parte de sua extensão; por cima ele escreveu o texto que é para nós a versão mais antiga. *O Conto de Tinúviel* foi uma das histórias constituintes da principal obra primitiva de meu pai sobre sua "mitologia", *O Livro dos Contos Perdidos*, uma obra extremamente complexa que editei nos dois primeiros volumes de "A História da Terra-média" (1983-84). Mas, já que o presente livro é expressamente dedicado à evolução da lenda de Beren e Lúthien, passarei aqui muito amplamente ao largo do estranho cenário e plateia dos *Contos Perdidos*, pois *O Conto de Tinúviel* é por si só quase inteiramente independente daquele cenário.

Era central para *O Livro dos Contos Perdidos* a história de um marinheiro inglês do período "anglo-saxão" chamado Eriol, ou Ælfwine, que, navegando muito longe rumo ao Oeste pelo oceano, chegou por fim a Tol Eressëa, a Ilha Solitária, onde viviam os Elfos que haviam partido das "Grandes Terras", mais tarde "Terra-média" (um termo não usado nos *Contos Perdidos*). Durante sua estada em Tol Eressëa ele aprendeu com eles a verdadeira e antiga história da Criação, dos Deuses, dos Elfos e da Inglaterra. Essa história é "Os Contos Perdidos de Elfinesse".

A obra existe em diversos "caderninhos de exercícios" maltratados, a tinta e a lápis, muitas vezes pavorosamente difícil de se ler, apesar de que, após muitas horas espiando o manuscrito por uma lente, fui capaz, muitos anos atrás, de elucidar todos os textos com apenas algumas palavras indeterminadas aqui e ali. *O Conto de Tinúviel* é uma das histórias que foram contadas a Eriol pelos Elfos na Ilha Solitária, neste caso por uma donzela chamada Vëannë; havia muitas crianças presentes quando as histórias foram recitadas. Com nítida observação de detalhes (uma característica surpreendente), a história é contada em estilo extremamente individual, com alguns arcaísmos de palavras e construções bem diferentes dos estilos posteriores de meu pai, intenso, poético, às vezes profundamente "élfico-misterioso". Há também uma corrente subjacente de humor sarcástico na expressão, aqui e ali (no terrível confronto com o lobo demoníaco Karkaras, ao fugir com Beren do salão de Melko, Tinúviel indaga: "Por que tanta rispidez, Karkaras?").

Em vez de aguardar a conclusão do Conto, creio que será útil, aqui, chamar a atenção para certos aspectos desta primeira versão da lenda e dar breves explicações de alguns nomes importantes da narrativa (que também podem ser encontrados na "Lista de Nomes", ao final do livro).

O Conto de Tinúviel em forma reescrita, que é para nós a mais primitiva, de nenhum modo foi o mais antigo dos *Contos Perdidos*, e características de outros *Contos* lançam luz sobre ele. Para falar apenas da estrutura narrativa, alguns deles, como o conto de Túrin, não são muito remotos da versão publicada de *O Silmarillion*; alguns, notadamente "A Queda de Gondolin", o primeiro a ser escrito, estão presentes na obra publicada apenas em forma severamente comprimida e alguns, mais notavelmente o presente Conto, são singularmente diferentes em certos aspectos.

Uma mudança fundamental na evolução da lenda de Beren e Tinúviel (Lúthien) foi o fato de entrar nela, depois, a história de Felagund de Nargothrond e dos filhos de Fëanor; mas igualmente significativa, em aspecto diferente, foi a alteração da identidade de Beren. Nas versões posteriores da lenda, era um elemento de todo essencial que Beren fosse Homem mortal, enquanto que Lúthien era Elfa imortal, mas isso não estava presente no *Conto Perdido*: Beren era também um Elfo. (Pode-se ver, porém, nas notas de meu pai para outros Contos que ele era originalmente um Homem, e fica claro que isso também era verdade no manuscrito apagado de *O Conto de Tinúviel*.) O Elfo Beren pertencia ao povo élfico chamado Noldoli (depois Noldor), que nos *Contos Perdidos* (e mais tarde) está traduzido por "Gnomos": Beren era um Gnomo. Mais tarde essa tradução transformou-se em um problema para meu pai. Ele estava usando outra palavra *Gnomo*, totalmente distinta em origem e significado desses Gnomos que hoje em dia são figurinhas especialmente associadas a jardins. Esse outro *Gnomo* derivava da palavra grega *gnōmē*, "pensamento, inteligência"; esta mal sobrevive em inglês moderno com o significado de "aforismo, máxima", junto com o adjetivo *gnômico*.

Em um rascunho do Apêndice F de *O Senhor dos Anéis* ele escreveu:

> Às vezes (não neste livro) tenho usado "Gnomos" por *Noldor* e "gnômico" por *noldorin*. Fiz isso porque, para alguns, "Gnomo" ainda sugerirá conhecimento. Ora, o nome alto-élfico desse povo, Noldor, significa Aqueles que Sabem, pois dentre os três clãs dos Eldar, desde seu começo, os Noldor sempre se distinguiram, tanto por seu conhecimento das coisas que são e foram neste mundo, quanto por seu desejo de conhecer mais. Porém não se assemelhavam de nenhum modo aos Gnomos da teoria erudita, nem da imaginação popular, e agora abandonei essa representação por demasiado enganosa.

(De passagem, quero mencionar que ele também disse [em uma carta de 1954] que se arrependia muito de ter usado a palavra "Elfos", que se tornou "sobrecarregada de tons deploráveis" que são "demais para se superar".)

A hostilidade demonstrada a Beren, como Elfo, é explicada, assim, no antigo Conto (p. 41): "todos os Elfos das florestas acreditavam ser os Gnomos de Dor-lómin criaturas traiçoeiras, cruéis e desleais."

Pode muito bem parecer um tanto intrigante que a palavra "fada, fadas"[5] seja frequentemente usada com referência aos Elfos. Assim, sobre as mariposas brancas que voavam no bosque, "como Tinúviel era uma fada, não se importava com elas" (p. 38); ela se chama de "Princesa das Fadas" (p. 59); diz-se dela (p. 67) que "empenhou sua habilidade e sua magia de fada". Em primeiro lugar, a palavra *fadas* nos *Contos Perdidos* é sinônimo de *Elfos*, e nesses contos há diversas referências à estatura física relativa dos Homens e dos Elfos. Naqueles dias pregressos, os conceitos de meu pai sobre tais assuntos eram um tanto flutuantes, mas fica claro que ele concebeu uma relação cambiante com o passar das eras. Assim, ele escreveu:

> De início os Homens eram quase da mesma estatura dos Elfos, sendo as fadas muito maiores e os Homens menores que agora.

Mas a evolução dos Elfos foi bastante influenciada pela chegada dos Homens:

> Mesmo à medida que os Homens se tornam mais numerosos e poderosos, as fadas mínguam e ficam pequenas e tênues, translúcidas e transparentes, mas os Homens, maiores e mais densos e brutos. Por fim, os Homens, ou a maioria dos Homens, não conseguem mais ver as fadas.

Assim, não é necessário supor, em virtude da palavra, que meu pai imaginou as "Fadas" deste conto como translúcidas e transparentes, e é claro que anos mais tarde, quando os Elfos da Terceira Era haviam entrado na história da

---

[5]Em inglês *fairy, fairies*. [N. T.]

Terra-média, não havia neles nada de "semelhante a fada", no sentido moderno.

A palavra *fata*[6] é mais obscura. Em *O Conto de Tinúviel* ela é usada frequentemente a respeito de Melian (mãe de Lúthien), que veio de Valinor (e é chamada de "filha dos Deuses"; ver p. 37), mas também a respeito de Tevildo, que é descrito como "fata maligno em forma de animal" (p. 65). Em outros trechos dos *Contos* há referências à "sabedoria dos fatas e dos Eldar", a "Orques e dragões e fatas malignos" e a "um fata dos bosques e vales". Talvez o mais notável seja o seguinte trecho do *Conto da Chegada dos Valar*:

> Em torno deles vinha uma grande hoste, que são os espíritos das árvores e dos bosques, do vale e da floresta e da encosta da montanha, ou aqueles que cantam em meio à grama pela manhã e entoam canções em meio ao trigo em pé à tardinha. Esses são os Nermir e os Tavari, Nandini e Orossi, [fatas (?) dos prados, dos bosques, dos vales, das montanhas], fatas, trasgos, duendes e o que mais forem chamados, pois seu número é muito grande, porém não devem ser confundidos com os Eldar [Elfos], pois nasceram antes do mundo e são mais velhos que os mais velhos deste e não são dele.

Outro aspecto intrigante que aparece não apenas em *O Conto de Tinúviel* e do qual não encontrei explicação, nem qualquer observação mais geral, diz respeito ao poder que os Valar possuem sobre os assuntos dos Homens e dos Elfos e, de fato, sobre suas mentes e seus corações nas longínquas Grandes Terras (Terra-média). Dando exemplos: na p. 73, "os Valar levaram-no [Huan] a uma clareira", onde Beren e Lúthien jaziam no chão durante sua fuga de Angband; e ela disse a seu pai

---

[6]Palavra comum de dois gêneros, criada para traduzir o inglês *fay*, cognato de *fairy* "fada". [N. T.]

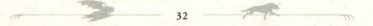

(p. 76): "somente os Valar salvaram [Beren] de morte amarga". Ou, por outro lado, o relato da fuga de Lúthien de Doriath (p. 53), "não penetrou naquela região escura e, recobrando a coragem, seguiu avante" foi mais tarde mudado para "não penetrou naquela região escura, e os Valar puseram nova esperança em seu coração, de modo que seguiu avante outra vez".

No que diz respeito aos nomes que aparecem no Conto, notarei aqui que *Artanor* corresponde à *Doriath* posterior, também chamadas de *A Terra Além*; ao norte ficava a barreira das *Montanhas de Ferro*, também chamada de *Morros Amargos*, por sobre as quais Beren veio; mais tarde tornaram-se *Ered Wethrin, as Montanhas de Sombra*. Além das montanhas ficava *Hisilómë* (*Hithlum*), a Terra das Sombras, também chamada *Dor-lómin*. *Palisor* (p. 34) é a terra onde os Elfos despertaram.

Os Valar são frequentemente referidos como os Deuses, também chamados *Ainur* (singular *Ainu*). *Melko* (mais tarde *Melkor*) é o grande Vala maligno, chamado *Morgoth*, o Sombrio Inimigo, após seu roubo das Silmarils. *Mandos* é o nome do Vala e do lugar onde habita. Ele é o vigia das Casas dos Mortos.

Manwë é o senhor dos Valar; Varda, fazedora das estrelas, é esposa de Manwë e mora com ele no topo de Taniquetil, a mais alta montanha de Arda. As Duas Árvores são as grandes árvores cujas flores davam luz a Valinor, destruídas por Morgoth e a monstruosa aranha Ungoliant.

Por fim, este é um lugar conveniente para dizer algo sobre as Silmarils, fundamentais à lenda de Beren e Lúthien: foram obra de Fëanor, o maior dos Noldor: "o mais poderoso em habilidade da palavra e da mão"; seu nome significa "Espírito de Fogo". Citarei aqui um trecho do texto posterior (1930) de "O Silmarillion" intitulado *Quenta Noldorinwa* (sobre o qual ver p. 105):

> Naqueles dias Fëanor começou, certa vez, uma labuta longa e maravilhosa e convocou todo o seu poder e sua sutil magia, pois

pretendia fazer algo mais belo do que qualquer um dos Eldar jamais fizera, que haveria de durar além do fim de tudo. Três joias fez ele e as chamou Silmarils. Um fogo vivente ardia dentro delas, mesclado da luz das Duas Árvores; por sua própria radiância elas luziam até mesmo no escuro, nenhuma impura carne mortal podia tocá-las sem ser mirrar e ser queimada. Essas joias eram apreciadas pelos Elfos além de todas as obras de suas mãos, e Manwë as consagrou, e Varda disse: "O destino dos Elfos está encerrado nelas, e o destino de muitas outras coisas." O coração de Fëanor estava enredado com os objetos que ele mesmo fizera.

Um juramento terrível e profundamente destrutivo foi feito por Fëanor e seus sete filhos, asseverando seu direito solitário e inviolável às Silmarils, que foram roubadas por Morgoth.

O conto de Vëannë foi expressamente dirigido a Eriol (Ælfwine), que jamais ouvira falar de Tinúviel, mas do modo como ela o expressa não existe abertura formal: começa por um relato de Tinwelint e Gwendeling (mais tarde conhecidos por Thingol e Melian). No entanto, voltarei a me referir ao *Quenta Noldorinwa* para este elemento essencial da lenda. No *Conto*, o temível Tinwelint (Thingol) é um vulto central: o rei dos Elfos que habitava nos profundos bosques de Artanor, reinando desde sua vasta caverna no coração da floresta. Mas a rainha era também personagem de grande significância, apesar de raramente vista, e dou aqui o relato sobre ela que consta do *Quenta Noldorinwa*.

Ali está dito que na Grande Jornada dos Elfos desde a remota Palisor, o local onde despertaram, com a meta final de alcançarem Valinor no remoto Oeste, além do grande Oceano,

> [muitos Elfos] se perderam nas longas estradas escuras, e eles vagaram nas florestas e nas montanhas do mundo e jamais chegaram a Valinor, nem viram a luz das Duas Árvores. Portanto são chamados de Ilkorindi, os Elfos que nunca habitaram em

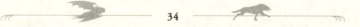

Kôr, cidade dos Eldar [Elfos] na terra dos Deuses. São eles os Elfos-escuros, e muitas são suas tribos dispersas, e muitas são suas línguas.

Dentre os Elfos-escuros, o mais renomado era Thingol. Por essa razão ele jamais chegou a Valinor. Melian era uma fata. Nos jardins de Lórien [o Vala] ela habitava, e entre toda a sua bela gente não havia ninguém que a superasse em beleza, nem ninguém mais sábio, nem ninguém mais habilidoso em canções mágicas e de encantamento. Diz-se que os Deuses abandonavam seus afazeres, e as aves de Valinor, seu júbilo, que os sinos de Valmar silenciavam, e as fontes paravam de fluir quando, ao mesclar da luz, Melian cantava nos jardins do Deus dos Sonhos. Rouxinóis a acompanhavam sempre, e ela lhes ensinou o seu cantar. Mas amava a sombra profunda e vagou em longas jornadas às Terras de Fora [Terra-média], e ali encheu o silêncio do mundo que raiava com sua voz e as vozes de suas aves.

Thingol ouviu os rouxinóis de Melian e ficou encantado e abandonou sua gente. Encontrou Melian sob as árvores e foi lançado em um sonho e grande torpor, de modo que sua gente o buscou em vão.

No relato de Vëannë, quando Tinwelint despertou de seu longo sono mítico, "não pensou mais em seu povo (e de fato teria sido em vão, pois eles agora há muito haviam chegado a Valinor)", mas desejava apenas ver a senhora do crepúsculo. Ela não estava longe, pois vigiara-o enquanto ele dormia. "Porém, mais da história deles eu não sei, ó Eriol, exceto que, por fim, ela se tornou sua esposa, pois Tinwelint e Gwendeling de fato foram por muito tempo rei e rainha dos Elfos Perdidos de Artanor, ou a Terra Além, ou assim dizem aqui."

Vëannë disse, ademais, que a habitação de Tinwelint "estava oculta da visão e do conhecimento de Melko graças às magias de Gwendeling, a fata, e ela tecia encantamentos em torno das veredas que para lá levavam, de modo que ninguém além dos Eldar [Elfos] as pudesse trilhar facilmente, e, assim, o rei ficou a salvo de todos os perigos, exceto apenas da traição. Ora, seus paços estavam construídos em uma funda caverna de grande extensão e eram, apesar disso, uma moradia régia e bela. Essa caverna estava no coração da poderosa floresta de Artanor, que é a mais poderosa das florestas, e um rio corria diante de suas portas, mas ninguém podia entrar naquele portal se não fosse através do rio, e uma ponte o transpunha, estreita e bem guardada". Então Vëannë exclamou: "Eis que agora vou te contar de coisas que ocorreram nos paços de Tinwelint!", e esse parece ser o ponto em que pode-se dizer que começa o conto propriamente dito.

O Conto de Tinúviel

Dois filhos tinha então Tinwelint: Dairon e Tinúviel, e Tinúviel era uma donzela e a mais linda de todas as donzelas dos Elfos ocultos; e, de fato, poucas foram tão belas, pois sua mãe era uma fata, filha dos Deuses, mas Dairon era então um menino forte e alegre e, acima de tudo, deleitava-se em tocar uma flauta de caniços ou outros instrumentos do bosque e agora ele é mencionado entre os três músicos mais mágicos dos Elfos, e os outros são Tinfang Trinado e Ivárë, que toca junto ao mar. Mas a alegria de Tinúviel estava mais voltada à dança, e nenhum nome rivaliza com o seu pela beleza e sutileza de seus pés cintilantes.

Ora, era o prazer de Dairon e Tinúviel afastarem-se do cavernoso palácio de seu pai, Tinwelint, e passarem longo tempo juntos em meio às árvores. Ali, muitas vezes Dairon assentava-se em uma moita ou raiz de árvore e tocava música, enquanto Tinúviel dançava ao som dela, e quando dançava ao tocar de Dairon, mais ágil era ela que Gwendeling, mais mágica que Tinfang Trinado sob a lua, e jamais alguém pôde ver tal meneio, exceto nos roseirais de Valinor, onde Nessa dança nos gramados de verde que nunca se extingue.

Mesmo à noite, quando a lua brilhava pálida, ainda tocavam e dançavam e não temiam, como eu haveria de temer, pois o reinado de Tinwelint e de Gwendeling afastava o mal do bosque, e Melko ainda não os perturbava, e os Homens estavam cercados além das colinas.

Ora, o lugar que mais apreciavam era um ponto sombreado, e ali cresciam olmos e faias também, mas estas não eram muito altas, e algumas castanheiras que tinham flores brancas, mas o chão era úmido, e uma grande vegetação nebulosa de cicuta erguia-se sob as árvores. Certa vez, em junho, brincavam ali, e as umbelas brancas das cicutas eram como uma nuvem em torno dos troncos das árvores, e ali Tinúviel dançou até a tardinha desvanecer-se tarde, e havia muitas mariposas brancas em volta. Como Tinúviel era uma fada, não se importava com elas, como fazem muitos filhos dos Homens, apesar de não gostar de besouros, e em aranhas nenhum dos Eldar toca por causa de Ungweliantë —, mas as mariposas brancas volitavam, então, em torno de sua cabeça, e Dairon trinava uma estranha melodia, quando subitamente aconteceu algo estranho.

Nunca ouvi dizer como Beren chegou até ali por sobre as colinas, porém ele era mais bravo que a maioria, como hás de ouvir, e quem sabe tenha sido apenas o amor pelas caminhadas que o impelira, em meio aos terrores das Montanhas de Ferro, até ele alcançar as Terras Além.

Ora, Beren era um Gnomo, filho de Egnor, o couteiro, que caçava nos lugares mais obscuros no norte de Hisilómë. Havia temor e suspeita entre os Eldar e aqueles de sua gente que haviam provado a escravidão de Melko, e nisto vingaram-se os feitos malignos dos Gnomos no Porto dos Cisnes. Ora, as mentiras de Melko corriam entre a gente de Beren, de modo que acreditavam em fatos perversos sobre os Elfos secretos, porém agora ele via Tinúviel dançando no crepúsculo, e Tinúviel trajava uma veste de prata nacarada, e seus brancos pés desnudos cintilavam entre as hastes da cicuta. Então Beren não se importou se ela era Vala, ou Elfa, ou filha dos Homens e esgueirou-se, aproximando-se para vê-la; e apoiou-se em um jovem olmo

que crescia em um montículo, para poder olhar para baixo, para a pequena clareira onde ela dançava, pois o encantamento o fazia fraquejar. Tão esbelta ela era e tão bela que, por fim, ele se pôs de pé abertamente, sem cuidados, para contemplá-la melhor, e naquele momento a lua cheia irrompeu brilhante entre os ramos, e Dairon vislumbrou o rosto de Beren. De imediato percebeu que não pertencia à sua gente, e todos os Elfos das florestas acreditavam ser os Gnomos de Dor-lómin criaturas traiçoeiras, cruéis e desleais, portanto Dairon deixou cair sua flauta e, exclamando "Foge, foge, ó Tinúviel, um inimigo caminha neste bosque", desapareceu depressa entre as árvores. Então Tinúviel, em seu espanto, não o seguiu de imediato, pois não compreendeu no instante as suas palavras e, sabendo-se incapaz de correr e saltar com o mesmo vigor do irmão, subitamente abaixou-se entre as cicutas brancas e se escondeu sob uma flor muito alta, com muitas folhas espalhadas, e ali parecia, em sua veste branca, um salpico de luar luzindo através das folhas no chão.

Então Beren entristeceu-se, pois estava solitário e desolado pelo medo deles, e buscou Tinúviel em toda a parte, pensando que ela não fugira. Assim, de repente, pousou a mão em seu esbelto braço sob as folhas, e ela, com um grito, saltou para longe dele e voou o mais depressa que pôde à luz pálida, disparando e oscilando nos raios de lua como só os Eldar conseguem fazer, entrando e saindo pelos troncos das árvores e hastes de cicuta. O suave toque de seu braço deixou Beren ainda mais ansioso por encontrá-la do que antes, e ele a seguiu depressa e, no entanto, não depressa o bastante, pois, ao fim, ela lhe escapou e chegou temerosa à morada de seu pai, nem dançou sozinha na floresta durante muitos dias após.

Isso foi uma grande mágoa para Beren, que não queria deixar aqueles lugares, esperando mais uma vez ver dançar aquela bela donzela élfica, e vagueou na floresta por muitos dias, tornando-se selvagem e solitário e buscando por Tinúviel. Na aurora e no crepúsculo ele a buscava, mas sempre com maior esperança quando a lua brilhava intensa. Finalmente, certa noite, vislumbrou uma cintilação ao longe, e eis que lá estava ela, dançando a sós em um montículo despido de árvores, e Dairon não estava lá. Muitas e muitas vezes depois ela foi ali e dançava e cantava consigo mesma, e às vezes Dairon estava próximo, e então Beren vigiava da borda do bosque ao longe, e às vezes ele não estava, e Beren esgueirava-se mais para perto. Na verdade, por muito tempo Tinúviel sabia que ele chegara e fingia não saber, e há muito tempo seu temor se fora por causa do ansioso desejo no rosto dele, iluminado pelo luar, e viu que ele era bondoso e apaixonado por sua linda dança.

Então Beren se pôs a seguir Tinúviel em segredo através do bosque, bem até a entrada da caverna e da cabeceira da ponte, e quando ela havia entrado ele exclamou da outra margem do rio, dizendo baixinho "Tinúviel", pois escutara o nome dos lábios de Dairon, e, apesar de ele não o saber, muitas vezes Tinúviel o escutava do interior das sombras dos cavernosos portões e ria ou sorria suavemente. Por fim, certo dia, enquanto ela dançava a sós, ele deu um passo mais ousado e lhe disse: "Tinúviel, ensina-me a dançar." "Quem és tu?", disse ela. "Beren. Venho de além dos Morros Amargos." "Então, se queres dançar, segue-me", disse a donzela e dançou diante de Beren, afastando-se mais e mais para dentro do bosque, ágil, mas não tão depressa que ele não pudesse segui-la, e várias e várias vezes olhou para trás e riu-se dele tropeçando em seu encalço, dizendo: "Dança, Beren, dança! Assim como dançam além dos Morros Amargos!" Desse modo chegaram, por sendas tortuosas, à morada de Tinwelint, e Tinúviel fez sinal a Beren que atravessasse o rio, e ele a seguiu assombrado, descendo à caverna e aos profundos paços de seu lar.

No entanto, quando Beren se viu diante do rei, ficou envergonhado e muito assombrado perante a imponência da Rainha Gwendeling, e eis que, quando o rei disse: "Quem és tu, que tropeças até meus paços sem seres convidado?", ele nada tinha a dizer. Portanto, Tinúviel respondeu por ele, dizendo: "Este, meu pai, é Beren, um caminhante de além das colinas, e deseja aprender a dançar como sabem dançar os Elfos de Artanor", e riu-se, mas o rei franziu a testa quando ouviu de onde Beren vinha e disse: "Guarda tuas palavras levianas, minha filha, e diz: este selvagem Elfo das sombras tentou fazer-te algum mal?"

"Não, pai," disse ela, "e creio que não há mal nenhum em seu coração, e não sejas rude com ele, a não ser que queiras ver chorar tua filha Tinúviel, pois ele mais se assombra com minha dança do que qualquer um que eu tenha conhecido." Assim, Tinwelint disse então: "Ó Beren, filho dos Noldoli, o que desejas dos Elfos da floresta antes de retornares ao lugar de onde vieste?"

Tão grande era a pasmada alegria do coração de Beren, quando Tinúviel assim falou por ele ao pai dela, que a coragem cresceu dentro dele, e seu espírito aventureiro que o trouxera de Hisilómë e sobre as Montanhas de Ferro despertou outra vez e, fitando Tinwelint com arrojo, ele disse: "Ora, ó rei, desejo vossa filha Tinúviel, pois é a mais bela e mais doce de todas as donzelas que vi ou com quem sonhei."

Fez-se então silêncio no paço, exceto que Dairon riu, e todos os que ouviram assombraram-se, mas Tinúviel baixou os olhos, e o rei, lançando um olhar ao aspecto selvagem e rude de Beren, também irrompeu em riso, o que fez Beren enrubescer de vergonha, e o coração de Tinúviel magoou-se por ele. "Ora! Desposar minha Tinúviel, a mais bela das donzelas do mundo, e tornar-se príncipe dos Elfos da floresta é só uma pequena mercê para um estranho pedir", disse Tinwelint. "Quem sabe eu possa, com todo o direito, pedir algo em troca. Não há de ser nada grande, apenas um testemunho de tua estima. Traze-me uma Silmaril da Coroa de Melko, e nesse dia Tinúviel te desposará se quiser."

Então todos naquele lugar souberam que o rei tratara o assunto como pilhéria grosseira, compadecendo-se do Gnomo, e sorriram, pois a fama das Silmarils de Fëanor já era grande por todo o mundo, e os Noldoli haviam contado histórias sobre elas, e muitos que tinham escapado de Angamandi haviam-nas visto, agora brilhando lustrosas na coroa de ferro de Melko.

Jamais essa coroa deixava sua cabeça, e ele tinha aquelas joias em grande conta, como seus próprios olhos, e ninguém no mundo, ou fata, ou elfo, ou homem, jamais podia esperar pôr nelas um só dedo e viver. Isso de fato Beren sabia e compreendeu o significado de seus sorrisos zombeteiros e, inflamado de ira, exclamou: "Não, mas é presente demasiado pequeno para o pai de tão doce noiva. Ainda assim, parecem-me estranhos os costumes dos Elfos da floresta, semelhantes às rudes leis da gente dos Homens, para mencionardes o presente que não foi oferecido, porém eis que eu, Beren, caçador dos Noldoli, satisfarei vosso pequeno desejo", e com essas palavras arremeteu para fora do paço enquanto todos se quedaram admirados, mas Tinúviel chorou de repente. "Foi um mau feito, ó pai," exclamou, "mandar alguém à morte com tua pilhéria lamentável, pois agora creio que ele tentará o feito, enlouquecido por teu desprezo, e Melko o matará, e ninguém mais olhará com tanto amor a minha dança!"

Então disse o rei: "Não será o primeiro dos Gnomos que Melko matará, e por menores razões. É sorte dele não jazer aqui, atado por encantos penosos, por sua invasão de meus paços e por sua fala insolente"; porém Gwendeling nada disse, nem repreendeu Tinúviel ou questionou seu choro repentino por aquele caminhante desconhecido.

Beren, no entanto, afastando-se da face de Tinwelint, foi levado por sua ira longe, através da floresta, até se aproximar das colinas mais baixas e das terras desprovidas de árvores que alertavam sobre a aproximação das ermas Montanhas de Ferro. Só então sentiu o cansaço e deteve a marcha, e nesse ponto começaram suas grandes labutas. Suas noites eram de grande desalento, e não via nenhuma esperança em sua demanda e, na verdade, bem pouca havia, e logo, ao seguir as Montanhas de Ferro até se aproximar das terríveis regiões da morada de Melko, os maiores temores o assaltaram. Muitas serpentes venenosas havia naquelas plagas, e lobos vagavam por ali, e ainda mais pavorosos eram os bandos errantes dos gobelins e dos Orques — imundas crias de Melko, que perambulavam fazendo seu trabalho maligno, apanhando e capturando animais, e Homens e Elfos e arrastando-os até seu senhor.

Muitas vezes Beren chegou perto de ser capturado pelos Orques e uma vez escapou das mandíbulas de um grande lobo só após um combate onde estava armado apenas com uma clava de freixo, e outros perigos e aventuras conheceu a cada dia de sua caminhada rumo a Angamandi. Também fome e sede o torturaram com frequência, e muitas vezes teria voltado atrás, não fosse isso quase tão perigoso quanto prosseguir; mas a voz de Tinúviel pleiteando com Tinwelint ecoava em seu coração, e à noite lhe parecia que o coração às vezes a ouvia, chorando baixinho por ele, muito longe na floresta de seu lar: e isso era verdade de fato.

Certo dia foi impelido por grande fome a procurar restos de comida em um acampamento deserto de Orques, mas alguns deles voltaram inesperadamente, levaram-no prisioneiro e o atormentaram, mas não mataram, pois seu capitão, vendo a força dele apesar de estar exausto das privações, pensou que talvez Melko ficasse contente se o trouxessem até ele, e poderia pô-lo a fazer pesado trabalho escravo em suas minas ou forjas. Assim aconteceu que Beren foi arrastado diante de Melko, e, não obstante, seu coração estava impávido dentro dele, pois era crença entre a gente de seu pai que o poder de Melko não duraria para sempre, mas que os Valar escutariam finalmente as lágrimas dos Noldoli, erguer-se-iam, atariam Melko e abririam Valinor outra vez aos Elfos fatigados, e grande alegria retornaria sobre a Terra.

No entanto, Melko, olhando-o, ficou irado, perguntando como um Gnomo, um servo seu por nascimento, ousara escapar para as florestas sem permissão, mas Beren respondeu que não era fugitivo, mas vinha de uma linhagem de Gnomos que habitavam em Aryador e ali se misturavam muito com a gente dos Homens. Então Melko enfureceu-se mais ainda, pois buscava sempre destruir a amizade e as relações entre Elfos e Homens, e disse que ali evidentemente estava um conspirador de profundas traições contra o senhorio de Melko e merecedor das torturas dos Balrogs; mas Beren, percebendo seu perigo, respondeu: "Não penseis, ó mais poderoso Ainu Melko, Senhor do Mundo, que isso possa ser verdade, pois se assim fosse eu não estaria aqui sem ajuda e sozinho. Nenhuma amizade Beren, filho de Egnor, tem pela gente dos Homens, bem ao contrário, cansando-se por completo das terras infestadas por esse povo, ele vagou para fora de Aryador. Muitas grandes histórias meu pai me contou outrora sobre vosso esplendor e glória e, por isso, apesar de não ser servo renegado, nada desejo mais do que vos servir do pequeno modo que puder", e Beren disse então que era excelente caçador de pequenos animais e que laçava pássaros e que se perdera nas colinas durante esses afazeres até que, depois de muito vagar, chegara a terras estranhas e, mesmo que os Orques não o tivessem apanhado, ele de fato não teria outro conselho de segurança senão abordar a majestade do Ainu Melko e implorar que este lhe concedesse algum humilde mister — talvez como provedor de carne para sua mesa.

Ora, os Valar devem ter inspirado essa fala, ou quem sabe fosse um encantamento de palavras astuciosas que Gwendeling lhe tivesse posto por compaixão, pois de fato lhe salvou a vida, e Melko, notando sua constituição robusta, acreditou nele e se dispôs a aceitá-lo como servo em suas cozinhas. A lisonja sempre teve aroma doce nas narinas desse Ainu e, a despeito de toda a sua insondável sabedoria, muitas mentiras dos que desprezava o enganavam se estivessem vestidas graciosamente em palavras elogiosas; portanto deu, então, ordens para que Beren fosse feito servo de Tevildo, Príncipe dos Gatos. Ora, Tevildo era um gato enorme — o mais poderoso de todos — e possuído por um espírito maligno, como dizem alguns, e estava constantemente seguindo Melko, e esse gato tinha todos os gatos sujeitos a ele, e ele e seus subordinados eram os caçadores e provedores de carne para a mesa de Melko e seus frequentes banquetes. Por esse motivo ainda existe ódio entre os Elfos e todos os gatos, mesmo agora, quando Melko não reina mais, e seus animais tornaram-se de pouca importância.

Quando Beren foi levado embora, por causa disso, aos paços de Tevildo, que não eram demasiado distantes do lugar do trono de Melko, teve muito medo, pois não esperara tal reviravolta, e aqueles paços eram mal iluminados e estavam repletos de grunhidos e monstruosos rom-rons no escuro.

Em toda a volta brilhavam olhos de gatos, luzindo como lanternas verdes, ou vermelhas, ou amarelas, onde os capitães de Tevildo se assentavam, balançando e açoitando suas belas caudas, mas o próprio Tevildo estava sentado diante deles e era um gato enorme e negro como carvão e de aspecto malévolo. Seus olhos eram compridos e muito estreitos e inclinados e rebrilhavam em vermelho e em verde, mas seus grandes bigodes cinzentos eram rijos e afiados como agulhas. Seu ronronar era como rufar de tambores e seu grunhido como trovão, mas quando gritava de raiva fazia o sangue gelar, e de fato pequenos animais e aves ficavam congelados como se fossem pedra, ou tombavam sem vida, muitas vezes ao simples som. Agora Tevildo, vendo Beren, apertou os olhos até que parecessem fechados e disse: "Sinto cheiro de cão", e tomou antipatia por Beren a partir daquele momento. Ora, Beren fora apreciador de cães em seu próprio lar selvagem.

"Por que", disse Tevildo, "ousais trazer tal criatura diante de mim, a não ser que seja para transformá-lo em carne?" Mas os que conduziam Beren responderam: "Não, foi a palavra de Melko que este Elfo infeliz consumisse a vida como caçador de animais e aves no emprego de Tevildo." Então, de fato, Tevildo guinchou de desdém e disse: "Então na verdade meu senhor estava adormecido, ou seus pensamentos pousavam em outro lugar, pois do que pensais que adianta um filho dos Eldar para ajudar o Príncipe dos Gatos ou seus capitães a caçar aves ou animais? Poderíeis muito bem ter trazido algum Homem de pés desajeitados, pois não há entre Elfos ou Homens quem possa rivalizar conosco na perseguição." Ainda assim pôs Beren à prova e mandou-o apanhar três camundongos, "pois meu paço está infestado deles", disse. Na verdade, não era assim, como se pode imaginar, no entanto alguns poucos havia ali — uma espécie muito selvagem, maligna e mágica que ousava habitar lá em buracos escuros, mas eles eram maiores que ratos e muito ferozes, e Tevildo abrigava-os para sua própria diversão privada e não permitia que seu número minguasse.

Por três dias Beren os caçou, mas, como nada tinha com que construir uma armadilha (e de fato não mentira a Melko ao dizer que tinha habilidade em tais dispositivos), caçou em vão, não obtendo por todos os seus esforços nada melhor que um dedo mordido. Então Tevildo ficou furioso e com grande ira, mas exceto por alguns arranhões Beren nenhum dano sofreu nessa ocasião, nem dele nem de seus capitães, por causa da ordem de Melko. Porém penosos foram seus dias depois disso nas moradas de Tevildo. Fizeram dele um ajudante de cozinha, e seus dias passavam-se tristemente lavando pisos e panelas, esfregando mesas, cortando lenha e tirando água. Muitas vezes, também, faziam-no girar espetos em que aves e camundongos gordos eram delicadamente assados para os gatos, porém raramente ele próprio tinha comida ou sono, e tornou-se abatido e desgrenhado, e muitas vezes desejou que jamais, vagando para fora de Hisilómë, tivesse ao menos vislumbrado a visão de Tinúviel.

Ora, essa bela donzela chorou durante longo tempo após a partida de Beren e não dançava mais nos bosques, e Dairon enfureceu-se e não conseguia compreendê-la, mas ela passara a amar o rosto de Beren espiando através dos ramos e o estalido de seus pés quando estes a seguiam pela floresta e desejava ouvir outra vez sua voz que chamava saudosa "Tinúviel, Tinúviel" na outra margem do rio, diante dos portões de seu pai, e já não queria dançar quando Beren fugira para os paços malignos de Melko, e quem sabe já tivesse perecido. Por fim esse pensamento se tornou tão amargo que essa mui suave donzela foi ter com sua mãe, pois ao pai não ousava ir, nem permitir que ele a visse chorar.

"Ó Gwendeling, minha mãe," disse ela, "conta-me por tua magia, se puderes, como passa Beren. Ainda está tudo bem com ele?" "Não", disse Gwendeling. "Ele vive de fato, mas em maligno cativeiro, e a esperança está morta em seu coração, pois eis que ele é escravo em poder de Tevildo, Príncipe dos Gatos."

"Então," disse Tinúviel, "preciso ir em seu socorro, pois não conheço ninguém mais que o fará."

Ora, Gwendeling não riu, pois em muitos assuntos era sábia e presciente, mas era coisa não imaginada em sonho insano que uma Elfa, ainda mais sendo donzela, filha do rei, viajasse desassistida aos paços de Melko, mesmo naqueles dias primordiais antes da Batalha das Lágrimas, quando o poderio de Melko não crescera, e ele velava seus desígnios e expandia sua rede de mentiras. Por isso Gwendeling gentilmente lhe pediu que não dissesse tais tolices, mas Tinúviel disse: "Então precisas demandar auxílio a meu pai, que envie guerreiros a Angamandi e exija a liberdade de Beren ao Ainu Melko."

De fato, Gwendeling o fez, por amor da filha, e Tinwelint enfureceu-se tanto que Tinúviel desejou que nunca seu anseio tivesse sido revelado; e Tinwelint mandou que ela não falasse nem pensasse mais em Beren e jurou que o mataria se pisasse de novo naqueles paços. Então Tinúviel ponderou muito o que poderia fazer e, indo ter com Dairon, implorou-lhe que a auxiliasse, ou até que viajasse com ela até Angamandi, caso quisesse, mas Dairon lembrou-se de Beren com pouco apreço e disse: "Por que eu haveria de entrar no mais medonho perigo que há no mundo por causa de um Gnomo errante dos bosques? Em verdade não tenho apreço por ele, pois ele destruiu nossa brincadeira juntos, nossa música e nossa dança." Mas Dairon, ademais, contou ao rei o que Tinúviel lhe pedira — e isso não por má intenção, mas temendo que Tinúviel partisse rumo à morte no desvario de seu coração.

Ora, quando Tinwelint ouviu isso, chamou Tinúviel e disse: "Por que, ó donzela minha, não afastas de ti essa loucura e buscas fazer o que ordenei?" Mas Tinúviel não respondeu, e o rei ordenou-lhe que prometesse a ele que nem pensasse mais em Beren, nem tentasse em sua loucura segui-lo às malignas terras, quer sozinha, quer tentando alguém da sua gente a acompanhá-la. Mas Tinúviel disse que a primeira coisa ela não prometeria e a segunda, apenas em parte, pois não tentaria ninguém da gente da floresta a ir com ela.

Então seu pai irou-se deveras e sob sua ira estava não pouco espantado e temeroso, pois amava Tinúviel; mas foi este o plano que engendrou, pois não podia encerrar a filha para sempre nas cavernas aonde só chegava uma luz fraca e bruxuleante. Ora, acima dos portais de seu cavernoso paço havia uma encosta íngreme que descia em direção ao rio, e ali cresciam enormes faias; e havia uma que se chamava Hirilorn, a Rainha das Árvores, pois era imensa, e o tronco era tão profundamente fendido que parecia que três caules emanavam juntos do chão e tinham o mesmo tamanho, redondos e retos, e sua casca cinzenta era lisa como seda, ininterrupta por ramo ou rebento por grande altura acima das cabeças dos homens.

Ora, Tinwelint mandou construir, bem alto nessa estranha árvore, tão alto quanto podiam ser construídas as mais longas escadas para alcançá-la, uma casinha de madeira, e estava acima dos primeiros galhos e suavemente velada por folhas. Ora, essa casa tinha três cantos e três janelas em cada parede, e em cada canto estava um dos caules de Hirilorn. Ali, então, Tinwelint mandou Tinúviel morar até que concordasse em ser sábia, e quando ela subiu pelas escadas de alto pinho elas foram retiradas por baixo, e não havia meios de ela descer novamente. Tudo de que necessitava lhe era trazido, e a gente escalava pelas escadas e lhe dava comida ou qualquer outra coisa que desejasse e depois, ao descer, voltava a tirar as escadas, e o rei prometeu a morte a quem deixasse uma encostada à árvore ou tentasse sorrateiramente colocar uma à noite. Portanto, uma guarda foi colocada junto ao pé da árvore, e ainda assim Dairon costumava ir ali, pesaroso pelo que fizera acontecer, pois estava solitário sem Tinúviel; mas, inicialmente, Tinúviel teve muito prazer em sua casa entre as folhas e espiava pela janelinha enquanto Dairon tocava suas mais doces melodias lá embaixo.

Mas certa noite veio um sonho dos Valar a Tinúviel, e ela sonhou com Beren, e seu coração disse: "Que eu parta para buscar aquele que todos os outros esqueceram"; e ao despertar a lua brilhava através das árvores, e ela ponderou mui profundamente como haveria de escapar. Ora, Tinúviel, filha de

Gwendeling, não ignorava magias nem encantos, como se pode bem imaginar, e após muito pensar concebeu um plano. No dia seguinte pediu aos que vieram até ela que trouxessem, como favor, um tanto da água mais clara do rio lá embaixo, "mas essa", disse, "tem de ser tirada à meia-noite numa bacia de prata, e trazida à minha mão sem que seja dita uma palavra sequer". E depois pediu que trouxessem vinho, "mas esse", disse, "tem de ser trazido num frasco de ouro ao meio-dia, e quem o trouxer deve cantar durante o caminho", e fizeram o que lhes fora pedido, mas ninguém contou a Tinwelint.

Então Tinúviel disse: "Ide agora até minha mãe, e dizei-lhe que sua filha deseja uma roda de fiar para passar as horas enfadonhas", mas secretamente pediu a Dairon que lhe fizesse um minúsculo tear, e ele o fez na própria casinha de Tinúviel na árvore. "Mas com que fiarás e com que tecerás?", perguntou ele, e Tinúviel respondeu: "Com encantos e mágicas", mas Dairon não sabia seu desígnio, nem disse nada mais ao rei ou a Gwendeling.

Ora, Tinúviel tomou o vinho e a água quando estava a sós e, enquanto cantava uma canção de grande magia, misturou-os, e quando estavam na bacia de ouro cantou uma canção de crescimento, e quando estavam na bacia de prata cantou outra canção, e os nomes de todas as coisas mais altas e mais longas da Terra estavam postos nessa canção: as barbas dos Indravangs, a cauda de Karkaras, o corpo de Glorund, o tronco de Hirilorn, e a espada de Nan ela nomeou, nem esqueceu a corrente Angainu que Aulë e Tulkas fizeram, nem o pescoço de Gilim, o gigante, e por último, por mais longo tempo, falou dos cabelos de Uinen, senhora do mar, que se espalha por todas as águas. Então banhou a cabeça com a água e o vinho misturados e, assim fazendo, cantou uma terceira canção, uma canção de profundo sono, e os cabelos de Tinúviel, que eram escuros e mais finos que os mais delicados filamentos do crepúsculo, repentinamente começaram, de fato, a crescer muito rápido, e depois que se passaram doze horas eles quase preenchiam o pequeno recinto, e então Tinúviel ficou muito contente e deitou-se para repousar e, quando despertou, o recinto estava como que repleto de uma névoa negra, e ela estava oculta bem fundo abaixo dela, e eis que seus cabelos pendiam para fora da janela e esvoaçavam em torno dos troncos da árvore na manhã. Então, com dificuldade, encontrou sua tesourinha e cortou os fios daquele cultivo rente à cabeça, e depois disso seus cabelos só cresciam como costumavam crescer antes.

Começou então a labuta de Tinúviel e, apesar de ela trabalhar com a destreza de uma Elfa, foi longo o fiar e mais longo ainda o tecer e, caso alguém viesse chamá-la lá embaixo, ela lhe pedia que se fosse, dizendo: "Estou acamada e só desejo dormir", e Dairon admirou-se muito e muitas vezes a chamou lá em cima, mas ela não respondia.

Ora, com aqueles cabelos nebulosos Tinúviel teceu uma capa de negro nublado, embebida de uma sonolência ainda muito mais mágica que aquela que sua mãe envergara, e dançara nela, muito tempo atrás, e com ela cobriu suas vestes de branco reluzente, e sonos mágicos preencheram o ar à sua volta, mas com o que restou ela torceu um grande cordão e o prendeu ao tronco da árvore no interior de sua casa, e assim terminou sua labuta, e ela olhou pela janela para o oeste, na direção do rio. A luz do sol já se apagava nas árvores e, à medida que o crepúsculo preenchia a floresta, ela começou a cantar, muito de leve e em voz baixa e, enquanto cantava, lançou os longos cabelos pela janela, de forma que a névoa sonolenta tocasse as cabeças e os rostos dos guardas lá embaixo, e eles, escutando sua voz, caíram de repente em sono incomensurável. Então Tinúviel, envergando suas vestes de treva, deslizou, leve como um esquilo, pela corda de cabelos e afastou-se dançando rumo à ponte, e antes que os vigias da ponte pudessem gritar, ela estava entre eles, a dançar, e quando a bainha de sua capa negra os tocava, eles adormeciam, e Tinúviel fugiu para muito longe, tão depressa quanto voavam seus pés dançantes.

Ora, quando a fuga de Tinúviel chegou aos ouvidos de Tinwelint foi grande seu pesar mesclado com ira, e toda a sua corte estava em polvorosa, e todos os bosques ressoavam com a busca, mas Tinúviel já estava bem longe, aproximando-se dos obscuros contrafortes onde começam as Montanhas da Noite; e dizem que Dairon, seguindo-a, perdeu-se por completo e jamais retornou a Elfinesse, mas voltou-se na direção de Palisor e ali ainda toca sutis músicas mágicas, saudoso e solitário nos bosques e florestas do sul.

Porém, enquanto Tinúviel avançava, um súbito temor se apossou dela quando pensou no que ousara fazer e no que estava à frente, então voltou atrás por um momento e chorou, desejando que Dairon estivesse com ela, e dizem que de fato ele não estava longe, mas vagava perdido entre os grandes pinheiros, a Floresta da Noite, onde mais tarde Túrin matou Beleg por infortúnio.

Próxima já estava Tinúviel desses lugares, mas não penetrou naquela região escura e, recobrando a coragem, seguiu avante e, em virtude da maior magia de seu ser e por causa do encantamento de assombro e sono que a rodeava, não a assaltou nenhum dos perigos que haviam ameaçado Beren antes dela; porém foi uma jornada longa, maligna e cansativa para ser trilhada por uma donzela.

Ora, é preciso ser dito que naqueles dias Tevildo tinha apenas uma preocupação no mundo, que era a gente dos Cães. De fato, muitos deles não eram amigos nem inimigos dos Gatos, pois haviam sido sujeitados a Melko e eram tão selvagens e cruéis como seus outros animais; na verdade, dos mais cruéis e selvagens ele gerou a raça dos lobos, e eles lhe eram muito caros de fato. Não era o grande lobo cinzento Karkaras Presa-de-Punhal, pai dos lobos, que guardava os portões de Angamandi naqueles dias e o fizera por muito tempo antes? No entanto, havia muitos que nem se curvavam diante de Melko, nem viviam em total temor dele, mas habitavam nas moradas dos Homens, protegendo-os de muitos males que de outra forma os acometeriam, ou perambulavam pelos bosques de Hisilómë ou, passando pelos lugares montanhosos, às vezes chegavam até à região de Artanor e às terras além e para o sul.

Caso algum desses avistasse Tevildo ou algum de seus capitães ou súditos, havia grandes latidos e intensa perseguição, e, apesar de raramente um gato ser morto, em virtude de sua habilidade em escalar e esconder-se e por causa do poder protetor de Melko, ainda assim havia grande inimizade entre eles, e alguns desses cachorros eram temidos entre os gatos. Tevildo, porém, não temia nenhum, pois era tão forte quanto qualquer um deles e mais ágil e mais rápido, exceto por Huan, Capitão dos Cães. Tão rápido era Huan que, certa feita, sentira o gosto do pelo de Tevildo e, apesar de Tevildo lhe ter cobrado com um talho das grandes garras, ainda assim o orgulho do Príncipe dos Gatos não ficou apaziguado, e ele ansiava por fazer grande mal a Huan dos Cães.

Grande foi, portanto, a sorte que ocorreu a Tinúviel ao se encontrar com Huan no bosque, apesar de no começo ela sentir temor mortal e fugir. Mas Huan a alcançou em dois saltos e, falando com voz suave e profunda a língua dos Elfos Perdidos, ele lhe pediu que não temesse. "Por que", disse ele, "vejo uma donzela élfica e belíssima vagando a sós tão perto das moradas do Ainu do Mal? Não sabes que estes são lugares muito maus para se estar, pequena, mesmo com um companheiro, e são a morte dos solitários?"

"Isso eu sei," disse ela, "e não estou aqui pelo amor à jornada, mas busco somente Beren."

"O que sabes então", disse Huan, "de Beren? Ou de fato te referes a Beren, filho do caçador dos Elfos, Egnor bo-Rimion, meu amigo desde dias muito antigos?"

"Não, nem mesmo sei se meu Beren é teu amigo, pois busco apenas Beren de além dos Morros Amargos, que conheci no bosque perto do lar de meu pai. Agora ele se foi, e minha mãe Gwendeling diz em sua sabedoria que ele é servo na cruel casa de Tevildo, Príncipe dos Gatos; e não sei se isso é verdade ou se coisa pior lhe aconteceu agora e vou descobri-lo, mas não tenho plano nenhum."

"Então farei um para ti," disse Huan, "mas confia em mim, pois sou Huan dos Cães, principal inimigo de Tevildo. Agora repousa comigo um pouco nas sombras do bosque, e pensarei profundamente."

Então Tinúviel fez o que ele dissera e, de fato, dormiu por muito tempo enquanto Huan vigiava, pois ela estava muito fatigada. Mas algum tempo depois, despertando, ela disse: "Eis que me demorei demais. Ora, qual é teu pensamento, ó Huan?"

E Huan disse: "Este assunto é obscuro e difícil, e não posso dar outro conselho que não este. Esgueira-te agora, se tiveres coragem, ao lugar de morada desse Príncipe, enquanto o sol está alto, e Tevildo e a maioria de sua casa cochilam nos terraços diante de seus portões. Ali descobre, do modo que puderes, se Beren realmente está lá dentro, como te disse tua mãe. Mas eu estarei a postos, não longe dali, na floresta, e me darás prazer e auxiliarás teus próprios desejos se, chegando diante de Tevildo, quer Beren esteja lá ou não, tu lhe contares como topaste com Huan dos Cães jazendo doente no bosque aqui, neste lugar. Mas não lhe indiques o caminho para cá, pois deves guiá-lo tu mesma, se possível. Então verás o que pretendo para ti e para Tevildo. Creio que, trazendo tais notícias, Tevildo não te tratará mal em seus paços, nem procurará manter-te lá."

Desse modo Huan pretendia, ao mesmo tempo, causar mal a Tevildo, ou quem sabe matá-lo se fosse possível, e auxiliar Beren, que ele supunha corretamente que fosse aquele Beren, filho de Egnor, que os cães de Hisilómë amavam. De fato, ouvindo o nome de Gwendeling e assim sabendo que aquela donzela era princesa das fadas do bosque, estava ansioso por ajudá-la, e seu coração se aqueceu com a doçura dela.

Então Tinúviel, enchendo-se de coragem, esgueirou-se para perto dos paços de Tevildo, e Huan muito se admirou com sua coragem, seguindo-a em segredo até onde podia, pelo êxito de seu plano. Por fim, no entanto, ela desapareceu de sua vista e, deixando o abrigo das árvores, chegou a uma região de capim longo salpicado de arbustos que se erguia cada vez mais rumo a uma encosta das colinas. Agora o sol brilhava naquela crista rochosa, mas sobre todas as colinas e montanhas por trás dela jazia uma nuvem negra, pois ali estava Angamandi; e Tinúviel seguiu em frente sem ousar erguer os olhos para aquela treva, pois o medo a oprimia e, à medida que andava, o chão subia e o capim escasseava e ficava salpicado de rochas, até que chegou junto a um penhasco, íngreme de um lado, e ali, sobre uma plataforma de pedra, estava o castelo de Tevildo. Nenhuma trilha conduzia até lá, e o lugar onde se erguia desandava rumo à floresta, um terraço após o outro, de forma que ninguém seria capaz de alcançar seus portões a não ser com muitos grandes saltos, e se tornava cada vez mais íngreme à medida que o castelo se aproximava. Poucas eram as janelas daquela casa, e no térreo não havia nenhuma — na verdade, o próprio portão era no ar, onde nas moradas dos Homens costumam ficar as janelas do piso superior, mas o telhado tinha muitos espaços amplos e planos, abertos ao sol.

Tinúviel então perambulava desconsolada no terraço inferior e contemplava com pavor a casa escura sobre a colina, quando eis que, numa dobra da rocha, topou com um gato a sós, deitado ao sol e aparentemente adormecido. Quando se aproximou, ele abriu um olho amarelo e piscou para ela, e em seguida, erguendo-se e espreguiçando-se, deu alguns passos em sua direção e disse: "Aonde vais, donzelinha? Não sabes que invades a área do banho de sol de sua alteza Tevildo e de seus capitães?"

Então Tinúviel assustou-se muito, mas deu a resposta mais atrevida de que foi capaz, dizendo: "Isso não sei, meu senhor," o que muito agradou ao velho gato, pois em verdade ele era apenas o porteiro de Tevildo, "mas de fato, por tua bondade, gostaria de ser levada agora à presença de Tevildo, mesmo que esteja dormindo", disse ela, então o porteiro agitou a cauda em admirada recusa.

"Tenho palavras de importância imediata para seu ouvido em particular. Conduz-me até ele, meu senhor", implorou, e diante disso o gato ronronou tão alto que ela ousou afagar-lhe a feia cabeça, que era muito maior que a dela e maior que a de qualquer cão que existe hoje sobre a Terra. Com esse rogo, Umuiyan, pois era esse seu nome, disse: "Vem comigo então" e, subitamente agarrando Tinúviel pelo ombro das vestes, para seu grande terror, lançou-a sobre o lombo e saltou para o segundo terraço. Ali se deteve e, quando Tinúviel desceu com dificuldade de seu lombo, disse: "Tens sorte de esta tarde meu senhor Tevildo estar deitado neste modesto terraço longe de casa, pois um grande cansaço e desejo de dormir me acometeu, de modo que temo não ser capaz de te carregar muito mais longe" e Tinúviel estava agora envolta em sua veste de névoa negra.

Dizendo isso, Umuiyan bocejou alto e se alongou antes de a conduzir ao longo daquele terraço até um espaço vazio onde, sobre um amplo leito de pedras cozidas, jazia o horrível vulto do próprio Tevildo, que tinha ambos os olhos malévolos fechados. Aproximando-se dele, o gato-porteiro Umuiyan falou baixinho em seu ouvido, dizendo: "Uma donzela espera vosso favor, meu senhor, que tem importante notícia para vos comunicar e não aceitou minha recusa." Então Tevildo agitou a cauda raivoso, abrindo um olho pela metade. "O que é? Sê rápida," disse, "pois esta não é hora para chegar desejando audiência com Tevildo, Príncipe dos Gatos."

"Não, senhor," disse Tinúviel trêmula, "não vos enfureçais; nem penso que vos enfurecereis quando ouvirdes, porém o assunto é tal que seria melhor nem o sussurrar aqui, onde sopram as brisas", e Tinúviel lançou à floresta um olhar como de apreensão.

"Não, vai embora," disse Tevildo, "cheiras a cão, e que boa notícia veio alguma vez a um gato de uma fada que lidou com cães?"

"Ora, senhor, eu cheirar a cão não é motivo para espanto, pois acabo de escapar de um, e é de fato sobre certo cão poderosíssimo, cujo nome conheceis, que desejo falar." Então Tevildo sentou-se e abriu os olhos, olhou em toda a volta e espreguiçou-se três vezes e, por fim, mandou o gato-porteiro trazer Tinúviel para dentro; e Umuiyan a pegou no lombo como antes. Agora Tinúviel estava muito temerosa, pois, tendo obtido o que desejava, uma oportunidade de penetrar no baluarte de Tevildo e talvez descobrir se Beren estava ali, não tinha mais nenhum plano e não sabia o que lhe iria acontecer — na verdade, teria fugido se pudesse; porém, então, aqueles gatos começaram a subir pelos terraços rumo ao castelo, e Umuiyan deu um salto levando Tinúviel para cima, e depois outro, e no terceiro tropeçou de modo que Tinúviel deu um grito de pavor, e Tevildo disse: "O que te aflige, Umuiyan de pés desajeitados? É hora de deixares meu emprego se a idade se insinua em ti tão depressa." Mas Umuiyan disse: "Não, senhor, não sei o que seja, mas há uma névoa diante de meus olhos e minha cabeça pesa", e cambaleou como um ébrio, de modo que Tinúviel deslizou do seu lombo, e com isso ele se deitou como em sono profundo; mas Tevildo enfureceu-se e agarrou Tinúviel, não com muito cuidado, e levou-a ele mesmo até os portões. Então, com salto enorme, pulou para dentro e, mandando a donzela apear, soltou um berro que ecoou horrendamente nos escuros caminhos e corredores. Imediatamente vieram correndo até ele, lá de dentro, e alguns ele mandou descerem até Umuiyan, amarrarem-no e lançarem-no das rochas "do lado norte onde caem mais íngremes, pois não tenho mais uso para ele," disse, "pois sua idade lhe roubou a firmeza dos passos"; e Tinúviel estremeceu ao ouvir a crueldade daquele animal. Mas, mesmo enquanto falava, ele próprio bocejou e tropeçou, como que tomado por súbita sonolência, e mandou que os outros levassem Tinúviel a uma certa sala lá dentro, e era ali que Tevildo costumava sentar-se para comer carne com seus maiores capitães. Estava repleta de ossos e fedia atrozmente; não tinha janelas, apenas uma porta, mas uma portinhola se abria dela para as grandes cozinhas, e uma luz vermelha emanava dali e iluminava fracamente o lugar.

Ora, tão temerosa estava Tinúviel quando a gataria a deixou ali que ficou imóvel por um momento, incapaz de se mexer, mas logo, acostumando-se à escuridão, olhou em torno e, avistando a portinhola que tinha um peitoril largo, saltou sobre este, pois não era demasiado alto, e ela era uma Elfa ágil. Então, olhando através dela, já que estava entreaberta, viu as amplas cozinhas abobadadas e os grandes fogos que lá ardiam e os que sempre labutavam no interior, e a maioria era de gatos — mas eis que ali, junto a um grande fogo, estava Beren abaixado, e estava encardido de trabalhar, e Tinúviel sentou-se e chorou, mas nada ousou ainda. Na verdade, assim que se sentou a voz áspera de Tevildo soou de repente dentro daquela sala: "Não, para onde em nome de Melko fugiu essa Elfa louca?", e Tinúviel, ouvindo-o, espremeu-se contra a parede, mas Tevildo a enxergou onde se empoleirara e exclamou: "Então a avezinha não canta mais; desce ou terei de te buscar, pois eis que não encorajarei os Elfos a me pedirem audiência com zombaria."

Então, parte por medo, parte esperando que sua clara voz chegasse mesmo até Beren, Tinúviel subitamente começou a falar muito alto e a contar sua história ecoando nos paços; mas "Quieta, cara donzela," disse Tevildo, "se o assunto era secreto lá fora, não deve ser gritado aqui dentro." Então disse Tinúviel: "Não fales assim comigo, ó gato, por muito que sejas o poderoso Senhor dos Gatos, pois não sou eu Tinúviel, Princesa das Fadas, que me desviei de meu caminho para te fazer um favor?" Ora, a estas palavras, e ela as gritara ainda mais alto do que antes, ouviu-se um grande estrondo nas cozinhas, como se muitos recipientes de metal e louça tivessem sido derrubados de súbito, mas Tevildo rosnou: "Ali tropeça esse tolo, Beren, o Elfo. Que Melko me livre dessa gente." Porém Tinúviel, adivinhando que Beren a ouvira e fora tomado de espanto, deixou seus temores de lado e não se arrependeu mais de sua ousadia. Ainda assim, Tevildo ficou muito irado com suas palavras altivas e, se ele não tivesse decidido primeiro descobrir que vantagem obteria da história dela, Tinúviel ter-se-ia dado mal de imediato. De fato, a partir desse momento estava em grande perigo, pois Melko e todos os seus vassalos consideravam Tinwelint e sua gente como proscritos, e era grande sua alegria em aprisioná-los e tratá-los com crueldade, de modo que Tevildo teria conquistado grande favor se levasse Tinúviel diante de seu senhor. De fato, assim que ela declarou seu nome, ele resolveu fazê-lo quando tivesse resolvido seus próprios afazeres, mas, em verdade, seu juízo estava adormecido naquele dia, e esqueceu-se de mais admirar por que Tinúviel estava empoleirada no peitoril da portinhola; nem pensou mais em Beren, pois sua mente estava atenta somente à história que Tinúviel lhe trazia. Por isso disse, disfarçando o mau humor:

"Não, Senhora, não te zangues, mas vê que a demora aguça meu desejo; o que é isso que tens para meus ouvidos, pois eles já se contorcem?"

Mas Tinúviel disse: "Há um grande animal, rude e violento, e seu nome é Huan", e com esse nome o lombo de Tevildo se arqueou, e seu pelo eriçou-se e crepitou, e era vermelha a luz de seus olhos, e prosseguiu ela: "Parece-me lamentável que a tal besta seja tolerado infectar os bosques tão perto da habitação do poderoso Príncipe dos Gatos, meu senhor Tevildo", mas Tevildo disse: "Nem o toleramos, nem ele jamais vem aqui, exceto furtivamente."

"Seja como for," disse Tinúviel, "lá está ele agora, mas me parece que afinal sua vida poderá terminar de todo, pois vede, quando atravessei a floresta, vi onde um grande animal jazia ao solo, gemendo como que doente; e eis que era Huan, e algum encanto mau ou doença o tem nas garras, e ainda jaz desamparado num vale da floresta, a nem uma milha a oeste deste paço. Ora, quem sabe eu não vos tivesse perturbado os ouvidos por causa disso se a besta, quando me aproximei para socorrê-la, não tivesse grunhido e tentado morder-me, e julgo que tal criatura merece o que lhe acontecer."

Ora, tudo isso que Tinúviel dizia era uma grande mentira em cuja criação Huan a guiara, e as donzelas dos Eldar não costumam inventar mentiras; porém nunca ouvi dizer que algum dos Eldar a tivesse culpado nisso, nem Beren depois, nem a culpo eu, pois Tevildo era um gato maligno, e Melko, o mais perverso de todos os seres, e Tinúviel corria grave perigo nas mãos deles. Porém Tevildo, ele próprio grande e hábil mentiroso, estava tão profundamente enfronhado nas mentiras e sutilezas de todos os animais e criaturas que raramente sabia se devia ou não crer no que lhe era dito e costumava duvidar de tudo, menos do que queria acreditar que fosse verdade e, assim, era muitas vezes enganado pelos mais honestos. Ora, a história de Huan e seu desamparo tanto lhe agradou que tendia a crer que fosse verdadeira e decidiu-se a pelo menos testá-la; porém de início fingiu indiferença, dizendo que era um

assunto pequeno para tal segredo e poderia ter sido dito do lado de fora sem mais cerimônia. Mas Tinúviel disse que não pensara que Tevildo, Príncipe dos Gatos, precisasse ser informado de que os ouvidos de Huan ouviam os sons mais tênues a uma légua de distância e a voz de um gato de mais longe que qualquer outro som.

Assim, portanto, Tevildo buscou descobrir de Tinúviel, fingindo desconfiar do seu relato, onde exatamente Huan poderia ser encontrado, mas ela apenas deu respostas vagas, vendo nisso sua única esperança de escapar do castelo, e por fim Tevildo, dominado pela curiosidade e ameaçando coisas malévolas caso ela revelasse ser falsa, convocou a si dois de seus capitães, e um deles era Oikeroi, um gato feroz e belicoso. Então os três partiram dali com Tinúviel, mas Tinúviel removeu sua veste mágica negra e a dobrou, de forma que, apesar de todo o seu tamanho e densidade, não parecia maior que o mais miúdo lenço (pois disso ela era capaz), e assim ela desceu dos terraços sem contratempos, carregada no lombo de Oikeroi, e nenhuma sonolência acometeu o que a levava. Então esgueiraram-se pela floresta na direção que ela mencionara, e logo Tevildo farejou o cão e eriçou e balançou sua grande cauda, mas depois escalou uma árvore grandiosa e de lá observou o vale que Tinúviel lhes mostrara. Ali viu de fato o grande vulto de Huan, jazendo prostrado, grunhindo e gemendo, e desceu muito contente e apressado e, de fato, no seu afã esqueceu-se de Tinúviel, que agora, temendo muito por Huan, se esconde em uma moita de samambaias. O propósito de Tevildo e seus dois companheiros era penetrar naquele vale em silêncio, vindos de diferentes direções, e assim acometerem Huan de súbito, inesperadamente, e o matar ou, caso estivesse ferido demais, brigar para zombar dele e atormentá-lo. Foi o que fizeram então, mas, no momento em que saltavam sobre ele, Huan lançou-se no ar com imenso latido, e suas mandíbulas se fecharam nas costas do gato Oikeroi, próximo ao pescoço, e Oikeroi morreu, mas o outro capitão fugiu uivando para cima de uma grande árvore, e assim Tevildo ficou só em face de Huan, e tal encontro não fora bem sua intenção e, contudo, Huan o acometeu muito depressa para que pudesse fugir, e combateram ferozmente naquela clareira, e o barulho que Tevildo fazia era muito medonho, mas por fim Huan o tomou pela garganta, e o gato haveria de perecer, não fosse suas garras, ao atacar às cegas, perfurarem o olho de Huan. Então Huan começou a ladrar, e Tevildo, com tremendo guincho, soltou-se com grande puxão e subiu de um salto em uma árvore alta e lisa ali perto, assim como fizera seu companheiro. A despeito de seu grave ferimento, Huan, então, saltou para baixo dessa árvore, dando grandes latidos, e Tevildo o amaldiçoou e lançou sobre ele, lá de cima, palavras malignas.

Então disse Huan: "Vê, Tevildo, estas são as palavras de Huan, a quem pretendias apanhar e matar indefeso como os miseráveis camundongos que costumas caçar; fica para sempre no alto de tua árvore solitária e morre do sangramento de tuas feridas, ou desce e prova meus dentes outra vez. Mas, se nada disso for de teu agrado, então conta-me onde estão Tinúviel, Princesa das Fadas, e Beren, filho de Egnor, pois eles são meus amigos. Eles então hão de ser postos como resgate por ti, por muito que isso seja dar-te muito mais valor do que tens."

"Quanto àquela Elfa maldita, ela jaz soluçando nas samambaias adiante, se meus ouvidos não me enganam", disse Tevildo. "E Beren, creio, está sendo justamente arranhado por meu cozinheiro Miaulë nas cozinhas de meu castelo por ter sido desajeitado ali uma hora atrás."

"Então faz com que me sejam entregues em segurança", disse Huan, "e tu mesmo poderás voltar a teus paços e lamber-te ileso."

"Com certeza meu capitão, que está aqui comigo, há de buscá-los para ti", disse Tevildo, mas Huan grunhiu: "Sim, e buscará também toda a tua tribo e hostes dos Orques e as pragas de Melko. Não, não sou tolo; és tu que darás a Tinúviel um sinal, e ela há de buscar Beren, ou ficarás aqui se não te agradar o outro modo." Então Tevildo foi obrigado a lançar para baixo seu colar dourado — um sinal que nenhum gato ousava desonrar —, mas Huan disse: "Não, ainda é preciso mais, pois isso provocará toda a tua gente a te buscar", e isso Tevildo sabia e esperara. Assim foi que, no final, o cansaço e a fome e o medo forçaram aquele gato altivo, príncipe a serviço de Melko, a revelar o segredo dos gatos e o feitiço que Melko lhe havia confiado; e essas eram palavras de magia que mantinham unidas as pedras de sua casa maligna e com as quais ele mantinha sob seu domínio todos os animais da gataria, enchendo-os com um poder do mal além de sua natureza, pois por muito tempo foi dito que Tevildo era um fata maligno em forma de animal. Assim, quando ele o havia dito, Huan riu até a floresta ressoar, pois ele sabia que os dias do poderio dos gatos haviam terminado.

Então Tinúviel, com o colar dourado de Tevildo, correu de volta ao terraço inferior diante dos portões e parou dizendo o feitiço em sua voz clara. Então eis que o ar ficou repleto das vozes dos gatos, e a casa de Tevildo estremeceu; e veio de dentro dela uma hoste de habitantes, e estavam minguados a um tamanho insignificante e temiam Tinúviel que, balançando o colar de Tevildo, falou diante deles certas palavras que Tevildo dissera a Huan na sua presença, e eles se encolheram diante dela. Mas ela disse: "Vede, que sejam trazidos todos os da gente dos Elfos ou dos filhos dos Homens que estão atados dentro destes paços", e eis que Beren foi trazido, mas outros servos não havia, exceto Gimli, um Gnomo idoso, curvado pela servidão e já sem conseguir enxergar, mas cuja audição era a mais aguçada que houve no mundo, como dizem todas as canções. Gimli veio apoiado num bastão, e Beren o ajudou, mas Beren estava vestido de trapos e desfigurado e tinha na mão uma grande faca que apanhara na cozinha, temendo novo mal quando a casa estremeceu e se ouviram todas as vozes dos gatos; mas quando contemplou Tinúviel de pé em meio à hoste dos gatos que retrocediam diante dela e viu o grande colar de Tevildo, então admirou-se imensamente e não sabia o que pensar. Mas Tinúviel estava muito contente e falou dizendo: "Ó Beren de além dos Morros Amargos, agora dançarás comigo, mas que não seja aqui." E conduziu Beren para bem longe, e todos os gatos começaram a uivar e a choramingar, de tal forma que

Huan e Tevildo ouviram na floresta, mas nenhum os seguiu nem molestou, pois estavam com medo, e a magia de Melko havia se apartado deles.

Na verdade, depois arrependeram-se disso quando Tevildo retornou à casa, seguido por seu trêmulo companheiro, pois a ira de Tevildo era terrível, e agitava a cauda e distribuía golpes a todos que estavam próximos. Então Huan dos cães, por muito que possa parecer tolice, quando Beren e Tinúviel chegaram àquela clareira, permitira que o malvado Príncipe retornasse sem mais combate, mas pusera o grande colar de ouro em torno de seu próprio pescoço, e com isso Tevildo mais se enfureceu que com outra coisa qualquer, pois grande magia de força e poder residia nele. Pouco agradou a Huan que Tevildo ainda vivesse, mas não temia mais os gatos, e essa tribo tem fugido dos cães desde então, e os cães ainda a têm em desprezo desde a humilhação de Tevildo na floresta perto de Angamandi, e nenhum feito maior fez Huan. De fato, mais tarde Melko ouviu tudo e maldisse Tevildo e sua gente e os baniu, e não tiveram desde aquele dia senhor, nem mestre, nem qualquer amigo, e suas vozes choram e guincham, pois têm os corações muito solitários e amargos e cheios de perda, porém dentro deles há só treva e nenhuma benevolência.

Porém, ao tempo de que fala o conto, o principal desejo de Tevildo era recapturar Beren e Tinúviel e matar Huan para poder reconquistar o feitiço e a magia que perdera, pois tinha grande temor de Melko e não ousava buscar o auxílio de seu mestre e revelar sua derrota e a denúncia de seu feitiço. Sem saber disso, Huan temia aqueles lugares e receava muito que aqueles feitos chegassem depressa aos ouvidos de Melko, como chegava a maior parte das coisas que ocorriam no mundo; por isso agora Tinúviel e Beren viajaram para bem longe com Huan e tornaram-se grandes amigos dele, e nessa vida Beren recuperou as forças, e sua servidão se apartou dele, e Tinúviel o amava.

Porém, selvagens e rudes e muito solitários foram aqueles dias, pois jamais viram rosto de Elfo nem Homem, e Tinúviel, por fim, anelava intensamente por sua mãe Gwendeling e as canções de doce magia que ela costumava cantar aos filhos quando caía o crepúsculo no bosque junto a seus antigos paços. Muitas vezes quase imaginou ouvir a flauta de Dairon, seu irmão, em agradáveis clareiras onde passavam algum tempo, e seu coração ficou pesado. Após algum tempo disse a Beren e a Huan: "Preciso voltar para casa", e então foi o coração de Beren que se toldou com pesar, pois amava aquela vida na floresta com os cães (pois àquela altura muitos outros se haviam juntado a Huan), porém não se Tinúviel não estivesse lá.

Ainda assim disse: "Nunca poderei voltar contigo à terra de Artanor, nem jamais voltar ali para te procurar, doce Tinúviel, exceto se trouxer uma Silmaril; e agora isso não pode ser realizado, já que sou fugitivo dos próprios paços de Melko, e seus servos me espionam em perigo dos castigos mais atrozes." Ora, isso ele disse no pesar de seu coração, ao se despedir de Tinúviel, e ela hesitou, não suportando a ideia de deixar Beren, nem de viver sempre assim no exílio. Por isso passou longo tempo em tristes pensamentos e não falava, mas Beren sentou-se junto a ela e finalmente disse: "Tinúviel, só uma coisa podemos fazer: sair em busca de uma Silmaril"; e diante disso ela procurou Huan, pedindo-lhe auxílio e conselho, mas ele foi muito grave e nada via no caso senão loucura. Porém, no fim Tinúviel lhe pediu a pele de Oikeroi, que ele matara no combate da clareira; ora, Oikeroi era um gato poderosíssimo, e Huan levava aquela pele consigo como troféu.

Então Tinúviel empenhou sua habilidade e sua magia de fada e costurou Beren dentro da pele e o fez assemelhar-se a um grande gato e lhe ensinou a sentar e a se escarrapachar, a dar passos e pulos e a trotar à semelhança de um gato, até os bigodes do próprio Huan se eriçarem à vista daquilo, e Beren e Tinúviel riram-se dele. Jamais, porém, Beren aprendeu a guinchar ou choramingar ou a ronronar como qualquer gato que já caminhou, nem Tinúviel pôde despertar um brilho nos olhos mortos da pele de gato "mas precisamos nos conformar com isso", disse ela, "e tens o ar de um gato mui nobre, contanto que segures tua língua".

Então se despediram de Huan e partiram rumo aos paços de Melko em jornadas leves, pois Beren estava muito desconfortável e quente dentro da pele de Oikeroi, e o coração de Tinúviel estava mais leve por uns tempos do que há muito estivera, e afagava Beren ou lhe puxava a cauda, e Beren se irritava porque não conseguia agitá-la, em resposta, tão ferozmente quanto desejava. Após algum tempo, porém, acercaram-se de Angamandi, como de fato os estrondos e ruídos graves e o som de grandes marteladas de dez mil ferreiros labutando sem cessar lhes declaravam. Estavam próximos os tristes recintos onde os Noldoli escravizados labutavam amargamente sob os Orques e Gobelins das colinas, e ali a obscuridade e treva era grande, de modo que desanimaram, mas Tinúviel mais uma vez se trajou em sua veste escura de sono profundo. Ora, os portões de Angamandi eram de ferro hediondamente trabalhado e guarnecido de facas e espetos, e diante deles estava deitado o maior lobo que o mundo já viu, o próprio Karkaras Presa-de-Punhal que jamais dormira; e Karkaras rosnou quando viu Tinúviel se aproximando, mas com o gato não se importou muito, pois tinha os gatos em pequena conta, e eles sempre passavam para dentro e para fora.

"Não rosnes, ó Karkaras," disse ela, "pois vou em busca de meu senhor Melko e este capitão de Tevildo vai comigo como escolta." Ora, a veste escura velava toda a sua beleza cintilante, e a mente de Karkaras não se perturbou muito, porém, mesmo assim, ele se aproximou, como costumava fazer, para farejar o seu ar, e a doce fragrância dos Eldar aquela veste não conseguia ocultar. Assim, de imediato, Tinúviel iniciou uma dança mágica e lançou as mechas negras de seu escuro véu nos olhos dele, de modo que suas pernas tremeram de sonolência, e ele rolou e adormeceu. Mas foi só quando ele estava firmemente sonhando com grandes perseguições nos bosques de Hisilómë quando ainda era filhote que Tinúviel se deteve e, então, entraram os dois pelo portal negro e, serpenteando e descendo por muitos caminhos de sombra, toparam finalmente com a presença do próprio Melko.

Naquela escuridão Beren passava muito bem por verdadeiro capitão de Tevildo, e de fato antigamente Oikeroi havia frequentado muito os paços de Melko, de modo que ninguém lhe deu atenção, e ele se esgueirou sem ser visto embaixo do próprio assento do Ainu, mas as víboras e os seres malignos que lá estavam lhe deram muito medo, e assim não ousava mexer-se.

Ora, tudo isto calhou muito afortunadamente, pois se Tevildo estivesse com Melko a fraude deles teria sido descoberta — e na verdade haviam pensado nesse perigo, sem saberem que Tevildo agora estava sentado em seus paços, sem saber o que haveria de fazer caso sua derrota fosse comentada em Angamandi, mas eis que Melko avistou Tinúviel e disse: "Quem és tu que adejas em meus paços como um morcego? Como entraste? Pois com certeza não pertences a este lugar."

"Não, não pertenço ainda," disse Tinúviel, "mas quem sabe possa depois disto, por vossa bondade, meu senhor Melko. Não sabeis que sou Tinúviel, filha do proscrito Tinwelint, e que ele me expulsou de seus paços, pois é um Elfo imperioso, e não concedo meu amor a mando dele?"

Então Melko se admirou deveras de que a filha de Tinwelint viesse assim, de livre vontade, à sua morada, a terrível Angamandi e, suspeitando de algo inconveniente, perguntou qual era seu desejo: "Pois não sabes", disse ele, "que aqui não há amor por teu pai ou sua gente, nem deves esperar de mim palavras suaves ou bom humor?"

"Assim disse meu pai," disse ela, "mas por que devo crer nele? Vede, tenho a habilidade das danças sutis e quero dançar diante de vós agora, meu senhor, pois assim creio que prontamente podereis me conceder um humilde canto de vossos paços onde eu habite até o momento em que chameis a pequena dançarina Tinúviel para aliviar vossas preocupações."

"Não," disse Melko, "tais coisas pouco são para minha mente, mas visto que vieste tão longe para dançar, dança, e veremos depois", e com isso a olhou maliciosamente, de modo horrível, pois sua mente obscura planejava algum mal.

Então Tinúviel iniciou uma dança tal que nem ela, nem qualquer outro espírito, ou fata, ou Elfa jamais dançara antes, nem dançou desde então, e após pouco tempo o olhar do próprio Melko estava preso pelo assombro. Em redor do salão andou ela, veloz como andorinha, silenciosa como morcego, magicamente bela como só Tinúviel foi jamais e estava já ao lado de Melko, já diante dele, já atrás, e suas nebulosas roupagens lhe tocavam a face e meneavam diante dos seus olhos, e a gente sentada ao longo dos muros, ou de pé naquele lugar, foi uma a uma dominada pelo sono, caindo em profundos sonhos com tudo o que seus maldosos corações desejavam.

Sob seu assento, as víboras jaziam como pedras, e os lobos diante de seus pés bocejavam e dormitavam, e Melko contemplava encantado, mas não dormiu. Então Tinúviel começou a dançar uma dança ainda mais veloz diante de seus olhos e, mesmo enquanto dançava, cantou em voz muito baixa e maravilhosa uma canção que Gwendeling lhe ensinara muito tempo atrás, uma canção que os jovens e as donzelas cantavam sob os ciprestes dos jardins de Lórien quando a Árvore de Ouro declinara e Silpion reluzia. As vozes dos rouxinóis estavam nela, e muitos sutis odores pareciam encher o ar daquele local fétido à medida que ela pisava o solo, leve como pluma ao vento; nem jamais se viu ali de novo alguma voz, nem visão de tal beleza, e o Ainu Melko, a despeito de todo o seu poder e majestade, sucumbiu à magia daquela donzela élfica, e, de fato, as pálpebras do próprio Lórien teriam pesado se ele ali estivesse para a ver. Então Melko caiu para diante, sonolento, e por fim, em sono profundo, afundou de seu assento para o chão, e sua coroa de ferro rolou para longe.

Subitamente Tinúviel cessou. No salão não se ouvia nenhum som que não fosse de respiração adormecida; até Beren dormia embaixo do próprio assento de Melko, mas Tinúviel o sacudiu, e ele finalmente despertou. Então, temeroso e tremendo, ele rasgou o disfarce e, livrando-se dele, pôs-se de pé com um salto. Sacou então aquela faca que trouxera das cozinhas de Tevildo e agarrou a enorme coroa de ferro, mas Tinúviel não a conseguiu mover, e os músculos de Beren mal davam conta de virá-la. Grande foi a agitação de seu temor enquanto, naquele escuro salão do mal adormecido, Beren labutava o mais silenciosamente que podia para arrancar uma Silmaril com sua faca. Já soltou a grande joia central, e o suor lhe brotava da fronte, mas quando a forçou para soltá-la da coroa eis que a faca se partiu com um forte estalido.

Tinúviel abafou um grito nesse momento, e Beren afastou-se de um salto com a Silmaril na mão, e os que dormiam se agitaram, e Melko gemeu, como se maus pensamentos lhe perturbassem os sonhos, e uma expressão obscura tomou conta de seu rosto adormecido. Então, contentes com aquela única gema reluzente, os dois fugiram desesperados do salão, descendo aos tropeços desordenados por muitos corredores escuros até que, pelo bruxuleio de uma luz cinzenta, souberam que se aproximavam dos portões — e eis! Karkaras estava deitado de través na soleira, outra vez desperto e vigilante.

Em um impulso imediato, Beren pôs-se diante de Tinúviel, apesar de ela ter-lhe dito não, e no final isso demonstrou ser ruim, pois Tinúviel não teve tempo de lançar outra vez sobre o animal seu feitiço de sonolência antes que, vendo Beren, ele arreganhasse os dentes e grunhisse furioso. "Por que tanta rispidez, Karkaras?", disse Tinúviel. "Por que esse Gnomo que não entrou e agora, no entanto, sai às pressas?", disse Presa-de-Punhal, e com isso saltou sobre Beren, que golpeou com o punho bem entre os olhos do lobo, agarrando a garganta dele com a outra mão.

Então Karkaras apanhou essa mão nas pavorosas mandíbulas, e era a mão em que Beren apertava a resplandecente Silmaril, e tanto a mão quanto a joia foram arrancadas por Karkaras, que as tomou na goela vermelha. Foram grandes a agonia de Beren e o temor e a angústia de Tinúviel, porém, nesse momento, quando esperavam sentir os dentes do lobo, ocorreu algo novo, estranho e terrível. Eis que agora a Silmaril resplandecia com um fogo branco e oculto da sua própria natureza e estava possuída por uma magia feroz e sagrada — pois não vinha ela de Valinor e dos reinos abençoados, tendo sido moldada com encantos dos Deuses e dos Gnomos antes que o mal ali chegasse? E, além disso, ela não tolera o toque da carne maligna ou da mão profana. Passou então para o interior do imundo corpo de Karkaras e, de súbito, a fera foi queimada com terrível angústia, e o uivo de sua dor foi pavoroso de se ouvir, ecoando naqueles caminhos rochosos de forma que despertou toda a corte adormecida lá dentro. Então Tinúviel e Beren fugiram pelos portões como o vento, porém Karkaras estava muito adiante deles, encolerizado e louco como um animal perseguido por Balrogs; e depois, quando conseguiram recuperar o fôlego, Tinúviel chorou sobre o braço mutilado de Beren, beijando-o muitas vezes, e eis que não sangrou, e a dor o deixou, e Beren foi curado pela suave cura do amor dela; porém, depois disso, sempre foi cognominado, entre toda a gente, Ermabwed, Uma-Mão, que na língua da Ilha Solitária é Elmavoitë.

Agora, no entanto, precisavam tratar de escapar — se fosse essa a sua sorte, e Tinúviel enrolou parte de sua capa escura em torno de Beren e, assim por algum tempo, esvoaçando no crepúsculo e na escuridão entre as colinas, não foram vistos por ninguém, apesar de Melko ter convocado todos os seus Orques de terror contra eles; e sua fúria pelo roubo daquela joia era a maior que os Elfos jamais haviam visto.

Ainda assim, logo lhes pareceu que a rede de caçadores se fechava sobre eles cada vez mais apertada, e apesar de terem alcançado a borda das matas mais familiares e passado pelas trevas da floresta de Taurfuin, havia ainda assim muitas léguas de perigos a serem atravessadas entre eles e as cavernas do rei, e mesmo que alguma vez lá chegassem parecia que só atrairiam para lá a caçada que os seguia, e o ódio de Melko sobre toda aquela gente da floresta. Era deveras tão grande o clamor que Huan o percebeu de longe e muito se admirou com a ousadia daqueles dois e mais ainda por eles terem escapado de Angamandi.

Ia então com muitos cães através das matas, caçando Orques e capitães de Tevildo, e assim obteve muitos ferimentos e muitos ele matou ou pôs em temor e fuga até que, certa tarde, ao crepúsculo, os Valar levaram-no a uma clareira naquela região setentrional de Artanor, que depois se chamou Nan Dumgorthin, a terra dos ídolos sombrios, mas esse é um assunto que não diz respeito a este conto. Entretanto, era mesmo então uma terra escura e sombria e de mau agouro, e o temor caminhava sob suas árvores ameaçadoras, não menos que em Taurfuin; e aqueles dois Elfos, Tinúviel e Beren, lá estavam deitados exaustos e desesperançados, e Tinúviel chorava, mas Beren manuseava sua faca.

Ora, quando Huan os viu não permitiu que falassem nem contassem parte de seu relato, mas de imediato pôs Tinúviel sobre seu lombo enorme e mandou Beren correr ao seu lado, do melhor modo que pudesse "pois," disse ele, "uma grande companhia de Orques aproxima-se rapidamente daqui, e os lobos são seus rastreadores e batedores." Então a matilha de Huan correu em torno deles e, muito velozes ao longo de trilhas rápidas e secretas, seguiram rumo aos longínquos lares da gente de Tinwelint. Assim foi que se esquivaram das hostes de seus inimigos, não obstante tiveram depois muitos embates com seres malignos vagantes, e Beren matou um Orque que por pouco não arrastou Tinúviel consigo, e esse foi um bom feito. Vendo então que a caçada ainda os seguia de perto, mais uma vez Huan os conduziu por caminhos tortuosos e ainda não ousava levá-los direto à terra das fadas da floresta. Porém era tão astuciosa a sua condução que, por fim, depois de muitos dias, a caçada ficou longe para trás, e não viram nem ouviram mais nada dos bandos de Orques; nenhum gobelim os atacou de surpresa, e nem os uivos de lobos malignos vinham pelos ares à noite, e isso provavelmente era porque já haviam penetrado no círculo de magia de Gwendeling, que ocultava as trilhas do mal e evitava que o dano chegasse às regiões dos Elfos da floresta.

Então Tinúviel respirou livre outra vez, como não fizera desde que fugira dos paços de seu pai, e Beren descansou ao sol longe das trevas de Angband até que o último amargor da servidão o abandonou. Em virtude da luz que caía através das folhas verdes e do sussurro dos ventos puros e do cantar das aves, mais uma vez estiveram destemidos por completo.

Não obstante, acabou chegando um dia em que, despertando de sono profundo, Beren deu um salto como quem deixa um sonho de coisas felizes que lhe vem à mente de chofre e disse: "Adeus, ó Huan, mais fiel dos companheiros, e tu, pequena Tinúviel, a quem amo, adeus. Só isto te imploro, vai agora direto à segurança de teu lar, e que o bom Huan te conduza. Mas eu — eis que devo me afastar para a solidão das matas, pois perdi a Silmaril que tive e nunca mais ousarei me aproximar de Angamandi e, portanto, jamais entrarei nos paços de Tinwelint." Então chorou consigo mesmo, mas Tinúviel, que estava perto e escutara sua meditação, pôs-se junto dele e disse: "Não, agora meu coração está mudado, e se habitares na floresta, ó Beren Ermabwed, também eu habitarei, e se vagares nos lugares selvagens, ali vagarei também, seja contigo ou depois de ti: porém meu pai nunca mais me verá exceto se tu me levares até ele." Então Beren alegrou-se deveras com suas doces palavras e lhe teria agradado morar com ela como caçador nos ermos, mas seu coração o golpeou por tudo o que ela sofrera por ele e, por ela, ele abandonou sua altivez. De fato, ela argumentou com ele, dizendo que a obstinação seria tolice e que seu pai os saudaria tão somente com alegria, contente de ver a filha ainda viva "e, quem sabe," disse ela, "ele se envergonhará de seu gracejo ter entregue tua bela mão às queixadas de Karkaras". Mas também implorou a Huan que voltasse com eles durante algum espaço, pois "meu pai te deve uma enorme recompensa, ó Huan," disse, "se é que ele ama a filha".

Assim foi que esses três partiram juntos mais uma vez, por fim, retornaram aos bosques que Tinúviel conhecia e amava, perto da habitação de seu povo e dos profundos paços de seu lar. Porém, à medida que se aproximavam, encontraram medo e tumulto entre aquela gente, tal como não houvera por longa era e, perguntando a alguns que choravam diante de suas portas, ficaram sabendo que desde o dia da fuga secreta de Tinúviel a má sorte os acometera. Eis que o rei ficara perturbado de pesar e negligenciara sua antiga circunspecção e astúcia; na verdade seus guerreiros haviam sido enviados para lá e para cá, às profundezas das florestas insalubres buscando a donzela, e muitos haviam sido mortos ou perdidos para sempre, e havia guerra com os servos de Melko em todas as suas fronteiras setentrionais e orientais, de modo que a gente temia imensamente que aquele Ainu convocasse suas forças e viesse esmagá-los por completo, e que a magia de Gwendeling não tivesse o poder de resistir à multidão de Orques. "Vede," diziam, "agora aconteceu o pior de tudo, pois muito tempo a Rainha Gwendeling esteve indiferente, sem sorrir nem falar, como se fitasse à grande distância com olhos desvairados, e a rede de sua magia tornou-se rala em torno da floresta, e a floresta é lúgubre, pois Dairon não retorna, nem sua música se ouve mais nas clareiras. Eis agora a coroa de todas as nossas más novas, pois sabei que irrompeu sobre nós, vindo irado desde os paços do Mal, um grande lobo cinzento repleto de um espírito maligno e se comporta como que açoitado por alguma loucura oculta, e ninguém está a salvo. Já matou muitos, correndo selvagem pela floresta, mordendo e berrando, de modo que as próprias margens do rio que corre diante dos paços do rei se tornaram lugares onde o perigo espreita. Ali o medonho lobo vai beber com frequência, parecendo o próprio Príncipe maligno de olhos injetados de sangue e língua pendendo para fora, e nunca consegue saciar seu desejo de água, como se algum fogo interior o devorasse."

Então Tinúviel se entristeceu, pensando na infelicidade que acometera seu povo e, principalmente, seu coração se tornou amargo diante da história de Dairon, pois dela não ouvira nem murmúrio antes disso. No entanto, era incapaz de desejar que Beren nunca tivesse chegado às terras de Artanor, e juntos apressaram-se para ir ter com Tinwelint; e aos Elfos da floresta parecia agora que o mal estava terminando, já que Tinúviel voltara a ter com eles ilesa. Na verdade, sequer esperavam por isso.

Encontraram o Rei Tinwelint em grande melancolia, porém, de repente, seu pesar se derreteu em lágrimas de contentamento, e Gwendeling voltou a cantar de alegria quando Tinúviel ali entrou e, lançando longe sua veste de escura névoa, pôs-se diante deles na mesma radiância perolada de outrora. Por um instante tudo foi regozijo e assombro naquele paço, e ainda assim o rei acabou por voltar os olhos para Beren e disse: "Então tu também retornaste — trazendo uma Silmaril, fora de dúvida, em recompensa de todo o mal que produziste em minha terra; ou, se não a trazes, não sei por que aqui estás."

Então Tinúviel pisou forte e exclamou, de modo que o rei e todos os que estavam à sua roda se admiraram de seu novo humor destemido: "Que vergonha, meu pai! Vê, eis Beren, o bravo, que tua pilhéria expulsou para lugares escuros e imundo cativeiro, e que somente os Valar salvaram de morte amarga. Creio que a um rei dos Eldar melhor conviria recompensá-lo que injuriá-lo."

"Não," disse Beren, "o rei, teu pai, tem esse direito. Senhor," disse, "mesmo agora tenho uma Silmaril em minha mão."

"Mostra-me então", disse o rei, assombrado.

"Não posso fazê-lo," disse Beren, "pois minha mão não está aqui", e estendeu o braço mutilado.

Então o coração do rei se voltou para ele, em razão de seu comportamento resoluto e cortês, e pediu que Beren e Tinúviel lhe relatassem tudo o que ocorrera a cada um e escutou com avidez, pois não compreendia plenamente o significado das palavras de Beren. Quando, porém, havia ouvido tudo, seu coração voltou-se para Beren ainda mais e admirou-se do amor que despertara no coração de Tinúviel, de forma que ela praticara feitos maiores e mais ousados que qualquer guerreiro de seu povo.

"Nunca mais," disse, "ó Beren, eu te peço, deixes esta corte nem a companhia de Tinúviel, pois és um grande Elfo, e teu nome será sempre grande entre as gentes." No entanto, Beren respondeu-lhe com altivez e disse: "Não, ó Rei, mantenho minha palavra e a vossa e vos trarei essa Silmaril antes de habitar em paz nos vossos paços." E o rei implorou-lhe que não viajasse mais aos reinos escuros e desconhecidos, mas Beren disse:

"Não há necessidade disso, pois eis que essa joia agora mesmo está próxima de vossas cavernas", e esclareceu a Tinwelint que a fera que assolava suas terras não era outro senão Karkaras, o lobo guardião dos portões de Melko — e isto não era conhecido de todos, mas Beren o sabia por ensinamento de Huan, cuja astúcia na leitura de pegadas e rastos era a maior de todos os cães, e nenhum deles é inábil nisso. E, na verdade, Huan estava então nos paços junto com Beren e, quando aqueles dois falaram de perseguição e grande caçada, ele pediu para ser incluído no feito, e isso foi concedido de bom grado. Os três, portanto, prepararam-se para assolar a fera para que toda a gente estivesse livre do terror do lobo, e Beren mantivesse a palavra, trazendo uma Silmaril para luzir outra vez em Elfinesse. O próprio Rei Tinwelint liderou essa perseguição, e Beren, que estava junto dele e de Mablung, o mão-pesada, chefe dos capitães do rei, ergueu-se de um salto e agarrou uma lança — uma arma poderosa capturada em batalha com os Orques distantes — e com esses três saiu na tocaia com Huan, mais poderoso dos cães, mas não levaram outros, conforme o desejo do rei, que disse: "Quatro bastam para matar até o Lobo-infernal", mas somente os que o viram sabiam quão temível era essa fera, quase do tamanho de um cavalo entre os Homens, e era tão grande o ardor de seu hálito que chamuscava tudo o que tocasse. Pela hora do nascer do sol fizeram-se a caminho, e logo depois Huan divisou um novo rastro junto ao rio, não longe das portas do rei e disse: "Esta é a pegada de Karkaras." Depois seguiram aquele rio por todo o dia e, em muitos lugares, suas margens estavam recém-pisoteadas e dilaceradas, e a água das lagoas em volta estava imunda, como se animais possuídos de loucura tivessem rolado e lutado ali pouco tempo antes.

Pôs-se então o sol e apagou-se além das árvores no Oeste, e a treva desceu rastejando de Hisilómë, fazendo morrer a luz da floresta. Ainda assim chegaram a um local onde o rasto se afastava do rio ou, talvez, se perdia em suas águas, e Huan não conseguia mais segui-lo; e, portanto, acamparam ali, dormindo em turnos junto ao rio, e o início da noite foi passando.

De súbito, no turno de Beren, irrompeu ao longe um ruído de grande terror — um uivo como de setenta lobos ensandecidos —, e eis que a mata estala e as árvores novas se rompem à medida que o terror se avizinha, e Beren soube que Karkaras estava sobre eles. Mal teve tempo de despertar os demais, e tinham acabado de saltar em pé e estavam semicordados quando um grande vulto assomou ao luar hesitante que lá se insinuava e fugia como quem está louco, e sua trajetória se dirigia à água. Diante disso, Huan começou a ladrar, e prontamente a fera desviou-se na direção deles, e deitava espuma de sua mandíbula, e nos olhos luzia uma luz vermelha, e sua cara estava marcada de uma mistura de terror e fúria. Assim que saiu das árvores, Huan atirou-se sobre ele, destemido de coração, mas ele, com um grande salto, voou bem por cima do grande cão, pois toda a sua fúria acendeu-se de súbito contra Beren, a quem reconheceu de pé mais atrás e, em sua mente obscura, parecia que era aquela a causa de toda a sua agonia. Então Beren o golpeou depressa, metendo-lhe uma lança na garganta por baixo, e Huan saltou de novo e o agarrou por uma perna traseira, e Karkaras caiu qual pedra, pois nesse mesmo momento a lança do rei encontrou seu coração, e seu espírito maligno jorrou e despachou-se, uivando baixo enquanto sobrevoava as colinas escuras rumo a Mandos; mas Beren jazia embaixo dele, esmagado por seu peso. Então rolaram a carcaça e começaram a abri-la, e Huan lambeu o rosto de Beren, do qual fluía sangue. Logo a verdade das palavras de Beren ficou esclarecida, pois as vísceras do lobo estavam semiconsumidas como se um fogo interior ali tivesse ardido por longo tempo e, subitamente, a noite ficou repleta de um esplendor prodigioso, matizado de cores pálidas e secretas quando Mablung retirou a Silmaril. Então, estendendo-a, disse: "Contemplai, ó Rei", mas Tinwelint disse: "Não, jamais lhe porei a mão a não ser que Beren a entregue." Mas Huan disse: "E isso parece que nunca há de acontecer, a não ser que trateis dele depressa, pois me parece que está gravemente ferido", e Mablung e o rei se envergonharam.

Portanto ergueram Beren com cuidado e o cuidaram e lavaram, e ele respirava, mas não falou nem abriu os olhos, e quando o sol nasceu e haviam repousado um pouco, levaram-no de volta pela mata, do modo mais compassivo, numa maca de ramos; e perto do meio-dia aproximaram-se outra vez das casas da gente e estavam mortalmente exaustos, e Beren não se movera nem falara, mas três vezes gemeu.

Toda aquela gente afluiu ao seu encontro quando sua aproximação foi divulgada entre eles, e alguns lhes trouxeram carne e bebidas frescas e substâncias de cura para suas feridas e, não fosse o ferimento sofrido por Beren, sua alegria teria sido deveras grande. Agora, porém, cobriram com vestes macias os ramos folhosos onde ele jazia e o levaram embora aos paços do rei, e ali estava Tinúviel aguardando-os com grande aflição; e lançou-se sobre o peito de Beren e chorou e beijou-o, e ele despertou e a reconheceu, e depois Mablung deu-lhe a Silmaril, e ele a ergueu contemplando sua beleza antes de dizer lentamente e com dor: "Vede, ó Rei, eu vos dou a joia maravilhosa que desejáveis, e é apenas uma coisa menor encontrada à beira do caminho, pois creio que outrora tivestes uma mais bela, além do que se possa pensar, e agora ela é minha." Mas, enquanto falava, as sombras de Mandos se abateram sobre seu rosto, e seu espírito fugiu naquela hora até a margem do mundo, e os ternos beijos de Tinúviel não o chamaram de volta.

[Aqui Vëannë repentinamente parou de falar, mas chorava e, pouco depois, disse: "Não, esse não é o conto todo, mas termina aqui tudo que cheguei a saber." Na conversa que se seguiu, um certo Ausir disse: "Ouvi dizer que a magia dos ternos beijos de Tinúviel curou Beren e recuperou seu espírito dos portões de Mandos, e por muito tempo ele morou entre os Elfos Perdidos …"]

Mas outro disse: "Não, não foi assim, ó Ausir, e se escutares, eu contarei a história verdadeira e espantosa, pois Beren morreu ali nos braços de Tinúviel, exatamente como Vëannë disse, e Tinúviel, esmagada pelo pesar, não encontrando consolo nem luz no mundo todo, o seguiu depressa ao longo daqueles caminhos escuros que todos precisam trilhar a sós. Ora, sua beleza e seu suave encanto tocaram o próprio coração frio de Mandos, de forma que permitiu que ela o reconduzisse ao mundo, o que jamais foi feito desde então a nenhum Homem ou Elfo, e muitas canções e histórias existem do rogo de Tinúviel diante do trono de Mandos de que não me lembro bem. Porém, Mandos disse aos dois: 'Ó Elfos, eis que não vos dispenso a uma vida de perfeita alegria, pois tal não se pode encontrar mais em todo o mundo onde se assenta Melko do coração maligno — e sabei que vos tornareis mortais, bem como os Homens, e quando viajardes outra vez para cá será para sempre, a não ser que os Deuses de fato vos convoquem a Valinor.' Não obstante, os dois partiram de mãos dadas e viajaram juntos através dos bosques setentrionais e muitas vezes foram vistos dançando mágicas danças colina abaixo, e seu nome se fez ouvir em toda a parte."

[Então Vëannë disse:] "Sim, e fizeram mais que dançar, pois seus feitos depois disso foram muito grandes e há muitos relatos a esse respeito que precisas ouvir, ó Eriol Melinon, em outra ocasião de contar histórias. Pois a esses dois as histórias chamam i-Cuilwarthon, o que quer dizer os mortos que vivem outra vez, e tornaram-se fadas poderosas nas terras junto ao norte de Sirion. Vê, agora está tudo terminado; e agradou-te?"

[Então Eriol disse que não esperara ouvir tão espantosa história de alguém como Vëannë, ao que ela respondeu:]

"Não, mas não a moldei com minhas próprias palavras, porém ela me é cara — e, de fato, todas as crianças conhecem os feitos que ela relata — e a aprendi de cor, lendo-a nos grandes livros, e não compreendo tudo o que está posto nela."

Durante a década de 1920 meu pai estava empenhado em compor em versos os Contos Perdidos de Turambar e Tinúviel.

O primeiro desses poemas, *A Balada dos Filhos de Húrin*, na métrica aliterante do inglês antigo, foi iniciado em 1918, mas ele o abandonou quando estava longe da conclusão, muito provavelmente quando deixou a Universidade de Leeds. No verão de 1925, o ano em que assumiu sua indicação à cátedra de Anglo-Saxão em Oxford, iniciou "o poema de Tinúviel" chamado *A Balada de Leithian*. Ele traduziu isto por "Libertação do Cativeiro", mas nunca explicou o título.

De modo notável e pouco característico, inseriu datas em muitos pontos. A primeira delas, no verso 557 (na numeração do poema como um todo), é 23 de agosto de 1925; e a última, 17 de setembro de 1931, está escrita junto ao verso 4085. Pouco mais além, no verso 4223, o poema foi abandonado no ponto da narrativa onde "os dentes de Carcharoth se juntaram como uma armadilha" na mão de Beren, que levava a Silmaril durante sua fuga de Angband. Para o restante do poema, que jamais foi escrito, existem sinopses em prosa.

Em 1926 ele enviou muitos de seus poemas a R.W. Reynolds, que fora seu professor na King Edward's School, em Birmingham. Naquele ano compôs um texto substancial com o título *Esboço da mitologia com especial referência a Os Filhos de Húrin*, e no envelope que continha esse manuscrito escreveu depois que o texto era "o Silmarillion original" e que o escrevera para o Sr. Reynolds para "explicar o pano de fundo da 'versão aliterante' de Túrin e o Dragão".

Esse *Esboço da Mitologia* era "o Silmarillion original", pois dele saiu uma linha direta de evolução, apesar de não haver continuidade estilística com os *Contos Perdidos*. O *Esboço* é o que seu nome implica: uma sinopse, composta de modo conciso, no tempo presente. Dou aqui o trecho do texto que relata da forma mais breve o conto de Beren e Lúthien.

um Trecho
do Esboço da Mitologia

O poder de Morgoth começa a se expandir outra vez. Um a um ele derrota os Homens e os Elfos no Norte. Dentre esses, um famoso capitão de Homens era Barahir, que fora amigo de Celegorm de Nargothrond.

Barahir é impelido a se esconder, seu esconderijo é traído e Barahir é morto; seu filho Beren, após uma vida de proscrito, foge para o sul, cruza as Montanhas Sombrias e, após atrozes provações, chega a Doriath. Sobre essas e suas outras aventuras conta *A Balada de Leithian*. Ele conquista o amor de Tinúviel, "o rouxinol" — seu próprio nome para Lúthien —, a filha de Thingol. Para que a tenha, Thingol, por zombaria, exige uma Silmaril da coroa de Morgoth. Beren parte para realizar isso, é capturado e posto num calabouço em Angband, mas oculta sua verdadeira identidade e é dado como escravo a Thû, o caçador. Lúthien é aprisionada por Thingol, mas escapa e vai em busca de Beren. Com a ajuda de Huan, senhor dos cães, ela resgata Beren e obtém acesso a Angband, onde Morgoth é encantado e finalmente envolto em sonolência por sua dança. Eles conseguem uma Silmaril e escapam, mas são detidos nos portões de

UM TRECHO DO *ESBOÇO DA MITOLOGIA*

Angband por Carcaras, o Lobo-guardião. Ele arranca com uma mordida a mão de Beren, que segura a Silmaril, e enlouquece com a aflição dela ardendo dentro dele.

Eles escapam e, depois de muito perambular, retornam a Doriath. Carcaras, saqueando pelas matas, irrompe em Doriath. Segue-se a Caçada ao Lobo de Doriath em que Carcaras é destruído, e Huan é morto na defesa de Beren. No entanto, Beren é ferido letalmente e morre nos braços de Lúthien. Algumas canções dizem que Lúthien chegou a atravessar o Gelo Pungente, auxiliada pelo poder de sua mãe divina Melian, até os paços de Mandos, e o resgatou; outras, que Mandos, ouvindo seu relato, libertou-o. O que é certo é que somente ele dentre os mortais voltou de Mandos e morou com Lúthien e nunca mais falou com os Homens de novo, vivendo nas florestas de Doriath e no Descampado dos Caçadores, a oeste de Nargothrond.

> Ver-se-á que houve grandes alterações na lenda, sendo a mais imediatamente evidente o captor de Beren: aqui encontramos Thû, "o caçador". Ao final do *Esboço* diz-se de Thû que ele era o último "grande chefe" de Morgoth e que "escapou da Última Batalha e habita ainda em lugares escuros e perverte os Homens à sua medonha veneração". Em *A Balada de Leithian* Thû emerge como o temível Necromante, Senhor dos Lobos, que habitava em Tol Sirion, a ilha no rio Sirion que tinha uma torre de vigia élfica e que se tornou Tol-in-Gaurhoth, a Ilha dos Lobisomens. Ele é, ou será, Sauron. Tevildo e seu reino de gatos desapareceram.
>
> Mas em segundo plano emergira outro elemento significativo da lenda depois de ter sido escrito *O Conto de Tinúviel*: trata-se do pai de Beren. Egnor, o couteiro, o Gnomo "que caçava nos lugares mais obscuros [...] de Hisilómë" (p. 38), desapareceu. Agora, no trecho do *Esboço* que acaba de ser reproduzido, seu pai é Barahir, "um famoso capitão de Homens"; tendo sido levado a se esconder pelo crescente poder hostil de Morgoth, seu esconderijo foi traído e ele foi morto. "Seu filho Beren,

após uma vida de proscrito, foge para o sul, cruza as Montanhas Sombrias e, após atrozes provações, chega a Doriath. Sobre essas e suas outras aventuras conta *A Balada de Leithian*."

UM TRECHO EXTRAÍDO DE A BALADA DE LEITHIAN

Reproduzo aqui o trecho da *Balada* (escrita em 1925; ver p. 81) que descreve a traição de Gorlim, conhecido por Gorlim, o Infeliz, que delatou a Morgoth o esconderijo de Barahir e seus companheiros, e suas consequências. Devo mencionar aqui que os detalhes textuais do poema são muito complexos, mas como meu (ambicioso) objetivo neste livro é produzir um texto facilmente legível, que mostre a evolução narrativa da lenda em diferentes etapas, deixei de lado praticamente todos os detalhes dessa natureza, que apenas poderiam confundir esse objetivo. Um relato sobre a história textual do poema será encontrado em meu livro *As Baladas de Beleriand* ("A História da Terra-média", Vol. III). Os extratos da *Balada* no presente livro foram tirados, palavra por palavra, do texto que preparei para *As Baladas de Beleriand*. Os números dos versos são simplesmente os dos excertos e não guardam relação com os do poema inteiro.

O excerto que se segue é tirado do Canto II da *Balada*. Precede-o uma descrição da feroz tirania de Morgoth sobre as terras setentrionais à época da chegada de Beren em Artanor (Doriath), e da sobrevivência oculta de Barahir, Beren e dez outros, caçados em vão por Morgoth por muitos anos, até que finalmente "seus pés foram capturados na armadilha de Morgoth".

UM TRECHO EXTRAÍDO DE *A BALADA DE LEITHIAN*

      É Gorlim que vem fatigado
      de luta e fuga, maltratado,
      percorre à noite, acaso e medo,
      campos escuros em segredo
5   em vale que sua gente abriga
      e dá com uma casa antiga,
      diante do céu escura é ela,
      mas um clarão vem da janela,
      de solitária vela escapa.
10 Espia dentro, à socapa,
      e vê, qual sonho inclemente,
      quando a saudade ilude a mente,
      a esposa junto da lareira
      a lamentá-lo, em luto inteira,
15 cabelos brancos, pálida tez
      que a solidão e o choro fez.
      "Ó Eilinel, tão linda e terna,
      que eu cria estar na treva eterna,
      jazendo! Ao fugir pela porta
20 pensei te ver inerte e morta
      na noite de pavor amaro
      quando perdi o que me era caro":
      diz admirado o coração
      a vigiar na escuridão.
25 Não chega o nome a lhe chamar,
      como escapou lhe perguntar,
      ao vale, longe sob os morros,
      ele ouve um grito sob os morros!
      Lá perto um mocho solta um pio;
30 um uivo causa-lhe arrepio,
      lobos selvagens em caçada
      seus pés seguiram pela estrada.
      Pois sabe bem que sem cessar
      Morgoth o está sempre a caçar.
35 Teme ser morto co'Eilinel,
      retoma o caminho seu,

Gorlim it was, who wearying
of toil and flight and harrying
one night by chance did turn his feet
o'er the dark fields by stealth to meet
5   *with hidden friends within a dale,*
and found a homestead looming pale
against the misty stars, all dark
save one small window, whence a spark
of fitful candle strayed without.
10   *Therein he peeped, and filled with doubt*
he saw, as in a dreaming deep
when longing cheats the heart in sleep,
his wife beside a dying fire
lament him lost; her thin attire
15   *and greying hair and paling cheek*
of tears and loneliness did speak.
'A! fair and gentle Eilinel,
whom I had thought in darkling hell
long since emprisoned! Ere I fled
20   *I deemed I saw thee slain and dead*
upon that night of sudden fear
when all I lost that I held dear':
thus thought his heavy heart amazed
outside in darkness as he gazed.
25   *But ere he dared to call her name,*
or ask how she escaped and came
to this far vale beneath the hills,
he heard a cry beneath the hills!
There hooted near a hunting owl
30   *with boding voice. He heard the howl*
of the wild wolves that followed him
and dogged his feet through shadows dim.
Him unrelenting, well he knew,
the hunt of Morgoth did pursue.
35   *Lest Eilinel with him they slay*
without a word he turned away,

UM TRECHO EXTRAÍDO DE *A BALADA DE LEITHIAN*

      e vai selvagem, tortuoso,
      na trilha, em leito pedregoso
      do rio, sobre o incerto charco,
40 e num deserto ermo e parco
      encontra os seus, a pouca gente,
      em ponto oculto; já cadente
      a luz; sem sono vê agora
      chegar aos poucos feia aurora
45 sobre os ramos, triste céu.
      Enfermo está o juízo seu,
      sem paz; aceitaria grilhão
      se a esposa reencontrasse então.
      Mas entre apreço do senhor
50 e ódio pelo rei do horror
      e angústia por sua Eilinel,
      quem contará do transe seu?

         Dias depois, turvado o siso,
      a ruminar, já sem juízo,
55 servos do rei atroz avista,
      pede que o levem à sua vista,
      rebelde a implorar perdão,
      se este puder ser dado então
      por novas do bom Barahir,
60 onde encontrá-lo, aonde ir
      de noite ou dia ao seu covil.
      O triste Gorlim pois partiu
      à profundeza, atra caverna;
      aos pés de Morgoth se prosterna,
65 ao coração cruel indica,
      ao que a verdade não pratica.
      Diz Morgoth: "Eilinel, a bela
      certo acharás, e lá com ela,
      onde habite e te aguarda,
70 juntos vós estareis, não tarda,
      não vos separo nunca mais.
      Este é o prêmio a quem traz

   and like a wild thing winding led
his devious ways o'er stony bed
of stream, and over quaking fen,
40 *until far from the homes of men*
he lay beside his fellows few
in a secret place; and darkness grew,
and waned, and still he watched unsleeping,
and saw the dismal dawn come creeping
45 *in dank heavens above gloomy trees.*
A sickness held his soul for ease,
and hope, and even thraldom's chain
if he might find his wife again.
But all he thought twixt love of lord
50 *and hatred of the king abhorred*
and anguish for fair Eilinel
who drooped alone, what tale shall tell?

   Yet at the last, when many days
of brooding did his mind amaze,
55 *he found the servants of the king*
and bade them to their master bring
a rebel who forgiveness sought,
if haply forgiveness might be bought
with tidings of Barahir the bold,
60 *and where his hidings and his hold*
might best be found by night or day.
And thus sad Gorlim, led away
unto those dark deep-dolven halls,
before the knees of Morgoth falls,
65 *and puts his trust in that cruel heart*
wherein no truth had ever part.
Quoth Morgoth: 'Eilinel the fair
thou shalt most surely find, and there
where she doth dwell and wait for thee
70 *together shall ye ever be,*
and sundered shall ye sigh no more.
Thus guerdon shall he have that bore

UM TRECHO EXTRAÍDO DE *A BALADA DE LEITHIAN*

    tal boa nova, delator meu!
    Cá já não mora Eilinel,
75 em mortal treva tem corrido,
    sem lar, viúva do marido —
    espectro do que havia de ser,
    assim parece, tens de ver!
    Agora pelo umbral da dor
80 irás à terra, meu favor;
    baixas à treva atroz sem lua
    pra lá buscar Eilinel tua."

    Já Gorlim sofre morte atroz
    e se maldiz c'o fim da voz,
85 é morto Barahir, então
    tornam seus feitos bons em vão.
    Porém de Morgoth o terror
    nem sempre engana o contendor;
    ainda alguns usam perícia
90 pra desfazer a sua malícia.
    Pois Morgoth fez, assim se cria,
    o espectro atroz que Gorlim via
    c'os olhos seus, tornou em nada
    a esperança preservada
95 lá na floresta solitária;
    mas Beren, com fortuna vária,
    naquele dia longe caça,
    a noite em lugares passa
    longe dos seus. Durante o sono
100 sente grã treva e abandono,
    pensa que os ramos que divisa
    são nus e os move triste brisa;
    sem folhas, mas com negros corvos
    em casca e ramo, são estorvos;
105 grasnando, os bicos deitam sangue;
    rede o envolve, fica langue,
    envolto, mão e perna inteira,

these tidings sweet, O traitor dear!
For Eilinel she dwells not here,
75 *but in the shades of death doth roam*
widowed of husband and of home —
a wraith of that which might have been,
methinks, it is that thou hast seen!
Now shalt thou through the gates of pain
80 *the land thou askest grimly gain;*
thou shalt to the moonless mists of hell
descend and seek thy Eilinel.'

Thus Gorlim died a bitter death
and cursed himself with dying breath,
85 *and Barahir was caught and slain,*
and all good deeds were made in vain.
But Morgoth's guile for ever failed,
nor wholly o'er his foes prevailed;
and some were ever that still fought
90 *unmaking that which malice wrought.*
Thus Men believed that Morgoth made
the fiendish phantom that betrayed
the soul of Gorlim, and so brought
the lingering hope forlorn to nought
95 *that lived amid the lonely wood;*
yet Beren had by fortune good
long hunted far afield that day,
and benighted in strange places lay
far from his fellows. In his sleep
100 *he felt a dreadful darkness creep*
upon his heart, and thought the trees
were bare and bent in mournful breeze;
no leaves they had, but ravens dark
sat thick as leaves on bough and bark,
105 *and croaked, and as they croaked each neb*
let fall a gout of blood; a web
unseen entwined him hand and limb,

UM TRECHO EXTRAÍDO DE *A BALADA DE LEITHIAN*

  até que exausto junto à beira
  de lago morto deita oculto.
110 Mas vê que se agita um vulto
  bem longe n'água tão trevosa,
  assume forma nebulosa,
  desliza no silente lago,
  de perto faz discurso aziago
115 e triste diz: "Gorlim tu vês,
  traidor traído! Desta vez
  corre! Pois Morgoth já aperta
  teu pai pela garganta; é certa
  a reunião tua, teu covil",
120 revela então o mal que viu,
  que fez e Morgoth deu por certo.
  Acorda Beren, busca esperto
  espada e arco, sai alado
  qual vento em ramo desnudado
125 no outono. Chega co'aflição,
  fogo e ardor no coração,
  vê Barahir jazer, seu pai;
  tarde demais. A noite vai,
  encontra as casas dos caçados,
130 ilha de mata em alagados,
  aves em nuvem esvoaçam —
  não são do charco aves que passam.
  Gralhas e corvos no amieiro,
  aves de agouro num poleiro;
135 um grasna: "Beren chegou tarde",
  todos em coro: "Tarde! Tarde!".
  Sepulta do seu pai os ossos,
  empilha ali rochedos grossos;
  três vezes Morgoth é imprecado,
140 sem pranto, coração gelado.

  Percorre charco, campo, monte,
persegue, chega a uma fonte

until worn out, upon the rim
of stagnant pool he lay and shivered.
110 *There saw he that a shadow quivered*
far out upon the water wan,
and grew to a faint form thereon
that glided o'er the silent lake
and coming slowly, softly spake
115 *and sadly said; 'Lo! Gorlim here,*
traitor betrayed, now stands! Nor fear,
but haste! For Morgoth's fingers close
upon thy father's throat. He knows
your secret tryst, your hidden lair',
120 *and all the evil he laid bare*
that he had done and Morgoth wrought.
Then Beren waking swiftly sought
his sword and bow, and sped like wind
that cuts with knives the branches thinned
125 *of autumn trees. At last he came,*
his heart afire with burning flame,
where Barahir his father lay;
he came too late. At dawn of day
he found the homes of hunted men,
130 *a wooded island in the fen*
and birds rose up in sudden cloud —
no fen-fowl were they crying loud.
The raven and the carrion-crow
sat in the alders all a-row;
135 *one croaked: 'Ha! Beren comes too late',*
and answered all: 'Too late! Too late!'
There Beren buried his father's bones,
and piled a heap of boulder-stones,
and cursed the name of Morgoth thrice,
140 *but wept not, for his heart was ice.*

Then over fen and field and mountain
he followed, till beside a fountain

UM TRECHO EXTRAÍDO DE *A BALADA DE LEITHIAN*

  que das profundas traz calor.
  Vê assassinos, matador,
145 cruéis soldados do monarca.
  Um deles ri, na mão abarca
  anel de Barahir finado.
  "Lá em Beleriand forjado,
  atenta", diz, "este tesouro.
150 Já não se compra nem com ouro,
  matei por ele Barahir,
  tolo e ladrão, que foi servir,
  prestar favores de outrora
  pra Felagund. Assim é agora;
155 pois Morgoth mo mandou levar,
  não que me conste lhe faltar
  maior tesouro em seu cofre.
  Quem tem cobiça nada sofre
  e eu pretendo insistir:
160 vazia a mão de Barahir!"
  Seta mortal remata o feito;
  fende-lhe o coração no peito.
  Vê Morgoth que seu contendor
  prestou serviço, executor
165 do traidor, servo sem siso.
  Mas Morgoth já não vê com riso
  que Beren, lobo a sós na caça,
  de trás da rocha salta, e passa
  junto ao poço no bivaque,
170 apanha o anel antes do ataque
  de raiva e ira do inimigo,
  e deles foge. Tem o abrigo
  feito de anéis de puro aço
  pelos Anãos sem embaraço;
175 esconde-se em rocha e mato
  Beren em boa hora nato;
  ignora o inimigo vil
  aonde foi buscar covil.

*upgushing hot from fires below
he found the slayers and his foe,*
145 *the murderous soldiers of the king.
And one there laughed, and showed a ring
he took from Barahir's dead hand.
'This ring in far Beleriand,
now mark ye, mates,' he said, 'was wrought.*
150 *Its like with gold could not be bought,
for this same Barahir I slew,
this robber fool, they say, did do
a deed of service long ago
for Felagund. It may be so;*
155 *for Morgoth bade me bring it back,
and yet, methinks, he has no lack
of weightier treasure in his hoard.
Such greed befits not such a lord,
and I am minded to declare*
160 *the hand of Barahir was bare!'
Yet as he spake an arrow sped;
with riven heart he crumpled dead.
Thus Morgoth loved that his own foe
should in his service deal the blow*
165 *that punished the breaking of his word.
But Morgoth laughed not when he heard
that Beren like a wolf alone
sprang madly from behind a stone
amid that camp beside the well,*
170 *and seized the ring, and ere the yell
of wrath and rage had left their throat
had fled his foes. His gleaming coat
was made of rings of steel no shaft
could pierce, a web of dwarvish craft;*
175 *and he was lost in rock and thorn,
for in charméd hour was Beren born;
their hungry hunting never learned
the way his fearless feet had turned.*

UM TRECHO EXTRAÍDO DE *A BALADA DE LEITHIAN*

Foi Beren sempre destemido,
180 por resistente sempre havido,
quando vivia Barahir;
mas ora vem pesar partir
a alma, a vida lhe amargar,
que seu punhal já pensa usar,
185 espada ou lança, fim estreme
da vida, e só correntes teme.
Busca perigos, busca a morte,
escapa assim à fatal sorte
ousando feitos de nomeada,
190 de glória ao vento sussurrada;
canções entoam-se, acesas,
acerca de suas proezas
a sós, cercado no negrume
de névoa, e lua, sob o lume
195 do dia claro. Enche as matas
do Norte com batalhas gratas
ceifando de Morgoth a laia;
com ele só carvalho e faia,
sempre fiéis, bestas pequenas
200 de pelo, couro, asas, penas;
espíritos dos quais a voz
em velhos montes, ermos sós
habita e vaga, seus amigos.
Mas o proscrito tem perigos
205 e Morgoth é um rei mais vil
que o mundo em canto já previu,
e seu saber de amplidão
amarra e cerca em precisão
quem o enfrenta. Pois assim
210 Beren da mata foge, enfim,
da terra amada onde em paz
seu pai, que os juncos choram, jaz.
Sob rocha em monte, musgos grossos
desmancham-se do herói os ossos.

As fearless Beren was renowned,
180 *as man most hardy upon ground,*
while Barahir yet lived and fought;
but sorrow now his soul had wrought
to dark despair, and robbed his life
of sweetness, that he longed for knife,
185 *or shaft, or sword, to end his pain,*
and dreaded only thraldom's chain.
Danger he sought and death pursued,
and thus escaped the fate he wooed,
and deeds of breathless wonder dared
190 *whose whispered glory widely fared,*
and softly songs were sung at eve
of marvels he did once achieve
alone, beleaguered, lost at night
by mist or moon, or neath the light
195 *of the broad eye of day. The woods*
that northward looked with bitter feuds
he filled and death for Morgoth's folk;
his comrades were the beech and oak,
who failed him not, and many things
200 *with fur and fell and feathered wings;*
and many spirits, that in stone
in mountains old and wastes alone,
do dwell and wander, were his friends.
Yet seldom well an outlaw ends,
205 *and Morgoth was a king more strong*
than all the world has since in song
recorded, and his wisdom wide
slow and surely who him defied
did hem and hedge. Thus at the last
210 *must Beren flee the forest fast*
and lands he loved where lay his sire
by reeds bewailed beneath the mire.
Beneath a heap of mossy stones
now crumble those once most mighty bones.

UM TRECHO EXTRAÍDO DE *A BALADA DE LEITHIAN*

215 Já Beren foge ao Norte imigo,
 noite de outono o traz consigo;
 o cerco de seus contendores
 já passa — anda sem rumores.
 Do arco a corda já não canta,
220 seta talhada não levanta,
 e já não deita o crânio seu
 sobre a charneca sob o céu.
 Luar no pinho em movimento
 por entre a névoa, chia o vento
225 em feto e charneca à tarde,
 ninguém o encontra. Um vulto arde
 no ar gelado, prata quente,
 no Norte está a Urze Ardente,
 que a gente humana assim dizia,
230 deixa pra trás, o que alumia
 planície, lago, morro e terra,
 charco maldito, monte e serra.

 Dali ao Sul é sua jornada,
 dali é atroz a caminhada;
235 de cruzar, apenas homens audazes
 as frias Montanhas Sombrias são capazes.
 A encosta norte é dor, perigo,
 cruel, mortal é o inimigo;
 a face sul a pino, então,
240 é pico, rocha e paredão;
 são enganosas suas raízes
 e amargas águas infelizes.
 Em cova e vale há magia,
 pois muito longe todavia,
245 além de onde a vista aponta,
 talvez de torre alta e tonta,
 ninho de águia a erguer-se,
 um brilho cinza possa ver-se,
 Beleriand, Beleriand,
250 terra das fadas bela e grande.

215   *but Beren flees the friendless North*
     one autumn night, and creeps him forth;
     the leaguer of his watchful foes
     he passes — silently he goes.
     No more his hidden bowstring sings,
220 *no more his shaven arrow wings,*
     no more his hunted head doth lie
     upon the heath beneath the sky.
     The moon that looked amid the mist
     upon the pines, the wind that hissed
225 *among the heather and the fern*
     found him no more. The stars that burn
     about the North with silver fire
     in frosty airs, the Burning Briar
     that men did name in days long gone,
230 *were set behind his back, and shone*
     o'er land and lake and darkened hill,
     forsaken fen and mountain rill.

     His face was South from the Land of Dread
     whence only evil pathways led,
235 *and only the feet of men most bold*
     might cross the Shadowy Mountains cold.
     Their northern slopes were filled with woe,
     with evil and with mortal foe;
     their southern faces mounted sheer
240 *in rocky pinnacle and pier,*
     whose roots were woven with deceit
     and washed with waters bitter-sweet.
     There magic lurked in gulf and glen,
     for far away beyond the ken
245 *of searching eyes, unless it were*
     from dizzy tower that pricked the air
     where only eagles lived and cried,
     might grey and gleaming be descried
     Beleriand, Beleriand,
250 *the borders of the faëry land.*

O QUENTA NOLDORINWA

Depois do *Esboço da Mitologia*, este texto, a que me referirei como "o *Quenta*", foi a única versão completa e acabada de "O Silmarillion" que meu pai realizou: um texto datilografado que fez em (como parece certo) 1930. Nenhum rascunho ou esboço preliminar, se é que houve algum, sobreviveu, mas está claro que, durante boa parte de sua extensão, ele tinha o *Esboço* diante de si. Ele é mais longo que o *Esboço* e, claramente, nele surgiu o "estilo do Silmarillion", mas continua sendo uma compressão, um relato compendioso. No subtítulo está dito que é "a breve história dos Noldoli ou Gnomos", extraída do *Livro dos Contos Perdidos* escrito por Eriol [Ælfwine]. É claro que, àquela altura, os poemas longos já existiam, substanciais, mas maciçamente inacabados, e meu pai ainda estava trabalhando em *A Balada de Leithian*.

No *Quenta* emerge a principal transformação da lenda de Beren e Lúthien, com a entrada do príncipe noldorin Felagund, filho de Finrod. Para explicar como isso pôde ocorrer, darei aqui um trecho desse texto, mas é necessária uma nota sobre os nomes. O líder dos Noldor na grande jornada dos Elfos desde Cuiviénen, a Água do Despertar no mais remoto Leste, foi Finwë; seus três filhos eram Fëanor, Fingolfin e Finrod, que foi o pai de Felagund. (Mais tarde os nomes foram alterados: o terceiro filho de Finwë tornou-se *Finarfin*, e *Finrod* foi o nome de seu filho, mas Finrod era também *Felagund*. Este nome significava "Senhor de Cavernas" ou "Escavador de Cavernas" na língua dos Anãos, pois ele foi o fundador de Nargothrond. A irmã de Finrod Felagund era Galadriel.)

um Trecho extraído do *Quenta Noldorinwa*

Esse foi o tempo que as canções chamam de Cerco de Angband. As espadas dos Gnomos muravam então a terra da ruína de Morgoth, e seu poder estava encerrado por trás das muralhas de Angband. Os Gnomos gabavam-se de que ele nunca poderia romper seu cerco e de que ninguém dentre sua gente jamais poderia passar para fazer o mal nos caminhos do mundo. [...]

Naqueles dias os Homens vieram por sobre as Montanhas Azuis até Beleriand, os mais bravos e belos de sua raça. Foi Felagund quem os encontrou e foi sempre amigo deles. Certa feita ele era hóspede de Celegorm no Leste e cavalgou a caçar com ele. Mas apartou-se dos demais e, certa altura da noite, topou com um vale nos contrafortes ocidentais das Montanhas Azuis. Havia luzes no vale e o som de rude canção. Então Felagund admirou-se, pois a língua daquelas canções não era a língua dos Eldar, nem dos Anãos. Nem era a língua dos Orques, apesar de ele inicialmente temer que fosse. Ali estava acampado o povo de Bëor, um poderoso guerreiro dos Homens, cujo filho era Barahir, o audaz. Eram eles os primeiros Homens a chegarem a Beleriand. [...]

UM TRECHO EXTRAÍDO DO *QUENTA NOLDORINWA*

Naquela noite, Felagund foi ter entre os homens adormecidos da hoste de Bëor e sentou-se junto a suas fogueiras morredouras, onde ninguém montava guarda, e tomou uma harpa que Bëor pusera de lado e nela tocou uma música tal que nenhum ouvido mortal jamais escutara, pois aprendera as melodias da música somente dos Elfos-escuros. Então os Homens despertaram e escutaram e se maravilharam, pois havia grande sabedoria naquela canção, e também beleza, e tornava-se mais sábio o coração que a escutava. Assim foi que os Homens chamaram Felagund, o primeiro dos Noldoli que encontraram, de Sabedoria, e por causa dele chamaram sua raça de Sábios, a quem chamamos Gnomos.

Bëor morou com Felagund até morrer, e seu filho Barahir foi o maior amigo dos filhos de Finrod.

Então começou o tempo da ruína dos Gnomos. Levou muito tempo para que ela se completasse, pois crescera muito seu poderio, e eram muito valorosos, e seus aliados eram muitos e audaciosos, Elfos-escuros e Homens.

Mas a maré de sua sorte virou de súbito. Por longo tempo Morgoth preparara suas forças em segredo. Em certa noite de inverno ele desencadeou grandes rios de chama que se derramaram sobre toda a planície diante das Montanhas de Ferro e a queimaram, tornando-a um deserto desolado. Muitos Gnomos dos filhos de Finrod pereceram naquele incêndio, e sua fumaça produziu treva e confusão entre os inimigos de Morgoth. Em seguida ao fogo vieram os negros exércitos dos Orques em quantidade que os Gnomos jamais viram nem imaginaram antes. Desse modo, Morgoth rompeu o cerco de Angband e realizou pelas mãos dos Orques uma grande matança dos mais bravos das hostes sitiantes. Seus inimigos foram dispersos por toda a parte, Gnomos, Ilkorins e Homens. A maioria dos Homens ele perseguiu por sobre as Montanhas Azuis, exceto pelos filhos de Bëor e por Hador, que se refugiou em Hithlum além das Montanhas Sombrias, onde os Orques ainda não chegavam em grandes números. Os Elfos-escuros fugiram para o sul rumo a Beleriand e além, mas muitos foram a Doriath, e o reino e poderio de Thingol cresceu naquele tempo, até ele se tornar um baluarte e refúgio dos Elfos. As magias de Melian que estavam entretecidas nos limites de Doriath resguardavam do mal seus paços e seu reino.

A floresta de pinheiros foi tomada por Morgoth e transformada em lugar de pavor, e ele tomou a torre de vigia de Sirion e a transformou em reduto de mal e de ameaça. Ali habitava Thû, o principal servo de Morgoth, feiticeiro de medonho poder, o senhor dos lobos. O maior peso daquela batalha pavorosa, a segunda batalha e primeira derrota dos Gnomos, recaíra sobre os filhos de Finrod. Ali foram mortos Angrod e Egnor. Ali também Felagund teria sido aprisionado ou morto, mas Barahir veio com todos os seus homens e salvou o rei dos Gnomos e construiu uma muralha de lanças em seu redor; e, apesar de sua perda ser dolorosa, combateram até se livrarem dos Orques e fugiram para os pântanos de Sirion, ao Sul. Ali Felagund fez um juramento de amizade imorredoura e auxílio em tempo de necessidade a Barahir e toda a sua família e descendência e, em testemunho de seu voto, deu a Barahir seu anel.

Então Felagund rumou para o Sul e, às margens do Narog, estabeleceu, à maneira de Thingol, uma cidade oculta e cavernosa e um reino. Aqueles lugares profundos foram chamados Nargothrond. Ali foi ter Orodreth [filho de Finrod, irmão de Felagund] após uma época de fuga esbaforida e perambulações arriscadas e, com ele, Celegorm e Curufin, filhos de Fëanor, seus amigos. O povo de Celegorm ampliou a força de Felagund, mas teria sido melhor se tivessem juntado com sua própria gente, que fortificou a colina de Himling a leste de Doriath e encheu a Garganta de Aglon com armas ocultas. [...]

Naqueles dias de dúvida e temor após a [Batalha da Chama Repentina], ocorreram muitos fatos pavorosos, só poucos dos quais são contados aqui. Está dito que Bëor foi morto, e Barahir não cedeu a Morgoth, mas toda a sua terra foi conquistada, e

UM TRECHO EXTRAÍDO DO *QUENTA NOLDORINWA*

seu povo foi disperso, escravizado ou morto, e ele próprio se tornou proscrito com seu filho, Beren, e dez homens fiéis. Por muito tempo eles se esconderam e realizaram secretos e valorosos feitos de guerra contra os Orques. Mas no fim, como se conta no início da balada de Lúthien e Beren, o esconderijo de Barahir foi traído, e foram mortos ele e seus companheiros, todos menos Beren, que por sorte naquele dia estava caçando ao longe. Depois disso, Beren viveu como proscrito solitário, exceto pela ajuda que teve das aves e dos animais que amava; e, buscando a morte em feitos desesperados, não a encontrou, e sim glória e renome nas canções secretas dos fugitivos e inimigos ocultos de Morgoth, de forma que a história de seus feitos chegou até Beleriand e era propalada em Doriath. Finalmente Beren fugiu para o sul, escapando do círculo cada vez mais fechado dos que o caçavam, e atravessou as pavorosas Montanhas de Sombra e, por fim, exausto e abatido, entrou em Doriath. Ali conquistou secretamente o amor de Lúthien, filha de Thingol, e chamou-a Tinúviel, o rouxinol, por causa da beleza de seu canto ao crepúsculo, sob as árvores, pois ela era filha de Melian.

Mas Thingol enfureceu-se e o dispensou com desprezo, mas não o matou porque fizera um juramento à filha. Não obstante, desejava enviá-lo à morte. E pensou em seu coração em uma demanda que não pudesse ser realizada e disse: "Se me trouxeres uma Silmaril da coroa de Morgoth, permitirei que Lúthien te despose se quiser." E Beren jurou realizar isso e foi de Doriath para Nargothrond levando o anel de Barahir. Ali, a demanda da Silmaril despertou do sono o juramento que haviam feito os filhos de Fëanor, e o mal começou a crescer daí. Felagund, apesar de saber que a demanda ultrapassava seu poder, dispôs-se a conceder todo o seu auxílio a Beren por causa de seu próprio juramento a Barahir. Mas Celegorm e Curufin dissuadiram sua gente e incitaram uma rebelião contra ele. E despertaram pensamentos malignos em seus corações e pensaram em usurpar o trono de Nargothrond, pois eram filhos da linhagem mais velha. Antes que uma Silmaril fosse ganha e dada a Thingol, eles haveriam de arruinar o poder de Doriath e Nargothrond.

Então Felagund entregou a coroa a Orodreth e apartou-se de seu povo com Beren e dez homens fiéis de sua própria casa. Emboscaram um bando de Orques e os mataram e, com auxílio da magia de Felagund, disfarçaram-se de Orques. Mas foram vistos por Thû de sua torre de vigia, que outrora fora do próprio Felagund, e foram interrogados por ele, e sua magia foi derrotada numa disputa entre Thû e Felagund. Assim foram revelados como Elfos, mas os encantamentos de Felagund ocultaram seus nomes e sua demanda. Por longo tempo foram torturados nos calabouços de Thû, mas nenhum deles traiu o outro.

> O juramento mencionado no final deste trecho foi feito por Fëanor e seus sete filhos, nas palavras do *Quenta*, "de perseguir com ódio e vingança até os confins do mundo Vala, Demônio, Elfo, ou Homem, ou Orque que tiver, ou tomar, ou mantiver uma Silmaril contra a vontade deles". (Ver pp. 122–4, versos 171–80.)

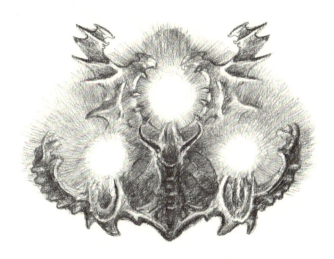

UM SEGUNDO EXTRATO DE A BALADA DE LEITHIAN

Dou agora um trecho adicional de *A Balada de Leithian* (ver pp. 84–5), que conta a história há pouco relatada em sua forma muito comprimida no *Quenta*. Retomo o poema onde o Cerco de Angband terminou no que se chamou, mais tarde, de Batalha da Chama Repentina. De acordo com as datas que meu pai escreveu no manuscrito, todo o trecho foi composto em março-abril de 1928. No verso 246, acaba o Canto VI da *Balada* e começa o Canto VII.

      Chega o fim, vira a sorte,
chamas de Morgoth trazem morte,
todo o poder lá preparado
em seu bastião é inflamado;
5   a negra tropa na Sedenta
Planície parte e rebenta.
      De Angband Morgoth rompe o assédio;
com fogo e fumo, cruel remédio,
fende hostis; Orques a matar
10 e a matar; sangue sem par
dos cruéis gumes curvos pinga.
Lá Barahir ajuda e vinga
com feroz lança, escudo e arco
a Felagund ferido. Ao charco
15 escapam, juram mútua fé,
e Felagund promete até
estima, amor à humana gente,
socorro em risco inclemente.
Filhos de Finrod quatro são;
20 Angrod e Egnor caem então.
Felagund, Orodreth prudentes
juntam o resto de suas gentes,
belas crianças e donzelas;
deixam a guerra, vão com elas
25 ao Sul, caverna mui segura.
Junto ao Narog se perfura
o seu portal secreto, oculto,
forte portão que ante o vulto
de Túrin estava inda ileso,
30 sob árvores, de grande peso.
Ali viveram, no castelo,
Curufin, Celegorm o belo;
cresceu o povo oculto e forte
na área de Narog, dessa sorte.

35   Lá Felagund corte segura
tem: Nargothrond, o que a jura

An end there came, when fortune turned
and flames of Morgoth's vengeance burned,
and all the might which he prepared
in secret in his fastness flared
5   *and poured across the Thirsty Plain;*
and armies black were in his train.
      The leaguer of Angband Morgoth broke;
his enemies in fire and smoke
were scattered, and the Orcs there slew,
10   *and slew, until the blood like dew*
dripped from each cruel and crooked blade.
Then Barahir the bold did aid
with mighty spear, with shield and men,
Felagund wounded. To the fen
15   *escaping, there they bound their troth,*
and Felagund deeply swore an oath
of friendship to his kin and seed
of love and succour in time of need.
But there of Finrod's children four
20   *were Angrod slain and proud Egnor.*
Felagund and Orodreth then
gathered the remnant of their men,
their maidens and their children fair;
forsaking war they made their lair
25   *and cavernous hold far in the south.*
On Narog's towering bank its mouth
was opened; which they hid and veiled,
and mighty doors, that unassailed
till Túrin's day stood vast and grim,
30   *they built by trees o'ershadowed dim.*
And with them dwelt a long time there
Curufin, and Celegorm the fair;
and a mighty folk grew neath their hands
in Narog's secret halls and lands.

35   *Thus Felagund in Nargothrond*
still reigned, a hidden king whose bond

a Barahir fez, o audaz.
O filho deste trilha faz
em mata escura, só, confuso.
40 Percorre Esgalduin, rio escuso,
té que seu fluxo esbranquiçado
une-se a Sirion gelado,
água de prata a rolar,
ampla e esplêndida, ao mar.
45   Beren alcança as lagoas
de Sirion, rasas e boas;
sob as estrelas cresce o rio,
por fim divide-se em baixio,
margens de juncos num banhado
50 que alaga e enche, e apressado
mergulha em cova sob a terra:
por muitas milhas ela o encerra.
Umboth-Muilin, Lago-Ocaso
nome que os Elfos, cinza e raso,
55 lhe deram. Sob tormenta inchada,
lá da Planície Vigiada
Morros da Caça Beren vê
de picos nus e à mercê
do vento oeste, mas na bruma
60 da chuva, raio, silvo, espuma
nos lagos, sabe que lá perto,
sob esses morros encoberto,
é o Narog, forte de vigia
de Felagund na queda fria
65 de Ingwil, rio que vem do alto.
Sempre alertas contra o assalto,
de Nargothrond Gnomos de estima;
tem cada morro torre em cima
e jamais dormem sentinelas,
70 planície e estrada guardam elas
do Sirion e o Narog pardo;
arqueiros com certeiro dardo

>   was sworn to Barahir the bold.
>   And now his son through forests cold
>   wandered alone as in a dream.
> 40   Esgalduin's dark and shrouded stream
>   he followed, till its waters frore
>   were joined to Sirion, Sirion hoar,
>   pale silver water wide and free
>   rolling in splendour to the sea.
> 45   Now Beren came unto the pools,
>   wide shallow meres where Sirion cools
>   his gathered tide beneath the stars,
>   ere chafed and sundered by the bars
>   of reedy banks a mighty fen
> 50   he feeds and drenches, plunging then
>   into vast chasms underground,
>   where many miles his way is wound.
>   Umboth-Muilin, Twilight Meres,
>   those great wide waters grey as tears
> 55   the Elves then named. Through driving rain
>   from thence across the Guarded Plain
>   the Hills of the Hunters Beren saw
>   with bare tops bitten bleak and raw
>   by western winds, but in the mist
> 60   of streaming rains that flashed and hissed
>   into the meres he knew there lay
>   beneath those hills the cloven way
>   of Narog, and the watchful halls
>   of Felagund beside the falls
> 65   of Ingwil tumbling from the wold.
>   An everlasting watch they hold,
>   the Gnomes of Nargothrond renowned,
>   and every hill is tower-crowned,
>   where wardens sleepless peer and gaze
> 70   guarding the plain and all the ways
>   between Narog swift and Sirion pale;
>   and archers whose arrows never fail

correm a mata, aniquilando
quem for à revelia entrando.
75   Vem ele agora à terra, ao léu,
na mão o luzidio anel
de Felagund, e exclama então:
"Nem Orque sou, nem espião,
Beren, filho de Barahir,
80   que a Felagund se quis unir."
   Antes que chegue à margem leste
de Narog, rio que fero investe
nas negras rochas, vem plantel
de verdes arcos. Visto o anel,
85   saúdam-no, pareça embora
pobre vagante. À noite, fora
ao norte o levam, pois nem ponte
nem vau o Narog tem defronte
de Nargothrond do grão portal,
90   não passa amigo nem rival.
   Ao norte, estreito ainda, o rio
corre bem junto do baixio
do Ginglith, rio de espuma linda,
onde seu fluxo d'ouro finda,
95   conflui c'o Narog, lá o passam.
Dali caminho breve traçam
a Nargothrond, aos seus terraços,
seus grandes e obscuros paços.
   Sob lua-foice vêm sem falha
100   às portas atrás, bela talha,
de forte pedra traves certas,
vigas de lenho. Já abertas
as portas, entram com abono
onde está Felagund no trono.

105   O rei de Narog bom discurso
a Beren faz; todo o seu curso,
combates, guerras, todo o enredo

*there range the woods, and secret kill
all who creep thither against their will.*
75   *Yet now he thrusts into that land
bearing the gleaming ring on hand
of Felagund, and oft doth cry:
'Here comes no wandering Orc or spy,
but Beren son of Barahir*
80 *who once to Felagund was dear.'
So ere he reached the eastward shore
of Narog, that doth foam and roar
o'er boulders black, those archers green
came round him. When the ring was seen*
85 *they bowed before him, though his plight
was poor and beggarly. Then by night
they led him northward, for no ford
nor bridge was built where Narog poured
before the gates of Nargothrond,*
90 *and friend nor foe might pass beyond.
To northward, where that stream yet young
more slender flowed, below the tongue
of foam-splashed land that Ginglith pens
when her brief golden torrent ends*
95 *and joins the Narog, there they wade.
Now swiftest journey thence they made
to Nargothrond's sheer terraces
and dim gigantic palaces.
They came beneath a sickle moon*
100 *to doors there darkly hung and hewn
with posts and lintels of ponderous stone
and timbers huge. Now open thrown
were gaping gates, and in they strode
where Felagund on throne abode.*

105   *Fair were the words of Narog's king
to Beren, and his wandering
and all his feuds and bitter wars*

relata logo. Em segredo
conversam, Beren tudo fala
110 de Doriath; mas logo cala
lembrando Lúthien na dança,
as rosas alvas em sua trança,
a voz de Elfa a ressoar
e luz de estrelas pelo ar.
115 De Thingol relembrou as salas
de luz-magia, e fontes ralas,
o rouxinol lá canta, é lei,
a Melian e ao seu rei.
De Thingol conta o penhor
120 feito em desdém, que por amor
da que é mais linda e fiel,
de Lúthien Tinúviel,
deve aturar deserto ardente,
terror, suplício inclemente.

125   De ouvi-lo Felagund se admira,
e diz por fim com certa ira:
"Deseja Thingol tua morte.
Das joias de encanto forte,
sabido é, a chama pura
130 tem maldição de feroz jura,
aos filhos apenas de Fëanor
pertence todo o seu fulgor.
Não pode ter em sua arca
a gema, pois não é monarca
135 dos Elfos todos, eu confesso.
Mas dizes tu que é esse o preço
para voltar, se for possível,
a Doriath? Muita trilha horrível
diante do teu pé veloz —
140 depois de Morgoth, ira atroz,
eu bem o sei, ódio eterno,
te caçará em céu e inferno.

recounted soon. Behind closed doors
they sat, while Beren told his tale
110 *of Doriath; and words him fail*
recalling Lúthien dancing fair
with wild white roses in her hair,
remembering her elven voice that rung
while stars in twilight round her hung.
115 *He spake of Thingol's marvellous halls*
by enchantment lit, where fountain falls
and ever the nightingale doth sing
to Melian and to her king.
The quest he told that Thingol laid
120 *in scorn on him; how for love of maid*
more fair than ever was born to Men,
of Tinúviel, of Lúthien,
he must essay the burning waste,
and doubtless death and torment taste.

125   *This Felagund in wonder heard,*
and heavily spoke at last this word:
'It seems that Thingol doth desire
thy death. The everlasting fire
of those enchanted jewels all know
130 *is cursed with an oath of endless woe,*
and Fëanor's sons alone by right
are lords and masters of their light.
He cannot hope within his hoard
to keep this gem, nor is he lord
135 *of all the folk of Elfinesse.*
And yet thou saist for nothing less
can thy return to Doriath
be purchased? Many a dreadful path
in sooth there lies before thy feet —
140 *and after Morgoth, still a fleet*
untiring hate, as I know well,
would hunt thee from heaven unto hell.

UM SEGUNDO EXTRATO DE *A BALADA DE LEITHIAN*

De Fëanor a prole ingrata
ceifar-te-á antes que à mata
145 de Thingol chegues, dês o fogo,
conquistes o teu doce rogo.
Eis! Celegorm e Curufin
habitam neste reino, enfim,
e eu, filho de Finrod, rei,
150 que grande glória conquistei,
cá reino sobre suas gentes.
Têm sido mui benevolentes
no que lhes resolvi pedir;
a Beren, novo Barahir,
155 não hão de dar mercê após
saberem tua demanda atroz."

    E quando o rei, ímpeto novo,
conta essa história a todo o povo,
fala de jura a Barahir,
160 humano armado pra impedir
ação de Morgoth, e o pesar
no Norte outrora fez cessar,
muitos já tomam decisão
de combater. Na multidão
165 se ergue, em voz alta clama
que ouçam todos, olho em chama,
altivo Celegorm da espada
luzente. A turba abalada
fita o severo, duro rosto
170 e grão silêncio invade o posto.

    "Amigo, ser cruel, rival,
nem Morgoth, Elfo nem mortal,
quem seja que na terra habita,
nem lei, amor, liga maldita,
175 poder dum Deus, magia aflita,
vai defendê-lo da desdita

> Fëanor's sons would, if they could,
> slay thee or ever thou reached his wood
145 or laid in Thingol's lap that fire,
> or gained at least thy sweet desire.
> Lo! Celegorm and Curufin
> here dwell this very realm within,
> and even though I, Finrod's son,
150 am king, a mighty power have won
> and many of their own folk lead.
> Friendship to me in every need
> they yet have shown, but much I fear
> that to Beren son of Barahir
155 mercy or love they will not show
> if once thy dreadful quest they know.'

> True words he spoke. For when the king
> to all his people told this thing,
> and spake of the oath to Barahir,
160 and how that mortal shield and spear
> had saved them from Morgoth and from woe
> on Northern battlefields long ago,
> then many were kindled in their hearts
> once more to battle. But up there starts
165 amid the throng, and loudly cries
> for hearing, one with flaming eyes,
> proud Celegorm with gleaming hair
> and shining sword. Then all men stare
> upon his stern unyielding face,
170 and a great hush falls upon that place.

> 'Be he friend or foe, or demon wild
> of Morgoth, Elf, or mortal child,
> or any that here on earth may dwell,
> no law, nor love, nor league of hell,
175 no might of Gods, no binding spell,
> shall him defend from hatred fell

de Fëanor da prole hostil
quem tome ou guarde Silmaril.
Pois só a nós pertencem elas,
180 as encantadas joias belas."

São falas ríspidas, possantes,
são como a voz do pai que antes
em Tûn nas mentes infundiu
atro temor e ira vil;
185 agora lhes prevê perigo
violento: amigo contra amigo,
veem do sangue o rubro tom,
cadáveres em Nargothrond,
se a hoste ali com Beren for;
190 ruína em Doriath, horror,
se Thingol ganha afinal
de Fëanor joia fatal.
Mesmo os de Felagund fiéis
temem tais juras tão cruéis
195 e pensam com terror hostil
Morgoth buscar em seu covil
por força ou arte. Curufin
após o irmão começa assim
a se infiltrar em cada mente;
200 os enfeitiça totalmente
e antes de Túrin nunca mais
Gnomos a Nargothrond leais
à guerra marcham. Depois disso
ciladas, espiões, feitiço,
205 magia, silenciosa aliança
com o ser selvagem que avança,
caça sutil, peçonha em seta,
tropa que engatinha quieta,
ódio que corre em frente mudo,
210 caminha com pés de veludo,
seguindo a presa tão deciso

of Fëanor's sons, whoso take or steal
or finding keep a Silmaril.
These we alone do claim by right,
180 *our thrice enchanted jewels bright.'*

    Many wild and potent words he spoke,
and as before in Tûn awoke
his father's voice their hearts to fire,
so now dark fear and brooding ire
185 *he cast on them, foreboding war*
of friend with friend; and pools of gore
their minds imagined lying red
in Nargothrond about the dead,
did Narog's host with Beren go;
190 *or haply battle, ruin, and woe*
in Doriath where great Thingol reigned,
if Fëanor's fatal jewel he gained.
And even such as were most true
to Felagund his oath did rue,
195 *and thought with terror and despair*
of seeking Morgoth in his lair
with force or guile. This Curufin
when his brother ceased did then begin
more to impress upon their minds;
200 *and such a spell he on them binds*
that never again till Túrin's day
would Gnome of Narog in array
of open battle go to war.
With secrecy, ambush, spies and lore
205 *of wizardry, with silent leaguer*
of wild things wary, watchful, eager,
of phantom hunters, venomed darts,
and unseen stealthy creeping arts,
with padding hatred that its prey
210 *with feet of velvet all the day*
followed remorseless out of sight

e mata à noite de improviso —
assim defendem Nargothrond,
esquecem jura, laço bom,
215 temendo Morgoth, pois a fala
de Curufin sua mente abala.

    No dia não fazem favor
A Felagund, seu rei senhor;
não é divino Finrod, falam,
220 nem o seu filho, assim propalam.
De Felagund a voz ressoa,
arranca, arroja a coroa,
de Nargothrond o elmo-prata:
"Não romperei a jura que ata,
225 o trono abandono cedo.
Se existe alguém que não tem medo,
de Finrod que obedeça ao filho,
e me acompanhe quando trilho
a via minha, não qual pobre
230 pedinte viva, o que foi nobre,
expulso deixo a urbe boa,
a gente, o reino e a coroa!"

    Isto ouvindo, eis parados
dez bons guerreiros a seus lados,
235 da casa sua, sempre à parte
onde estivesse o estandarte.
Um pega a coroa e diz:
"Ó rei, é sina infeliz
daqui partir, mas não perder
240 o teu domínio. Hás de escolher
regente pela tua pessoa."
Põe Felagund sua coroa
em Orodreth e diz: "Irmão,
o reino é teu, que eu volte ou não."
245 Lá Celegorm não fica e sai,
ri Curufin, se volta e vai.

and slew it unawares at night —
thus they defended Nargothrond,
and forgot their kin and solemn bond
215 *for dread of Morgoth that the art*
of Curufin set within their heart.

So would they not that angry day
King Felagund their lord obey,
but sullen murmured that Finrod
220 *nor yet his son were as a god.*
Then Felagund took off his crown
and at his feet he cast it down,
the silver helm of Nargothrond:
'Yours ye may break, but I my bond
225 *must keep, and kingdom here forsake.*
If hearts here were that did not quake,
or that to Finrod's son were true,
then I at least should find a few
to go with me, not like a poor
230 *rejected beggar scorn endure,*
turned from my gates to leave my town,
my people, and my realm and crown!'

Hearing these words there swiftly stood
beside him ten tried warriors good,
235 *men of his house who had ever fought*
wherever his banners had been brought.
One stooped and lifted up his crown,
and said: 'O king, to leave this town
is now our fate, but not to lose
240 *thy rightful lordship. Thou shalt choose*
one to be steward in thy stead.'
Then Felagund upon the head
of Orodreth set it: 'Brother mine,
till I return this crown is thine.'
245 *Then Celegorm no more would stay,*
and Curufin smiled and turned away.

UM SEGUNDO EXTRATO DE *A BALADA DE LEITHIAN*

*

Só uma dúzia parte então
De Nargothrond, ao Norte vão,
deixando o lar, secreta via,
250 já longe estão ao fim do dia.
Não canta voz nem soa clarim,
em malha de anéis, assim
de negro marcham, elmo escuro,
manto sombrio, passo inseguro.
255   O Narog seguem, rio corrente,
até chegarem à nascente,
que cai em íngreme cachoeira
e enche a taça clara inteira
com um borrifo cristalino
260 do lago Ivrin muito fino,
Ivrin a refletir tamanhas
encostas nuas das Montanhas
de Sombra sob a luz da lua.

   Já longe vão da terra sua,
265 livre de Orque, demônio e medo
de Morgoth, vão pelo arvoredo.
No bosque em sombra do outeiro
lá passam noites, tempo inteiro,
até que a nuvem que lá passa
270 constelação e lua embaça,
ventos d'outono, do começo,
sopram num remoinho espesso
folhas girando pouco a pouco,
escutam um murmúrio rouco
275 de longe, risos guturais;
mais forte; já são pés fatais
tamborilando nas colinas
exaustas. Muitas lamparinas
vermelhas já o olhar alcança,

*Thus twelve alone there ventured forth
from Nargothrond, and to the North
they turned their silent secret way,*
250 *and vanished in the fading day.
No trumpet sounds, no voice there sings,
as robed in mail of cunning rings
now blackened dark with helmets grey
and sombre cloaks they steal away.*
255 *Far-journeying Narog's leaping course
they followed till they found his source,
the flickering falls, whose freshets sheer
a glimmering goblet glassy-clear
with crystal waters fill that shake*
260 *and quiver down from Ivrin's lake,
from Ivrin's mere that mirrors dim
the pallid faces bare and grim
of Shadowy Mountains neath the moon.*

Now far beyond the realm immune
265 *from Orc and demon and the dread
of Morgoth's might their ways had led.
In woods o'er shadowed by the heights
they watched and waited many nights,
till on a time when hurrying cloud*
270 *did moon and constellation shroud,
and winds of autumn's wild beginning
soughed in the boughs, and leaves went spinning
down the dark eddies rustling soft,
they heard a murmur hoarsely waft*
275 *from far, a croaking laughter coming;
now louder; now they heard the drumming
of hideous stamping feet that tramp
the weary earth. Then many a lamp
of sullen red they saw draw near,*

280 luz que oscila em cada lança
e cimitarra. Escondidos,
veem passar Orques bandidos,
tez de Gobelim, escura e suja.
Trazem morcego e coruja,
285 ave da noite, aparição
no ramo está. Silêncio então;
o riso, som de rocha e aço,
se vai. Já seguem cada passo
Elfos e Beren, mais silentes
290 que a fera atroz em ermos quentes
caçando. Chegam às barracas
no lume ardente, chamas fracas,
contam: à luz que a treva pinta
de rubro brilho Orques são trinta.
295 Sem fala e sem som maior
postam-se quietos ao redor,
nas árvores vultos sombrios,
lentos, ocultos, gestos frios,
curvam o arco, olho na meta.

300   Eis! canta a repentina seta
de Felagund ao grito forte;
são doze Orques tombando à morte.
Largam os arcos, salto leve,
brilhante espada em golpe breve!
305 Orques golpeados gritam, berram,
como que em atro inferno erram.
Travam batalha na floresta
e breve nenhum Orque resta;
o bando lá deixou a vida
310 sem mais manchar a terra ardida
com roubo e morte. Nem canção
de triunfo ou satisfação
soa dos Elfos. Grão perigo
lá correm, pois o inimigo
315 não sai à guerra em bando miúdo.

280 *swinging, and glistening on spear*
and scimitar. There hidden nigh
they saw a band of Orcs go by
with goblin faces swart and foul.
Bats were about them, and the owl,
285 *the ghostly forsaken night-bird cried*
from trees above. The voices died,
the laughter like clash of stone and steel
passed and faded. At their heel
the Elves and Beren crept more soft
290 *than foes stealing through a croft*
in search of prey. Thus to the camp
lit by flickering fire and lamp
they stole, and counted sitting there
full thirty Orcs in the red flare
295 *of burning wood. Without a sound*
they one by one stood silent round,
each in the shadow of a tree;
each slowly, grimly, secretly
bent then his bow and drew the string.

300   *Hark! how they sudden twang and sing,*
when Felagund lets forth a cry;
and twelve Orcs sudden fall and die.
Then forth they leap casting their bows.
Out their bright swords, and swift their blows!
305 *The stricken Orcs now shriek and yell*
as lost things deep in lightless hell.
Battle there is beneath the trees
bitter and swift, but no Orc flees;
there left their lives that wandering band
310 *and stained no more the sorrowing land*
with rape and murder. Yet no song
of joy, or triumph over wrong,
the Elves there sang. In peril sore
they were, for never alone to war
315 *so small an Orc-band went, they knew.*

Despojam corpos, tiram tudo
e lançam-nos em uma cova,
pois esta é tática nova
de Felagund e sua fileira:
320 veste de Orques a tropa inteira.

    Arcos de chifre, mortal dardo,
espada, o nojento fardo,
tomam e vestem, cada um,
traje que em Angband é comum.
325 Rosto e mão pintam com zelo
de negra tinta; o rude pelo
dos Gobelins a tropa corta
e tece em cabeleira torta,
arte de Gnomo. Esgar co'a boca
330 faz cada um, então coloca
na testa sua peruca fria.
    E Felagund entoa magia
de alteração, forma cambiante;
feias orelhas têm; hiante
335 a boca, o dente afiado
durante o canto compassado.
De Gnomo o traje põem à beira,
e cada um na sua fileira
vai a seguir o vil horror
340 que outrora foi Elfo senhor.

    Ao Norte vão; Orques que cruzam
nem os detêm e nem acusam,
saúdam-nos e, pelas trilhas,
audazes andam longas milhas.
345   Com pés exaustos, muitas mágoas,
passam Beleriand. As águas
encontram límpidas, de argento,
lá onde o Sirion corre atento
e Taur-na-Fuin, Noite-Morte,
350 de escuros pinhos contraforte,

Swiftly the raiment off they drew
and cast the corpses in a pit.
This desperate counsel had the wit
of Felagund for them devised:
320 *as Orcs his comrades he disguised.*

The poisoned spears, the bows of horn,
the crooked swords their foes had borne
they took; and loathing each him clad
in Angband's raiment foul and sad.
325 *They smeared their hands and faces fair*
with pigment dark; the matted hair
all lank and black from goblin head
they shore, and joined it thread by thread
with Gnomish skill. As each one leers
330 *at each dismayed, about his ears*
he hangs it noisome, shuddering.
Then Felagund a spell did sing
of changing and of shifting shape;
their ears grew hideous, and agape
335 *their mouths did start, and like a fang*
each tooth became, as slow he sang.
Their Gnomish raiment then they hid
and one by one behind him slid,
behind a foul and goblin thing
340 *that once was elven-fair and king.*

Northward they went; and Orcs they met
who passed, nor did their going let,
but hailed them in greeting; and more bold
they grew as past the long miles rolled.
345 *At length they came with weary feet*
beyond Beleriand. They found the fleet
young waters, rippling, silver-pale
of Sirion hurrying through that vale
where Taur-na-Fuin, Deadly Night,
350 *the trackless forest's pine-clad height,*

cai pouco a pouco pro oriente;
do lado oeste está à frente
a curva dos Montes, cinzenta,
barrando a luz da tarde lenta.

355   Qual ilha nasce a sós do chão,
morro no vale, um matacão
dos vastos montes deslocado
pelos gigantes do passado.
O rio dá volta no sopé,
360 um fluxo que escavou até
grutas nas rochas dessas plagas.
Agita Sirion as vagas
correndo junto à margem fria.
    Dos Elfos foi torre-vigia,
365 ainda forte, ainda bela;
com ameaça fita ela
Beleriand de um seu lado,
do outro o vasto descampado
além do vale, da sua boca.
370 Ali se enxerga erva pouca,
dunas de pó, amplo deserto;
além observa o olho esperto
nuvens nas torres, construção
de Thangorodrim qual trovão.

375   Pois nesse morro é a morada
d'alguém mui vil, que a estrada
que de Beleriand lá vem
observa e olho em chama tem.

    É Thû o nome que os humanos
380 lhe dão; depois por muitos anos
o adoraram como deus,
erguendo em treva os templos seus.
Homens domina ainda não,
mas é sob Morgoth capitão,

falls dark forbidding slowly down
upon the east, while westward frown
the northward-bending Mountains grey
and bar the westering light of day.

355   *An isléd hill there stood alone*
amid the valley, like a stone
rolled from the mountains vast
when giants in tumult hurtled past.
Around its feet the river looped
360 *a stream divided, that had scooped*
the hanging edges into caves.
There briefly shuddered Sirion's waves
and ran to other shores more clean.
    An elven watchtower had it been,
365 *and strong it was, and still was fair;*
but now did grim with menace stare
one way to pale Beleriand,
the other to that mournful land
beyond the valley's northern mouth.
370 *Thence could be glimpsed the fields of drouth,*
the dusty dunes, the desert wide;
and further far could be descried
the brooding cloud that hangs and lowers
on Thangorodrim's thunderous towers.

375   *Now in that hill was the abode*
of one most evil; and the road
that from Beleriand thither came
he watched with sleepless eyes of flame.

    Men called him Thû, and as a god
380 *in after days beneath his rod*
bewildered bowed to him, and made
his ghastly temples in the shade.
Not yet by Men enthralled adored,
now was he Morgoth's mightiest lord,

385 Mestre dos Lobos, uivos loucos
soam no monte, e não poucos
encantos e feitiçaria
tece e detém. Em tirania
domina os seus o necromante,
390 fantasma e espectro errante,
o enfeitiçado, deformado
grupo de monstros a seu lado,
de lobisomens, povo aziago,
repleta a Ilha que é do Mago.

395   Vêm pela mata, porém Thû
a vinda deles põe a nu;
mesmo ocultos sob a rama,
ele os vê, e lobos chama:
"Trazei os Orques que se esgueiram
400 de modo estranho; talvez queiram
passar ao largo, evitando
fazer relato, como mando,
a Thû, de tudo desta feita."

    Da torre espia; grã suspeita
405 abriga, e pensamento incerto;
aguarda que os tragam perto.
À volta deles, lobos vis;
temem sua sina. Ó país,
terra de Narog tão distante!
410 O mau presságio é constante,
desanimados, tropeçando,
ponte de pedra vão cruzando
à Ilha que é do Mago, ao trono
de rocha, sangue e abandono.

415   "Qual foi a via? O que se espia?"

    "Élfica terra, choro e guerra,
fogo chama, sangue derrama,

385   *Master of Wolves, whose shivering howl*
for ever echoed in the hills, and foul
enchantments and dark sigaldry
did weave and wield. In glamoury
that necromancer held his hosts
390 *of phantoms and of wandering ghosts,*
of misbegotten or spell-wronged
monsters that about him thronged,
working his bidding dark and vile:
the werewolves of the Wizard's Isle.

395   *From Thû their coming was not hid*
and though beneath the eaves they slid
of the forest's gloomy-hanging boughs,
he saw them afar, and wolves did rouse:
'Go! fetch me those sneaking Orcs,' he said,
400 *'that fare thus strangely, as if in dread,*
and do not come, as all Orcs use
and are commanded, to bring me news
of all their deeds, to me, to Thû.'

    From his tower he gazed, and in him grew
405 *suspicion and a brooding thought,*
waiting, leering, till they were brought.
Now ringed about with wolves they stand,
and fear their doom. Alas! the land,
the land of Narog left behind!
410 *Foreboding evil weights their mind,*
as downcast, halting, they must go
and cross the stony bridge of woe
to Wizard's Isle, and to the throne
there fashioned of blood-darkened stone.

415   *'Where have ye been? What have ye seen?'*

    'In Elfinesse; and tears and distress,
the fire blowing and the blood flowing,

foi essa a via, o que se espia.
Trinta matamos e os lançamos
420 em poço torvo. Pousa o corvo
e o mocho pia em nossa via."

"Servos de Morgoth, Elfinesse,
dizei verdade, que acontece?
E Nargothrond? Quem reina lá?
425 A esse reino fostes já?"

"Até a fronteira foi rapina.
Lá Felagund é rei, domina."

"Sabeis que foi-se em abandono,
que Celegorm está no trono?"

430 "Não pode ser! Se há abandono,
é Orodreth que está no trono."

"Ouvido esperto, que escutou
do reino em que não entrou!
Quais vossos nomes, ó lanceiros?
435 E o capitão desses guerreiros?

"Nereb e Dungalef, mais dez;
nosso covil é a muitos pés
sob a montanha. No deserto
marchamos nós com rumo certo.
440 Boldog, o capitão, espera
onde o fogo fumo gera."

"Boldog, eu sei, morreu recém
perto do reino onde também
Thingol Ladrão, esse escorralho,
445 se arrasta sob olmo e carvalho
em Doriath. Não sabeis nem
da bela fata Lúthien?

these have we seen, there have we been.
Thirty we slew and their bodies threw
420 in a dark pit. The ravens sit
and the owl cries where our swath lies.'

'Come, tell me true, O Morgoth's thralls,
what then in Elfinesse befalls?
What of Nargothrond? Who reigneth there?
425 Into that realm did your feet dare?'

'Only its borders did we dare.
There reigns King Felagund the fair.'

'Then heard ye not that he is gone,
that Celegorm sits his throne upon?'

430 'That is not true! If he is gone,
then Orodreth sits his throne upon.'

'Sharp are your ears, swift have they got
tidings of realms ye entered not!
What are your names, O spearmen bold?
435 Who your captain, ye have not told.'

'Nereb and Dungalef and warriors ten,
so we are called, and dark our den
under the mountains. Over the waste
we march on an errand of need and haste.
440 Boldog the captain awaits us there
where fires from under smoke and flare.'

'Boldog, I heard, was lately slain
warring on the borders of that domain
where Robber Thingol and outlaw folk
445 cringe and crawl beneath elm and oak
in drear Doriath. Heard ye not then
of that pretty fay, of Lúthien?

      Seu lindo corpo juvenil
      Morgoth deseja no covil.
450 Boldog partiu, Boldog morreu:
      não fostes vós do bando seu?
          Nereb agora franze a testa.
      É Lúthien? Que angústia é esta?
      Por que não ri se quero a ela
455 Em minha posse, a donzela,
      imunda a que já foi pura,
      onde houve luz só sombra escura?
          A quem servis, a Treva ou Luz?
      E quem obra maior produz?
460 Quem é no mundo o rei dos reis,
      que doa ouro e anéis?
      E quem domina a terra vasta,
      quem da alegria vos afasta,
      avaros Deuses? Voto novo,
465 De Bauglir Orques! Garra, ó povo!
      É morte à luz, à lei, à fé!
      Maldita a lua, astros até!
      A antiga, interminável treva
      que a fria tormenta longe leva
470 afogue Manwë, o sol e Varda!
      No berço tudo em ódio arda
      pra tudo em dano terminar
      no choro do infindo Mar!"

      Mas nunca Elfo nem mortal
475 jamais falou blasfêmia tal,
      "Mas quem é Thû," Beren murmura,
      "pra nos fazer tanta estritura?
      Não o servimos, e agora
      sem vênia vamo-nos embora."

480   Thû ri: "Paciência! Muito não
      vós ficareis. Minha canção
      ouvi, que atenção reclama."

Her body is fair, very white and fair.
Morgoth would possess her in his lair.
450 *Boldog he sent, but Boldog was slain:*
strange ye were not in Boldog's train.
    Nereb looks fierce, his frown is grim.
Little Lúthien! What troubles him?
Why laughs he not to think of his lord
455 *crushing a maiden in his hoard,*
that foul should be what once was clean,
that dark should be where light has been?
    Whom do ye serve, Light or Mirk?
Who is the maker of mightiest work?
460 *Who is the king of earthly kings,*
the greatest giver of gold and rings?
Who is the master of the wide earth?
Who despoiled them of their mirth,
the greedy Gods! Repeat your vows,
465 *Orcs of Bauglir! Do not bend your brows!*
Death to light, to law, to love!
Cursed be moon and stars above!
May darkness everlasting old
that waits outside in surges cold
470 *drown Manwë, Varda, and the sun!*
May all in hatred be begun
and all in evil ended be,
in the moaning of the endless Sea!'

    But no true Man nor Elf yet free
475 *would ever speak that blasphemy,*
and Beren muttered: 'Who is Thû
to hinder work that is to do?
Him we serve not, nor to him owe
obeisance, and we now would go.'

480   *Thû laughed: 'Patience! Not very long*
shall ye abide. But first a song
I will sing to you, to ears intent.'

Fitando-os c'olhos de chama
na treva os faz perder o rumo.
485 Enxergam através dum fumo,
de névoa, os olhos sem aprumo,
se atordoam seus sentidos.
   A canção dele é de magia,
perfura, abre, é aleivosia,
490 revela, e descobre, e trai.
Por sua vez Felagund sai,
entoa um canto que o distrai,
de resistência que não morre,
secreto e forte como torre,
495 de livre fuga confiante,
transformação, forma cambiante,
rompe a armadilha e o cordão,
quebra a cadeia, abre a prisão.
   Num vai e vem oscila o canto.
500 A balançar, mais forte entanto
É Thû, mas Felagund porfia,
traz o poder, traz a magia
de Elfinesse aos versos graves.
Na treva ouvem logo as aves
505 em Nargothrond longe a cantar,
suspiros que vêm lá do mar,
da areia além do ocidente,
em Casadelfos, orla ardente.

   Então cai sombra: a luz já morre
510 em Valinor, e o sangue escorre
na costa onde irmãos tombaram
nas mãos dos Gnomos, que roubaram
as brancas naus de branca vela
do alvo cais. Geme procela.
515 Uiva o lobo. Foge o corvo.
No mar o gelo estala, estorvo.
Em Angband todo escravo clama.
Trovão ribomba, arde a chama,

*Then his flaming eyes he on them bent
and darkness black fell round them all.*
485 *Only they saw as through a pall
of eddying smoke those eyes profound
in which their senses choked and drowned.
    He chanted a song of wizardry,
of piercing, opening, of treachery,*
490 *revealing, uncovering, betraying.
Then sudden Felagund there swaying
sang in answer a song of staying,
resisting, battling against power,
of secrets kept, strength like a tower,*
495 *and trust unbroken, freedom, escape;
of changing and of shifting shape,
of snares eluded, broken traps,
the prison opening, the chain that snaps.
    Backwards and forwards swayed their song.*
500 *Reeling and foundering, as ever more strong
Thû's chanting swelled, Felagund fought,
and all the magic and might he brought
of Elfinesse into his words.
Softly in the gloom they heard the birds*
505 *singing afar in Nargothrond,
the sighing of the sea beyond,
beyond the western world, on sand,
on sand of pearls in Elvenland.*

    Then the gloom gathered: darkness growing
510 *in Valinor, the red blood flowing
beside the sea, where the Gnomes slew
the Foamriders, and stealing drew
their white ships with their white sails
from lamplit havens. The wind wails.*
515 *The wolf howls. The ravens flee.
The ice mutters in the mouths of the sea.
The captives sad in Angband mourn.
Thunder rumbles, the fires burn,*

fumaça jorra com rugidos —
520 e Felagund cai sem sentidos.

    Ao usual sua forma troca,
claros de olho e tez. A boca
não mais de Orque; o vulto inteiro
está patente ao feiticeiro.
525 Ali os infelizes lança:
cela sem luz nem esperança,
cadeia que a carne talha,
presos a estrangulante malha
jazem exaustos em seus cantos.

530   Mas não em vão são os encantos
de Felagund; pois Thû ignora
seus nomes, a que vêm agora.
Muito pondera, muito pensa,
aos prisioneiros dá sentença
535 de morte horrível, grande dor
se não falar um traidor.
Diz que lobos trará, vassalos
pra um a um lá devorá-los
ante eles todos; no final
540 restando um, pena brutal,
vai suspendê-lo em horror,
torcer-lhe os membros com grã dor,
ali da terra nas entranhas
lhe infligir penas tamanhas
545 que atormentado ele confesse.

    O que ameaça acontece.
Na treva vil de tanto em tanto
dois olhos veem e com espanto
escutam berros, um rumor
550 dilacerante, e o odor
de sangue seu olfato abala.
Mas nenhum cede e nenhum fala.

a vast smoke gushes out, a roar —
520 *and Felagund swoons upon the floor.*

Behold! they are in their own fair shape,
fairskinned, brighteyed. No longer gape
Orclike their mouths; and now they stand
betrayed into the wizard's hand.
525 *Thus came they unhappy into woe,*
to dungeons no hope nor glimmer know,
where chained in chains that eat the flesh
and woven in webs of strangling mesh
they lay forgotten, in despair.

530 *Yet not all unavailing were*
the spells of Felagund; for Thû
neither their names nor purpose knew.
These much he pondered and bethought,
and in their woeful chains them sought,
535 *and threatened all with dreadful death,*
if one would not with traitor's breath
reveal this knowledge. Wolves should come
and slow devour them one by one
before the others' eyes, and last
540 *should one alone be left aghast*
then in a place of horror hung
with anguish should his limbs be wrung,
in the bowels of the earth be slow
endlessly, cruelly, put to woe
545 *and torment, till he all declared.*

Even as he threatened, so it fared.
From time to time in the eyeless dark
two eyes would grow, and they would hark
to frightful cries, and then a sound
550 *of rending, a slavering on the ground,*
and blood flowing they would smell.
But none would yield, and none would tell.

UM SEGUNDO EXTRATO DE *A BALADA DE LEITHIAN*

Aqui termina o Canto VII. Volto agora ao *Quenta* e o retomo desde as palavras "Por longo tempo foram torturados nos calabouços de Thû, mas nenhum deles traiu o outro", com as quais termina o extrato anterior (p. 111); e, assim como antes, suplemento o relato do *Quenta* com o trecho vastamente diferente da *Balada*.

um Extrato Adicional do *Quenta Noldorinwa*

Nesse meio-tempo Lúthien, sabendo pela longínqua visão de Melian que Beren sucumbira ao poder de Thû, procurou em seu desespero fugir de Doriath. Isso chegou ao conhecimento de Thingol, que a aprisionou numa casa na mais alta de suas enormes faias, muito acima do solo. O modo como ela escapou e alcançou a floresta e ali foi encontrada por Celegorm quando este caçava nas bordas de Doriath está contado em *A Balada de Leithian*. Levaram-na traiçoeiramente para Nargothrond, e Curufin, o matreiro, enamorou-se de sua beleza. Pelo que ela contou, ficaram sabendo que Felagund estava nas mãos de Thû; e tencionaram deixarem-no perecer ali e manterem Lúthien consigo e obrigarem Thingol a casar Lúthien com Curufin e, dessa forma, incrementarem seu poder e usurparem Nargothrond e se tornarem os mais poderosos príncipes dos Gnomos. Não pensavam em sair em busca das Silmarils, nem em permitir que nenhum outro o fizesse, até terem todo o poder dos Elfos debaixo de si e obediente a eles. Mas seus desígnios em nada resultaram, exceto na desavença e na amargura entre os reinos dos Elfos.

UM EXTRATO ADICIONAL DO *QUENTA NOLDORINWA*

Huan era o nome do principal cão de Celegorm. Era de raça imortal dos campos de caça de Oromë. Oromë o dera a Celegorm muito tempo antes, em Valinor, quando Celegorm costumava cavalgar no séquito do Deus e seguia sua trompa. Ele chegou às Grandes Terras com seu senhor, e nem dardo, nem arma, nem feitiço, nem veneno podia lhe fazer mal, de forma que foi à batalha com seu senhor e muitas vezes o salvou da morte. Seu destino decretara que não haveria de encontrar a morte, exceto pelas mãos do lobo mais poderoso que jamais caminhasse no mundo.

Huan era fiel de coração e amava Lúthien desde a hora em que primeiro a encontrou na floresta e a trouxe a Celegorm. Seu coração se afligia pela traição do senhor, e libertou Lúthien e foi com ela rumo ao Norte.

Ali, Thû matou seus cativos um a um, até que restassem apenas Felagund e Beren. Quando chegou a hora da morte de Beren, Felagund aplicou todo o seu poder e rompeu as amarras e se atracou com o lobisomem que veio matar Beren; e matou o lobo, mas ele próprio foi morto no escuro. Ali Beren pranteou em desespero e esperou pela morte. Mas Lúthien veio e cantou fora dos calabouços. Assim ela seduziu Thû para que se mostrasse, pois a fama do encanto de Lúthien atravessara todas as terras, e também a maravilha de seu canto. O próprio Morgoth a desejava e prometera a maior recompensa a quem a capturasse. Cada lobo enviado por Thû foi silenciosamente morto por Huan, até que veio Draugluin, o maior de seus lobos. Houve então uma batalha feroz, e Thû soube que Lúthien não estava só. Mas lembrou-se do destino de Huan e transformou-se no maior lobo que já caminhara no mundo e mostrou-se. Mas Huan o derrotou e obteve dele as chaves e os feitiços que mantinham unidas suas muralhas e torres encantadas. Assim, o baluarte foi rompido, e as torres, derrubadas, e os calabouços, abertos. Muitos cativos foram libertados, mas Thû, em forma de morcego, voou rumo a Taur-na-Fuin. Ali Lúthien encontrou Beren lamentando-se ao lado de Felagund. Ela curou seu pesar e a debilidade causada pela prisão, mas

Felagund eles sepultaram no alto de sua própria ilha-colina, e Thû não foi mais para lá.

Então Huan retornou ao seu senhor e depois disso minguou o amor entre eles. Beren e Lúthien vagaram despreocupados e felizes até se aproximarem outra vez das divisas de Doriath. Ali Beren recordou seu juramento e se despediu de Lúthien, mas ela não aceitou separar-se dele. Em Nargothrond havia tumulto. Pois Huan e muitos cativos de Thû trouxeram notícias dos feitos de Lúthien e da morte de Felagund, e a traição de Celegorm e Curufin foi evidenciada. Diz-se que eles haviam enviado uma embaixada secreta a Thingol antes de Lúthien escapar, mas Thingol, irado, mandara suas cartas de volta a Orodreth por seus próprios servos. Por isso, então, os corações da gente de Narog voltaram-se outra vez para a casa de Finrod, e prantearam seu rei Felagund, que haviam abandonado, e fizeram o que mandou Orodreth.

Mas ele não permitiu que matassem os filhos de Fëanor como queriam. Em vez disso baniu-os de Nargothrond e jurou que pouco amor haveria depois entre Narog e qualquer filho de Fëanor. E assim foi.

Celegorm e Curufin cavalgavam apressados e furiosos pelos bosques para encontrar o caminho de Himling, quando toparam com Beren e Lúthien no momento em que Beren buscava apartar-se de seu amor. Arremeteram contra eles com os cavalos e, reconhecendo-os, tentaram atropelar Beren sob os cascos.

Mas Curufin ergueu Lúthien sobre sua sela. Então aconteceu o salto de Beren, o maior salto de Homem mortal. Pois pulou como um leão bem em cima do cavalo galopante de Curufin e agarrou-o pela garganta, e cavalo e ginete caíram ao solo em confusão, mas Lúthien foi lançada para longe e estendeu-se atordoada no chão. Ali Beren sufocou Curufin, mas sua própria morte esteve próxima, pois Celegorm voltou a cavalo empunhando sua lança. Nessa hora, Huan desistiu do serviço de Celegorm e saltou sobre ele, de modo que seu cavalo guinou para o lado, e, temendo o terror do grande cão, ninguém ousou aproximar-se. Lúthien proibiu a morte de Curufin, mas Beren o despojou do cavalo e das armas, a principal das quais era seu famoso punhal feito pelos Anãos. Cortava ferro como se fosse madeira. Então os irmãos cavalgaram para longe, mas traiçoeiramente atiraram para trás, contra Huan e contra Lúthien. Não feriram Huan, mas Beren saltou diante de Lúthien e foi ferido, e os Homens recordaram essa chaga contra os filhos de Fëanor quando isso se tornou conhecido.

Huan ficou com Lúthien e, ouvindo de sua perplexidade e do propósito de Beren de ainda rumar para Angband, foi buscar para eles, nos paços arruinados de Thû, um manto de lobisomem e um de morcego. Somente três vezes Huan falou na língua dos Elfos ou dos Homens. A primeira foi quando veio ter com Lúthien em Nargothrond. Esta foi a segunda, quando imaginou o conselho desesperado para sua demanda. Assim cavalgaram rumo ao Norte até não poderem mais fazê-lo com segurança. Então envergaram as vestes como se fossem lobo e morcego, e Lúthien, disfarçada de fata maligna, montou o lobisomem.

Em *A Balada de Leithian* conta-se tudo sobre como chegaram ao portão de Angband e o encontraram recém-guardado, pois um rumor que ele não sabia por qual desígnio circulava entre os Elfos chegara a Morgoth. Por isso deu feitio ao mais poderoso dos lobos, Carcharas Presa-de-Punhal, para sentar-se diante dos portões. Mas Lúthien o enfeitiçou, e avançaram até a presença de Morgoth, e Beren esgueirou-se para baixo do seu assento. Então Lúthien ousou o feito mais terrível e mais valoroso que qualquer Elfo jamais ousou; ele é tido não menor que o desafio de Fingolfin e pode ser maior, exceto pelo fato de que ela era semidivina. Ela lançou fora o disfarce e declarou o próprio nome e fingiu ter sido trazida cativa pelos lobos de Thû. E seduziu Morgoth, mesmo enquanto o coração dele tramava um mal abominável dentro de si; e dançou diante dele e lançou no sono toda a sua corte; e cantou para ele e arremessou-lhe à face o manto mágico que tecera em Doriath e lhe impôs um sonho de compulsão — que canção pode cantar a maravilha desse feito, ou a ira e humilhação de Morgoth, pois os próprios Orques se riem em segredo quando a recordam,

contando como Morgoth caiu de seu assento e sua coroa de ferro rolou no solo?

Então Beren surgiu com um salto, lançando fora a veste de lobo, e sacou o punhal de Curufin. Com ele, arrancou uma Silmaril. Porém, atrevendo-se a mais, tentou ganhá-las todas. Então partiu-se o punhal dos Anãos traiçoeiros, e seu som ressoante agitou as hostes adormecidas, e Morgoth gemeu. O terror apossou-se dos corações de Beren e Lúthien, e fugiram descendo pelas escuras vias de Angband. Os portões estavam barrados por Carcharas, já desperto do encantamento de Lúthien. Beren pôs-se diante de Lúthien, o que demonstrou ser má ideia, pois antes que ela conseguisse tocar o lobo com sua veste, ou dizer palavra de magia, ele saltou sobre Beren, que agora já não tinha arma. Com a direita Beren golpeou os olhos de Carcharas, mas o lobo tomou sua mão entre as mandíbulas e a arrancou com uma mordida. Ora, aquela mão segurava a Silmaril. Então a goela de Carcharas se queimou com um fogo de angústia e tormento quando a Silmaril tocou sua carne maligna; e fugiu deles uivando, de forma que todas as montanhas estremeceram, e a loucura do lobo de Angband foi, dentre todos os horrores que já vieram ao Norte, o mais medonho e terrível. Por pouco Lúthien e Beren escaparam antes que toda Angband se erguesse.

Das suas perambulações e seu desespero e da cura de Beren, que desde então tem sido chamado Beren Ermabwed, o Uma-Mão, de seu resgate por Huan, que súbito sumira de junto deles antes de chegarem a Angband, e de seu retorno a Doriath, pouco há para contar. Mas em Doriath muitas coisas haviam ocorrido. Ali tudo passara mal desde que Lúthien fugira. O pesar se abatera sobre todo o povo, e o silêncio, sobre suas canções quando sua caçada não a encontrou. Longa foi a busca, e na procura, Dairon, o flautista de Doriath, se perdeu, o que amava Lúthien antes de Beren chegar a Doriath. Foi o maior músico dos Elfos, exceto por Maglor, filho de Fëanor, e de Tinfang Trinado. Mas ele jamais retornou a Doriath e vagou rumo ao Leste do mundo.

UM EXTRATO ADICIONAL DO *QUENTA NOLDORINWA*

Houve também ataques às divisas de Doriath, pois rumores de que Lúthien se extraviara haviam chegado a Angband. Ali Boldog, capitão dos Orques, foi abatido em batalha por Thingol, e seus grandes guerreiros Beleg, o Arqueiro, e Mablung Mão-Pesada estiveram com Thingol nessa batalha. Assim Thingol ficou sabendo que Lúthien ainda estava livre de Morgoth, mas ouviu de suas andanças e encheu-se de temor. Em meio a seu medo, veio em segredo a embaixada de Celegorm, e disse que Beren estava morto, e também Felagund, e Lúthien estava em Nargothrond. Então Thingol encontrou em seu coração arrependimento pela morte de Beren, e sua ira inflamou-se diante da insinuada traição de Celegorm contra a casa de Finrod e por ele manter Lúthien consigo e não a mandar para casa. Destarte enviou espiões à terra de Nargothrond e se preparou para a guerra. Mas soube que Lúthien fugira e que Celegorm e seu irmão haviam rumado para Aglon. Portanto mandou uma embaixada a Aglon, visto que seu poderio não era suficiente para acometer todos os sete irmãos, nem sua contenda era com outros que não Celegorm e Curufin. Mas essa embaixada, viajando na mata, deu com a investida de Carcharas. O grande lobo correra desvairado por todas as matas do Norte, e a morte e a devastação iam com ele. Somente Mablung escapou para trazer a Thingol notícias de sua vinda. Graças ao destino, ou à magia da Silmaril que trazia para seu tormento, ele não foi detido pelos encantamentos de Melian, mas irrompeu nos bosques invioladas de Doriath, e por toda a parte o terror e a destruição se espalharam.

Mesmo quando os pesares de Doriath estavam no auge, Lúthien e Beren e Huan voltaram a Doriath. Então o coração de Thingol se aliviou, mas não se tomou de amor por Beren, em quem via a causa de todos os seus pesares. Quando soube como Beren escapara de Thû ficou admirado, mas disse: "Mortal, e tua demanda e teu juramento?" Então respondeu Beren: "Mesmo agora tenho uma Silmaril em minha mão." "Mostra-me", disse Thingol. "Não posso fazê-lo," disse Beren, "pois minha mão não está aqui." E contou toda a história e esclareceu a causa da loucura de Carcharas, e o coração de Thingol atenuou-se por suas bravas palavras e sua indulgência e o grande amor que via entre sua filha e aquele Homem valorosíssimo.

Assim, portanto, planejaram a caçada ao lobo Carcharas. Nessa caçada estiveram Huan e Thingol e Mablung e Beleg e Beren e ninguém mais. E aqui precisa ser breve o seu triste relato, pois em outra parte é contado mais completamente. Lúthien ficou para trás, com presságios, quando partiram; e bem fez, pois Carcharas foi abatido, mas Huan morreu na mesma hora e morreu para salvar Beren. Porém Beren foi ferido de morte, mas viveu para pôr a Silmaril nas mãos de Thingol quando Mablung a havia extraído com a faca do ventre do lobo. Então não falou mais até que o tivessem carregado, com Huan ao seu lado, de volta às portas dos paços de Thingol. Ali, sob a faia onde antes estivera aprisionada, Lúthien os encontrou e beijou Beren antes que seu espírito partisse para os palácios da espera. Assim terminou o longo conto de Lúthien e Beren. Mas *A Balada de Leithian*, libertação do cativeiro, ainda não estava contada por completo. Pois há muito se diz que Lúthien minguou e desvaneceu depressa e desapareceu da terra, apesar de algumas canções dizerem que Melian convocou Thorondor, e ele a carregou viva até Valinor. E ela chegou aos paços de Mandos e cantou-lhe um conto de amor tocante tão belo que ele se comoveu à piedade, como nunca acontecera até então. Ele convocou Beren, e, assim como Lúthien jurara ao beijá-lo na hora da morte, eles se encontraram além do mar ocidental. E Mandos permitiu que partissem, mas disse que Lúthien deveria tornar-se mortal assim como seu amado e deveria deixar a terra mais uma vez à maneira das mulheres mortais, e sua beleza se tornaria somente uma lembrança nas canções. Assim foi, mas dizem que depois, como recompensa, Mandos concedeu a Beren e a Lúthien uma longa duração de vida e felicidade, e vagaram sem conhecer sede nem frio na bela terra de Beleriand, e depois disso nenhum Homem mortal falou com Beren ou sua esposa.

A Narrativa em
A Balada de Leithian
até seu Término

Esta porção substancial do poema retoma a partir do último verso do Canto VII de *A Balada de Leithian* ("Mas nenhum cede e nenhum fala", p. 146), e a abertura do Canto VIII corresponde ao relato muito comprimido do *Quenta* (p. 149) sobre o confinamento de Lúthien em Nargothrond, que lhe foi imposto por Celegorm e Curufin, e do qual foi resgatada por Huan, cuja origem é contada. Uma linha de asteriscos no texto da *Balada* marca o começo de mais um Canto; o Canto IX no verso 329; o Canto X no verso 619; o Canto XI no verso 1009; o Canto XII no verso 1302; o Canto XIII no verso 1605; e o Canto XIV, o último, no verso 1941.

De aros de prata enfeitados
são cães de Valinor. Veados,
raposa, lebre, javali
no verde bosque vive ali.
5   É Oromë o senhor divo
de toda a mata. Odre festivo
em seu salão, cantos declamam.
Seu nome novo os Gnomos chamam
Tavros, o divo que suas trompas
10 nos montes fez soar com pompas;
o único que amava o mundo
ao desfraldarem-se no fundo
a Lua, o Sol; cascos de ouro
têm seus cavalos. Cães em coro
15 ladrando em mata além d'Oeste
possui o divo inconteste:
um ágil cinza, um negro e forte,
branco sedoso, belo porte,
marrom malhado, fiel, atleta,
20 do arco de teixo é como a seta;
voz grave qual campanas belas
de Valmar lá nas cidadelas,
presa é marfim, o olho é gema.
Qual lâmina de aço extrema,
25 qual raio vão da guia ao faro,
a Tavros todo o bando é caro.

Nos prados onde Tavros mora
foi Huan um filhote outrora.
É o mais ágil, mais ardente,
30 e Oromë o deu, presente,
a Celegorm, o que seguia
sua trompa em vale e serrania.
Só ele, cão de Valinor,
os pósteros de Fëanor
35 segue, c'o dono vai ao Norte,

Hounds there were in Valinor
with silver collars. Hart and boar,
the fox and hare and nimble roe
there in the forests green did go.
5 *Oromë was the lord divine*
of all those woods. The potent wine
went in his halls and hunting song.
The Gnomes anew have named him long
Tavros, the God whose horns did blow
10 *over the mountains long ago;*
who alone of Gods had loved the world
before the banners were unfurled
of Moon and Sun; and shod with gold
were his great horses. Hounds untold
15 *baying in woods beyond the West*
of race immortal he possessed:
grey and limber, black and strong
white with silken coats and long,
brown and brindled, swift and true
20 *as arrow from a bow of yew;*
their voices like the deeptoned bells
that ring in Valmar's citadels,
their eyes like living jewels, their teeth
like ruel-bone. As sword from sheath
25 *they flashed and fled from leash to scent*
for Tavros' joy and merriment.

In Tavros' friths and pastures green
had Huan once a young whelp been.
He grew the swiftest of the swift
30 *and Oromë gave him as a gift*
to Celegorm, who loved to follow
the great god's horn o'er hill and hollow.
     Alone of hounds of the Land of Light,
when sons of Fëanor took to flight
35 *and came into the North, he stayed*

presente em cada ataque à morte,
em todo assalto ele se bate,
audaz até em mortal combate.
O senhor seu protege, arranca
40   de lobo, Orque e arma branca.
Lobeiro gris, feroz criatura,
seu reluzente olho fura
névoa e sombra; embora parco
o odor, fareja-o no charco,
45   em folhas, pó, areia fina;
toda Beleriand domina.
Os lobos busca, traz, espanca
e das goelas lhes arranca
o alento, a vida, o calor.
50   O az de Thû lhe tem pavor.
     Nem seta, encanto nem feitiço,
peçonha, presa, nada disso
lhe causa mal, pois sua sina
tecida está. Não se alucina
55   c'o fardo que é bem sabido:
só do mais forte ser vencido,
mais forte lobo, criatura
que já nasceu em cova dura.

     Em Nargothrond, escutai bem,
60   além do Sirion, além,
soa trombeta, gritos roucos,
os cães no bosque correm loucos.
     A mata agita-se. É caçada.
Mas quem vem lá? A tropa armada
65   de Celegorm e Curufin
que com seus cães partiu assim
que a madrugada o céu alcança;
cada um tomou seu arco e lança.
Lobos de Thû andam sondando
70   por toda parte, olhos brilhando

*beside his master. Every raid
and every foray wild he shared,
and into mortal battle dared.
Often he saved his Gnomish lord*
40 *from Orc and wolf and leaping sword.
A wolf-hound, tireless, grey and fierce
he grew; his gleaming eyes would pierce
all shadows and all mist, the scent
moons old he found through fen and bent,*
45 *through rustling leaves and dusty sand;
all paths of wide Beleriand
he knew. But wolves, he loved them best;
he loved to find their throats and wrest
their snarling lives and evil breath.*
50 *The packs of Thû him feared as death.
    No wizardry, nor spell, nor dart,
no fang, nor venom devil's art
could brew had harmed him; for his weird
was woven. Yet he little feared*
55 *that fate decreed and known to all:
before the mightiest he should fall,
before the mightiest wolf alone
that ever was whelped in cave of stone.*

    Hark! afar in Nargothrond,
60 *far over Sirion and beyond,
there are dim cries and horns blowing,
and barking hounds through the trees going.
    The hunt is up, the woods are stirred.
Who rides to-day? Ye have not heard*
65 *that Celegorm and Curufin
have loosed their dogs? With merry din
they mounted ere the sun arose,
and took their spears and took their bows.
The wolves of Thû of late have dared*
70 *both far and wide. Their eyes have glared*

        na noite além do rio corrente
        do Narog. Terá Thû em mente
        conselhos, planos e enredos
        d'Elfos senhores, seus segredos
75   dos Gnomos em seu reino inteiro,
        sob olmo e faia mensageiro?

           Diz Curufin: "Irmão, amigo,
        mal me parece. Que perigo
        nos acomete? O quanto antes
80   cumpre deter estes errantes!
        E mais, terei grande prazer
        em muitos lobos abater."
        Depois em baixa voz murmura
        que é Orodreth tolo sem cura;
85   o rei partiu muito já faz,
        boato ou nova ninguém traz.
          "Pra ti seria bom conforto
        saber se livre está, ou morto;
        junta assim tua gente armada,
90   dize 'Já parto em caçada';
        crerão que em prol do reino vais.
        Na mata buscarás sinais;
        se ele voltar por sorte cega
        e a cruzar tua trilha chega,
95   e se, insano, traz o rei
        a Silmaril — não mais direi;
        mas dentre as claras joias belas
        é tua (e nossa) uma delas;
        também o trono é ganhadia.
100 O sangue nosso é primazia."

          Calado, Celegorm escuta,
        imensa hoste leva à luta;
        Huan se agita c'o fragor,
        cão capitão do seu senhor.

*by night across the roaring stream
of Narog. Doth their master dream,
perchance, of plots and counsels deep,
of secrets that the Elf-lords keep,*
75 *of movements in the Gnomish realm
and errands under beech and elm?*

    *Curufin spake: 'Good brother mine,
I like it not. What dark design
doth this portend? These evil things*
80 *we swift must end their wanderings!
And more, 'twould please my heart full well
to hunt a while and wolves to fell.'
And then he leaned and whispered low
that Orodreth was a dullard slow;*
85 *long time it was since the king had gone,
and rumour or tidings came there none.
'   At least thy profit it would be
to know whether dead he is or free;
to gather thy men and thy array.*
90 *"I go to hunt" then thou wilt say,
and men will think that Narog's good
ever thou heedest. But in the wood
things may be learned; and if by grace,
by some blind fortune he retrace*
95 *his footsteps mad, and if he bear
a Silmaril — I need declare
no more in words; but one by right
is thine (and ours), the jewel of light;
another may be won — a throne.*
100 *The eldest blood our house doth own.'*

    *Celegorm listened. Nought he said,
but forth a mighty host he led;
and Huan leaped at the glad sounds,
the chief and captain of his hounds.*

A NARRATIVA EM *A BALADA DE LEITHIAN* ATÉ SEU TÉRMINO

105   Três dias corre hoste, matilha,
lobos de Thû matam na trilha,
cortam cabeças, pelo ostentam
dos lobos gris, os afugentam;
quase a Doriath seu avanço
110 os leva; lá têm seu descanso.

     Soa trombeta, gritos roucos,
os cães na mata correm loucos.
A mata agita-se, é caçada,
escapa alguém, ave assustada,
115 pé que dançava foge já,
não sabe ela quem vem lá.
Longe do lar, branca, perdida,
a aparição corre transida;
o coração lhe impele o passo,
120 olho abatido, membro lasso.
    Huan espia, vê um vulto
numa clareira meio oculto,
névoa noturna à luz da aurora
que temerosa vai-se embora.
125 Com salto forte, grão latido,
persegue o espectro retraído.
Qual mariposa assustada
que a ave caça em disparada,
ela adeja, esvoaça,
130 detém-se, pelo ar já passa —
em vão. Por fim, já sem alento,
busca um tronco. Ele atento.
Não há palavra de feitiço,
mistério élfico, nem isso,
135 que ela conheça, afinal,
pra cativar esse rival
de imortal raça e casta
que encanto não detém e afasta.
Nunca houve outro, Huan só,

105   *Three days they ride by holt and hill*
the wolves of Thû to hunt and kill,
and many a head and fell of grey
they take, and many drive away,
till nigh to the borders in the West
110 *of Doriath a while they rest.*

There were dim cries and horns blowing,
and barking dogs through the woods going.
The hunt was up. The woods were stirred,
and one there fled like a startled bird,
115 *and fear was in her dancing feet.*
She knew not who the woods did beat.
Far from her home, forwandered, pale,
she flitted ghostlike through the vale;
ever her heart bade her up and on
120 *but her limbs were worn, her eyes were wan.*
   The eyes of Huan saw a shade
wavering, darting down a glade
like a mist of evening snared by day
and hasting fearfully away.
125 *He bayed, and sprang with sinewy limb*
to chase the shy thing strange and dim.
On terror's wings, like a butterfly
pursued by a sweeping bird on high,
she fluttered hither, darted there,
130 *now poised, now flying through the air —*
in vain. At last against a tree
she leaned and panted. Up leaped he.
No word of magic gasped with woe,
no elvish mystery she did know
135 *or had entwined in raiment dark*
availed against that hunter stark,
whose old immortal race and kind
no spells could ever turn or bind.
Huan alone that she ever met

140   que ela não fascinou sem dó
e com magia. Sua graça
e voz gentil sob ameaça,
olhos d'estrela, rara sorte,
domam a quem não teme a morte.

145   Ergue-a fácil, forte cão,
trêmulo fardo. Antes não
viu Celegorm tal presa atada.
"Huan, quem trazes apresada?
Donzela élfica ou fada?
150 Disso não é nossa caçada."

      "De Doriath sou Lúthien",
diz a donzela. "A trilha vem
longe dos Elfos, via escura
percorro eu, já sem bravura
155 e pouca fé." Dizendo tanto
deixa cair sombroso manto,
posta-se lá de branco e prata.
Cada sua joia luz refrata,
orvalho ao sol que ruma só Sul;
160 lírios de ouro em manto azul
brilham, rebrilham. Mas quem fita
sem pasmo a face tão bonita?
Queda-se Curufin e encara.
O odor da trança com flor rara,
165 esbelto membro, élfica face
tomam-lhe a mente. Até que passe
é longo o tempo. "Mas que luta,
bela senhora, que labuta
te move ao rumo solitário?
170 Que novas tens, qual o cenário
em Doriath de guerra e morte?
Pois te guiou tão bem a sorte",
Celegorm diz, "sou teu amigo"
e à linda Elfa dá abrigo.

140   *she never in enchantment set*
nor bound with spells. But loveliness
and gentle voice and pale distress
and eyes like starlight dimmed with tears
tamed him that death nor monster fears.

145   *Lightly he lifted her, light he bore*
his trembling burden. Never before
had Celegorm beheld such prey:
'What hast thou brought, good Huan say!
Dark-elvish maid, or wraith, or fay?
150   *Not such to hunt we came today.'*

       ''Tis Lúthien of Doriath,'
the maiden spake. 'A wandering path
far from the Wood-elves' sunny glades
she sadly winds, where courage fades
155   *and hope grows faint.' And as she spoke*
down she let slip her shadowy cloak,
and there she stood in silver and white.
Her starry jewels twinkled bright
in the risen sun like morning dew;
160   *the lilies gold on mantle blue*
gleamed and glistened. Who could gaze
on that fair face without amaze?
Long did Curufin look and stare.
The perfume of her flower-twined hair
165   *her lissom limbs, her elvish face,*
smote to his heart, and in that place
enchained he stood. 'O maiden royal,
O lady fair, wherefore in toil
and lonely journey dost thou go?
170   *What tidings dread of war and woe*
in Doriath have betid? Come tell!
For fortune thee hath guided well;
friends thou hast found,' said Celegorm,
and gazed upon her elvish form.

175   Parece a ele: a sina dela
conhece em parte, e não revela
no rosto nenhuma artimanha.
      "Mas quem sois vós, caça tamanha,
correndo a mata perigosa?"
180 Resposta dão, parece honrosa.
"Teus serviçais, doce senhora,
amos de Nargothrond agora,
que rogam venhas, isto posto,
lá pras colinas, sem desgosto,
185 repouso e esperança achar.
Teu conto vamos escutar."

      De Beren Lúthien relata,
do Norte, a sina que o ata
a Doriath, Thingol irado,
190 de como deu atroz mandado
a Beren. Nada dizem, fato,
os dois irmãos que seu relato
afete-os. De como fugiu,
do manto incrível que urdiu,
195 logo relata, mas hesita,
do sol no vale fala aflita,
em Doriath astro e luar
antes de Beren a deixar.
      "Senhores, pressa peço agora!
200 De repousar já não é hora.
Já tempos faz que a rainha,
Melian que visão clara tinha,
me revelou tão temerosa
de Beren servidão gravosa.
205 Senhor dos Lobos tem masmorra
onde o prendem té que morra,
Beren encantos e cadeia
ora suporta — sorte feia,
se não a morte ou sofrimento":
210 a dor lhe tolhe todo o alento.

175   *In his heart him thought her tale unsaid*
he knew in part, but nought she read
of guile upon his smiling face.
    'Who are ye then, the lordly chase
that follow in this perilous wood?'
180 *she asked; and answer seeming-good*
they gave. 'Thy servants, lady sweet,
lords of Nargothrond thee greet,
and beg that thou wouldst with them go
back to their hills, forgetting woe
185 *a season, seeking hope and rest.*
And now to hear thy tale were best.'

    So Lúthien tells of Beren's deeds
in northern lands, how fate him leads
to Doriath, of Thingol's ire,
190 *the dreadful errand that her sire*
decreed for Beren. Sign nor word
the brothers gave that aught they heard
that touched them near. Of her escape
and the marvellous mantle she did shape
195 *she lightly tells, but words her fail*
recalling sunlight in the vale,
moonlight, starlight in Doriath,
ere Beren took the perilous path.
    'Need, too, my lords, there is of haste!
200 *No time in ease and rest to waste.*
For days are gone now since the queen
Melian whose heart hath vision keen,
looking afar me said in fear
that Beren lived in bondage drear.
205 *The Lord of Wolves hath prisons dark,*
chains and enchantments cruel and stark,
and there entrapped and languishing
doth Beren lie — if direr thing
hath not brought death or wish for death':
210 *then gasping woe bereft her breath.*

A NARRATIVA EM *A BALADA DE LEITHIAN* ATÉ SEU TÉRMINO

  A Celegorm diz Curufin
em baixa voz: "Notícia assim
temos de Felagund, e de onde
de Thû o feio bando ronde",
215 também lhe dá opinião posta
do que o irmão dê em resposta.
  "Senhora" — Celegorm — "avante
vamos caçar besta errante;
hoste de intrépida grandeza
220 não ousa opor-se à fortaleza
nem retomar do mago a ilha.
Ousar seria maravilha.
Aqui cessar vamos a caça,
tomar a estrada, a que passa
225 ao lar, pra decidir ajuda
a Beren em angústia ruda."

  A Nargothrond levam então
Lúthien, pesado coração,
que teme atraso, cada instante,
230 mas crê que toda a tropa andante
não vai co'a pressa que devia.
Huan à frente, noite e dia,
olha pra trás desconfiando
do que seu mestre anda biscando,
235 por que sem pressa o cortejo,
qual é de Curufin desejo
por Lúthien, nisso medita,
sente chegar sombra maldita,
pros Elfos uma antiga praga,
240 pois sofre com a sorte aziaga
do ousado Beren, Lúthien,
valido Felagund também.

  Em Nargothrond o fogo arde,
canto e banquete até tarde.
245 Lúthien a sós não come nada.

*To Celegorm said Curufin
apart and low: 'Now news we win
of Felagund, and now we know
wherefore Thû's creatures prowling go',*
215 *and other whispered counsels spake,
and showed him what answer he should make.*

    *'Lady,' said Celegorm, 'thou seest we go a-hunting
roaming beast,
and though our host is great and bold,*
220 *'tis ill prepared the wizard's hold
and island fortress to assault.
Deem not our hearts and wills at fault.
Lo! here our chase we now forsake
and home our swiftest road we take,*
225 *counsel and aid there to devise
for Beren that in anguish lies.'*

    *To Nargothrond they with them bore
Lúthien, whose heart misgave her sore.
Delay she feared; each moment pressed*
230 *upon her spirit, yet she guessed
they rode not as swiftly as they might.
Ahead leaped Huan day and night,
and ever looking back his thought
was troubled. What his master sought,*
235 *and why he rode not like the fire,
why Curufin looked with hot desire
on Lúthien, he pondered deep,
and felt some evil shadow creep
of ancient curse o'er Elfinesse.*
240 *His heart was torn for the distress
of Beren bold, and Lúthien dear,
and Felagund who knew no fear.*

    *In Nargothrond the torches flared
and feast and music were prepared.*
245 *Lúthien feasted not but wept.*

Está barrada e vigiada,
fugir não pode. O mago manto
oculto está, nem rogo entanto
atendem, nem resposta dão
250 às suas perguntas. Ora então,
já se esqueceram dos coitados
n'angústia e cárcere encerrados,
sofrendo na prisão imiga.
Tarde demais viu a intriga.
255 Em Nargothrond não é surpresa
que dos irmãos ela está presa
que Beren querem ignorar,
de Thû rejeitam libertar
o rei — desprezam-no. A missão
260 ódio antigo ao coração
trouxe. Orodreth vê depois
a intenção hostil dos dois:
deixar rei Felagund à morte,
com Thingol ter aliança forte
265 de Fëanor o sangue em paz
ou força. Mas não é capaz
de os deter, pois sua gente
é aos irmãos subserviente,
às suas falas obedecem
270 e as de Orodreth esquecem;
nem se envergonham, rebatendo
de Felagund o transe horrendo.

Aos pés de Lúthien de dia,
de noite o leito lhe vigia
275 Huan, de Nargothrond o cão;
ela lhe fala ao coração:
"Ó Huan, Huan, mais ligeiro
que anda em mortal solo inteiro,
que mal domina teus senhores
280 que não me atendem os clamores?

Her ways were trammelled; closely kept
she might not fly. Her magic cloak
was hidden, and no prayer she spoke
was heeded, nor did answer find
250 *her eager questions. Out of mind,*
it seemed, were those afar that pined
in anguish and in dungeons blind
in prison and in misery.
Too late she knew their treachery.
255 *It was not hid in Nargothrond*
that Fëanor's sons her held in bond,
who Beren heeded not, and who
had little cause to wrest from Thû
the king they loved not and whose quest
260 *old vows of hatred in their breast*
had roused from sleep. Orodreth knew
the purpose dark they would pursue:
King Felagund to leave to die,
and with King Thingol's blood ally
265 *the house of Fëanor by force*
or treaty. But to stay their course
he had no power, for all his folk
the brothers had yet beneath their yoke,
and all yet listened to their word.
270 *Orodreth's counsel no man heard;*
their shame they crushed, and would not heed
the tale of Felagund's dire need.

At Lúthien's feet there day by day
and at night beside her couch would stay
275 *Huan the hound of Nargothrond;*
and words she spoke to him soft and fond:
'O Huan, Huan, swiftest hound
that ever ran on mortal ground,
what evil doth thy lords possess
280 *to heed no tears nor my distress?*

>   Foi Barahir dos homens todos
>   que amor aos cães deu, e denodos;
>   e Beren, no Norte maldito
>   vagando bravo e proscrito,
> 285   tomou amigo que lhe apraza
>   de pelo, pele, pena e asa,
>   do espírito que inda medra
>   em monte antigo e nua pedra.
>   Nem Elfo ou Homem, tal família,
> 290   só Lúthien, de Melian filha
>   recorda aquele que lutou
>   com Morgoth, nunca se curvou."
>
>   Lá Huan cala; e Curufin
>   não mais se aproxima, enfim,
> 295   de Lúthien desprevenida;
>   teme de Huan a mordida.
>   É no outono, noite escura,
>   à luz da lua, débil, pura,
>   veem-se astros hesitantes
> 300   por entre nuvens perpassantes
>   quando a trompa hibernal
>   já soa em mata boreal,
>   Huan se foi! Lúthien jaz
>   até a matina, quando faz
> 305   silêncio morto, temor certo
>   aflige quem inda é desperto,
>   vem rente ao muro estranho vulto
>   que deposita, meio oculto,
>   o mago manto ao pé do leito.
> 310   Trêmula vê, e vê direito,
>   o cão, e ouve fala grave
>   qual sino de uma torre ou nave.
>
>   Declara Huan, que jamais
>   falou, e duas vezes mais

Once Barahir all men above
good hounds did cherish and did love;
once Beren in the friendless North,
when outlaw wild he wandered forth,
285 *had friends unfailing among things*
with fur and fell and feathered wings,
and among the spirits that in stone
in mountains old and wastes alone
still dwell. But now nor Elf nor Man,
290 *none save the child of Melian,*
remembers him who Morgoth fought
and never to thraldom base was brought.'

   Nought said Huan; but Curufin
thereafter never near might win
295 *to Lúthien, nor touch that maid,*
but shrank from Huan's fangs afraid.
   Then on a night when autumn damp
was swathed about the glimmering lamp
of the wan moon, and fitful stars
300 *were flying seen between the bars*
of racing cloud, when winter's horn
already wound in trees forlorn,
lo! Huan was gone. Then Lúthien lay,
fearing new wrong, till just ere day,
305 *when all is dead and breathless still*
and shapeless fears the sleepless fill,
a shadow came along the wall.
Then something let there softly fall
her magic cloak beside her couch.
310 *Trembling she saw the great hound crouch*
beside her, heard a deep voice swell
as from a tower a far slow bell.

   Thus Huan spake, who never before
had uttered words, and but twice more

315 falou depois em termos planos:
"Senhora amada, que os Humanos,
os Elfos, toda a fauna rasa
de pelo, pele, pena e asa
devem servir e amar — em frente!
320 Veste teu manto! Ao sol nascente
de Nargothrond fujamos, sorte,
só tu e eu, rumo ao Norte."
Ainda deu opinião reta
pra alcançarem sua meta.
325 Lúthien ouve com assombro,
apoia em Huan o seu ombro.
Depois abraça-o desta sorte —
em amizade até a morte.

*****

N'Ilha do Mago esquecidos,
330 em grã tortura envolvidos,
em gruta fria, desalumiada,
olhos vazios, fitando o nada,
dois companheiros sós nos fossos.
Mortos os outros, os seus ossos
335 revelam, a jazer rompidos,
que dez ao rei seu foram fidos.

A Felagund já Beren diz:
"Se eu morrer, que pouco fiz,
é pouca perda; conto tudo,
340 assim do cárcere agudo
talvez te livre. Sê liberto
da velha jura, pois é certo
que mais sofreste que mereces."

"Ah! Beren, Beren, tu esqueces
345 que débil sopro é a promessa
de Morgoth e dos seus. Cá dessa
prisão de dor ninguém mais some,

315   *did speak in elven tongue again:*
'Lady beloved, whom all Men,
whom Elfinesse, and whom all things
with fur and fell and feathered wings
should serve and love — arise! away!
320   *Put on thy cloak! Before the day*
comes over Nargothrond we fly
to Northern perils, thou and I.'
And ere he ceased he counsel wrought
for achievement of the thing they sought.
325   *There Lúthien listened in amaze,*
and softly on Huan did she gaze.
Her arms about his neck she cast —
in friendship that to death should last.

*****

    In Wizard's Isle still lay forgot
330   *enmeshed and tortured in that grot*
cold, evil, doorless, without light,
and blank-eyed stared at endless night
two comrades. Now alone they were.
The others lived no more, but bare
335   *their broken bones would lie and tell*
how ten had served their master well.

    To Felagund then Beren said:
"'Twere little loss if I were dead,
and I am minded all to tell,
340   *and thus, perchance, from this dark hell*
thy life to loose. I set thee free
from thine old oath, for more for me
hast thou endured than e'er was earned.'

    'A! Beren, Beren hast not learned
345   *that promises of Morgoth's folk*
are frail as breath. From this dark yoke
of pain shall neither ever go,

aprenda ou não o nosso nome
por Thû. Eu creio, ao contrário,
350 maior tormento é necessário
se ele souber que Beren já
e Felagund tem presos cá,
pior ainda é se sabe
que colossal missão nos cabe."

355   Funesto riso então lhes vem
no poço. "É certo, dizeis bem"
diz uma voz, atroz e rouca.
"Se ele morre a perda é pouca,
mortal proscrito. Mas ao rei,
360 imortal Elfo, infligirei
mais do que homem sofrer possa.
Se a dor, que na muralha nossa
está, tua gente conhecer,
real resgate hão de ceder
365 de ouro e gemas ao cativo;
quem sabe Celegorm altivo
despreze o teu mau agouro,
guarde pra si coroa e ouro.
Quanto à missão que a vós cabe,
370 em pouco tempo já se sabe.
O lobo, Beren, já tem fome;
em breve a morte te consome."

   O tempo passa. Discrimina
brilho de olhos. Vê sua sina,
375 embora pronto pro duelo,
Beren ligado a cada elo.
Eis! súbito um som pungente,
partem-se os elos da corrente.
Lá salta, pronto pra peleja,
380 sobre o lobo que rasteja,
fiel nas sombras, Felagund,

whether he learn our names or no,
with Thû's consent. Nay more, I think
350 *yet deeper of torment we should drink,*
knew he that son of Barahir
and Felagund were captive here,
and even worse if he should know
the dreadful errand we did go.'

355   *A devil's laugh they ringing heard*
within their pit. 'True, true the word
I hear you speak,' a voice then said.
' 'Twere little loss if he were dead,
the outlaw mortal. But the king,
360 *the Elf undying, many a thing*
no man could suffer may endure.
Perchance, when what these walls immure
of dreadful anguish thy folk learn,
their king to ransom they will yearn
365 *with gold and gem and high hearts cowed;*
or maybe Celegorm the proud
will deem a rival's prison cheap,
and crown and gold himself will keep.
Perchance, the errand I shall know,
370 *ere all is done, that ye did go.*
The wolf is hungry, the hour is nigh;
no more need Beren wait to die.'

    The slow time passed. Then in the gloom
two eyes there glowed. He saw his doom,
375 *Beren, silent, as his bonds he strained*
beyond his mortal might enchained.
Lo! sudden there was rending sound
of chains that parted and unwound,
of meshes broken. Forth there leaped
380 *upon the wolvish thing that crept*
in shadow faithful Felagund,

da fera sem temor nenhum.
Na treva batem-se no chão,
uivos, rosnados, vêm e vão,
385 dente a morder, mão na goela,
dedos no pelo que escabela;
Beren, inerte, não socorre,
e o lobisomem arfa e morre.
Então vem uma voz: "Adeus!
390 Não me verás c'os olhos teus,
amigo, companheiro, irmão.
O frio me parte o coração.
O meu poder gastei rompendo
amarras, tenho o peito ardendo
395 da vil peçonha dessa fera.
Agora vou à longa esperança
sob Timbrenting, eterna sala,
lá bebem Deuses, luz resvala
no mar brilhante." O rei expira,
400 inda o diz élfica lira.

Lá Beren jaz. Lágrimas faltam,
medo e pavor não o assaltam,
aguarda passos, voz, o fado.
Silêncios como do passado
405 em tumba de findos monarcas,
areias grossas nas suas arcas
fundo sepultas, mui intensos
envolvem-no, lentos e densos.

Logo o silêncio se espedaça
410 em prata. Muito débil passa
nos muros voz, canção que arranca
do morro vil tramela e tranca,
e traz à treva luz infinda.
À sua volta a noite é linda,
415 de astros mil, e no ar claro

BEREN E LÚTHIEN

careless of fang or mortal wound.
There in the dark they wrestled slow,
remorseless, snarling, to and fro,
385 *teeth in flesh, gripe on throat,*
fingers locked in shaggy coat,
spurning Beren who there lying
heard the werewolf gasping, dying.
Then a voice he heard: 'Farewell!
390 *On earth I need no longer dwell,*
friend and comrade, Beren bold.
My heart is burst, my limbs are cold.
Here all my power I have spent
to break my bonds, and dreadful rent
395 *of poisoned teeth is in my breast.*
I now must go to my long rest
neath Timbrenting in timeless halls
where drink the Gods, where the light falls
upon the shining sea.' Thus died the king,
400 *as elvish harpers yet do sing.*

    There Beren lies. His grief no tear,
his despair no horror has nor fear,
waiting for footsteps, a voice, for doom.
Silences profounder than the tomb
405 *of long-forgotten kings, neath years*
and sands uncounted laid on biers
and buried everlasting-deep,
slow and unbroken round him creep.

    The silences were sudden shivered
410 *to silver fragments. Faint there quivered*
a voice in song that walls of rock,
enchanted hill, and bar and lock,
and powers of darkness pierced with light.
He felt about him the soft night
415 *of many stars, and in the air*

sussurros e perfume raro;
os rouxinóis pousam na rama,
a flauta, a viola clama
sob o luar, lá dança ela,
420 dos que viveram a mais bela,
em solitário topo, rocha,
com veste trêmula qual tocha.

*****

Ele em sonho canto entoa
forte, feroz nos ares soa,
425 canto de lutas lá no Norte,
marcha longínqua, feito forte,
audaz rompendo em batalhas
poderes, torres e muralhas;
e sobre tudo o fogo prata
430 que Urze Ardente se relata,
os Sete Astros que pôs Varda
no Norte, pra que sempre arda
luz no escuro, fé na dor,
de Morgoth vasto contendor.

435   "Huan, Huan! Ouço um canto
de baixo, longe, forte entanto,
canção que Beren canta aqui.
Ouço sua voz. Muito a ouvi
em sonho e trilha." Lúthien
440 sussurra. Na ponte também,
em manto envolta, noite escura,
senta e canta; até a altura
e fundo da Ilha do Mago,
parede, rocha, grande estrago,
445 tremor. O lobisomem chora,
Huan oculto rosna agora,
escuta atento lá na treva
o som que à batalha leva.

were rustlings and a perfume rare;
the nightingales were in the trees,
slim fingers flute and viol seize
beneath the moon, and one more fair
420 *than all there be or ever were*
upon a lonely knoll of stone
in shimmering raiment danced alone.

* * * * *

Then in his dream it seemed he sang,
and loud and fierce his chanting rang,
425 *old songs of battle in the North,*
of breathless deeds, of marching forth
to dare uncounted odds and break
great powers, and towers, and strong walls shake;
and over all the silver fire
430 *that once Men named the Burning Briar,*
the Seven Stars that Varda set
about the North, were burning yet,
a light in darkness, hope in woe,
the emblem vast of Morgoth's foe.

435   'Huan, Huan! I hear a song
far under welling, far but strong
a song that Beren bore aloft.
I hear his voice, I have heard it oft
in dream and wandering.' Whispering low
440 thus Lúthien spake. On the bridge of woe
in mantle wrapped at dead of night
she sat and sang, and to its height
and to its depth the Wizard's Isle,
rock upon rock and pile on pile,
445 trembling echoed. The werewolves howled,
and Huan hidden lay and growled
watchful listening in the dark,
waiting for battle cruel and stark.

Thû ouve a voz, detém-se entanto,
450 envolto em touca e negro manto
na alta torre. Com sorriso
sabe que é élfico aviso.
"Ah! Lúthien! Assim passeia
a tola mosca em minha teia!
455 Morgoth! um prêmio grande e rico
me deves se ao tesouro aplico
tal joia." Desce à profunda
e manda sua cria imunda.

Lúthien canta. Algo se arrasta
460 com língua rubra e nefasta
na ponte; o canto é retornado,
trêmulo membro, olho embotado.
O vulto salta pro seu lado
e logo tomba sufocado.
465 E chegam mais, vêm um a um,
perecem, não resta nenhum
que conte ao mestre dessa feita
da sombra que feroz espreita
no fim da ponte, e que embaixo
470 correm as águas do riacho
nos corpos gris que matou Huan.
Maiores sombras já flutuam
na ponte estreita e a consomem;
grande e odioso é o lobisomem:
475 pálido Draugluin, gris senhor
de lobos, bestas de pavor;
Homens e Elfos a contento
de Thû devora sob o assento.

Já não é silente sua luta.
480 Ressoa a noite em grita bruta
até que ao trono onde comia
o lobisomem foge e chia.

Thû heard that voice, and sudden stood
450 *wrapped in his cloak and sable hood*
in his high tower. He listened long,
and smiled, and knew that elvish song.
'A! little Lúthien! What brought
the foolish fly to web unsought?
455 *Morgoth! a great and rich reward*
to me thou wilt owe when to thy hoard
this jewel is added.' Down he went,
and forth his messengers he sent.

Still Lúthien sang. A creeping shape
460 *with bloodred tongue and jaws agape*
stole on the bridge; but she sang on
with trembling limbs and wide eyes wan.
The creeping shape leaped to her side,
and gasped, and sudden fell and died.
465 *And still they came, still one by one,*
and each was seized, and there were none
returned with padding feet to tell
that a shadow lurketh fierce and fell
at the bridge's end, and that below
470 *the shuddering waters loathing flow*
o'er the grey corpses Huan killed.
A mightier shadow slowly filled
the narrow bridge, a slavering hate,
an awful werewolf fierce and great:
475 *pale Draugluin, the old grey lord*
of wolves and beasts of blood abhorred,
that fed on flesh of Man and Elf
beneath the chair of Thû himself.

No more in silence did they fight.
480 *Howling and baying smote the night,*
till back by the chair where he had fed
to die the werewolf yammering fled.

"Huan chegou" ofega e morre.
Irado, altivo, Thû acorre.
485 "Ante o maior sucumbirá,
ante o maior lobo que há",
pensa assim, crendo saber
a sina antiga preencher.
  Já surge devagar no escuro
490 vulto peludo, ódio puro,
olho fatal, peçonha em riste,
lupino e ávido; lá existe
luz mais cruel, mais desatino
que já animou olho lupino.
495 Enorme pé, boca faminta,
presa mais afiada e tinta
de dor, peçonha, ódio e morte.
Do seu alento o vapor forte
lhe vem diante, Desfalece
500 a voz de Lúthien, escurece
seu olho pleno de pavor,
de frio, veneno e temor.

  É Thû quem chega, campeão
dos lobos de Angband do portão
505 ao Sul ardente, que assolou
terra mortal e assassinou.
Súbito ataca, Huan salta
pra sombra. Logo Thû assalta
Lúthien que jaz desfalecida.
510 Ela percebe, torna à vida,
o alento vil nela resvala;
tonta, sussurra uma fala,
o véu no seu focinho roça.
O monstro hesita, não a acossa.
515 Huan ataca. Thû revida.
Sob as estrelas é ouvida
grita de lobo encurralado,
latir do cão mais arrojado.

'Huan is there' he gasped and died,
and Thû was filled with wrath and pride.
485 *'Before the mightiest he shall fall,*
before the mightiest wolf of all',
so thought he now, and thought he knew
how fate long spoken should come true.
    Now there came slowly forth and glared
490 *into the night a shape long-haired,*
dank with poison, with awful eyes
wolvish, ravenous; but there lies
a light therein more cruel and dread
than ever wolvish eyes had fed.
495 *More huge were its limbs, its jaws more wide,*
its fangs more gleaming-sharp, and dyed
with venom, torment, and with death.
The deadly vapour of its breath
swept on before it. Swooning dies
500 *the song of Lúthien, and her eyes*
are dimmed and darkened with a fear,
cold and poisonous and drear.

    Thus came Thû, as wolf more great
than e'er was seen from Angband's gate
505 *to the burning south, than ever lurked*
in mortal lands or murder worked.
Sudden he sprang, and Huan leaped
aside in shadow. On he swept
to Lúthien lying swooning faint.
510 *To her drowning senses came the taint*
of his foul breathing, and she stirred;
dizzily she spake a whispered word,
her mantle brushed across his face.
He stumbled staggering in his pace.
515 *Out leaped Huan. Back he sprang.*
Beneath the stars there shuddering rang
the cry of hunting wolves at bay,
the tongue of hounds that fearless slay.

Saltam e correm, cá e lá,
520 fingem fugir, dão volta já,
e se engalfinham, presa à mostra.
  Huan por fim agarra e prostra
o contendor; rompe a goela,
afoga Thû. Mas não, cautela!
525 Forma a forma, lobo a dragão,
do monstro à própria sua feição,
transmuta Thû, mas o aperto
não pode desfazer decerto.
Feitiço nem arte medonha,
530 nem presa, dardo, nem peçonha
faz mal ao que cervo e varrão
em Valinor caçou, ao Cão.

  O espírito feito de mal
por Morgoth solta-se afinal
535 a deixa enfim a mortal casca,
e Lúthien contempla a vasca.

  "Atro demônio, imundícia,
feito de nojo e malícia,
morres aqui, tua alma erra,
540 trêmula torna ao mestre, à terra
onde há de arcar com seu desdém;
no imo infamará também
da terra uivante, e numa grota
pra sempre tua alma rota
545 há de gemer, será assim
se as chaves não deres a mim
do teu castelo e o encanto
que as pedras une, e no entanto
também palavras de abertura."

550   Arfando então, e com tremura,
revela-lhe, forçoso é;
vencido, trai do mestre a fé.

Backward and forth they leaped and ran
520 *feinting to flee, and round they span,*
and bit and grappled, and fell and rose.
  Then suddenly Huan holds and throws
his ghastly foe; his throat he rends,
choking his life. Not so it ends.
525 *From shape to shape, from wolf to worm,*
from monster to his own demon form,
Thû changes, but that desperate grip
he cannot shake, nor from it slip.
No wizardry, nor spell, nor dart,
530 *no fang, nor venom, nor devil's art*
could harm that hound that hart and boar
had hunted once in Valinor.

  Nigh the foul spirit Morgoth made
and bred of evil shuddering strayed
535 *from its dark house, when Lúthien rose*
and shivering looked upon his throes.

  'O demon dark, O phantom vile
of foulness wrought, of lies and guile,
here shalt thou die, thy spirit roam
540 *quaking back to thy master's home*
his scorn and fury to endure;
thee he will in the bowels immure
of groaning earth, and in a hole
everlastingly thy naked soul
545 *shall wail and gibber — this shall be*
unless the keys thou render me
of thy black fortress, and the spell
that bindeth stone to stone thou tell,
and speak the words of opening.'

550   *With gasping breath and shuddering*
he spake, and yielded as he must,
and vanquished betrayed his master's trust.

Eis! um lampejo junto à ponte
como astro que no céu desponte
555 pra arder, estremecer aquém.
Abre os braços Lúthien,
exclama em tão clara voz
como ouvem os mortais após
élficas trompas no outeiro
560 quando está quieto o mundo inteiro.
Nasce o sol no monte ardente;
seu topo gris vigia silente.
Oscila o morro; a cidadela
desfaz-se, e as torres dela;
565 a rocha fende, a ponte rompe,
e Sirion em fumaça irrompe.
Espectros voam, são corujas,
morcegos batem asas sujas,
guincham no ar escuro e frio
570 em busca de novo covil
no ramo hostil da beladona.
Fogem os lobos, grei chorona,
sombras obscuras. Já rastejam
pálidos vultos, mal os vejam,
575 fecham o olho, a luz o ofusca:
medo, surpresa e sua busca
após a dor, não mais atados,
do desespero libertados.

Atroz vampiro, vasto e aflito,
580 salta do chão ao céu num grito,
de sangue escuro deixa rasto.
Huan de Lobo vê nefasto
inerte corpo — em abandono
em Taur-na-Fuin novo trono
585 Thû vai fazer, novo castelo.
Vêm os cativos já sem elo,
dando louvor e gratidão.

Lo! by the bridge a gleam of light,
like stars descended from the night
555 *to burn and tremble here below.*
There wide her arms did Lúthien throw,
and called aloud with voice as clear
as still at whiles may mortal hear
long elvish trumpets o'er the hill
560 *echo, when all the world is still.*
    The dawn peered over mountains wan;
their grey heads silent looked thereon.
The hill trembled; the citadel
crumbled, and all its towers fell;
565 *the rocks yawned and the bridge broke,*
and Sirion spumed in sudden smoke.
    Like ghosts the owls were flying seen
hooting in the dawn, and bats unclean
went skimming dark through the cold airs
570 *shrieking thinly to find new lairs*
in Deadly Nightshade's branches dread.
The wolves whimpering and yammering fled
like dusky shadows. Out there creep
pale forms and ragged as from sleep,
575 *crawling, and shielding blinded eyes:*
the captives in fear and in surprise
from dolour long in clinging night
beyond all hope set free to light.

    A vampire shape with pinions vast
580 *screeching leaped from the ground, and passed,*
its dark blood dripping on the trees;
and Huan neath him lifeless sees
a wolvish corpse — for Thû had flown
to Taur-na-Fuin, a new throne
585 *and darker stronghold there to build.*
    The captives came and wept and shrilled
their piteous cries of thanks and praise.

Mas Lúthien os fita então.
Beren não vem. Lúthien: "Eu sinto,
590 ó Huan, estará extinto
e entre os mortos o buscamos,
por cujo amor nós cá lutamos?"
    De pedra em pedra ambos vão
atravessando o Sirion.
595 Imóvel acham-no, em pranto
junto a Felagund, no entanto
não ergue os olhos nem a fita.
"Ah! Beren, Beren!" ela grita,
"eu te encontrei já sem consolo.
600 Ai! eis que jaz aqui no solo
da nobre raça o mais nobre,
em vão o teu amplexo o cobre!
Ai! novo encontro é lamento,
nós cujo encontro era bento!"

605   Tal a saudade em sua voz,
ele ergue os olhos, sente após
calar o pranto, ali aos pés
da que o acha no revés.

    "Ó Lúthien, fiel donzela,
610 que és dos viventes a mais bela,
dos Elfos a filha mais linda,
que amor tu tens, que prenda infinda,
de vires ao covil do horror!
Ó fronte alva, laço em flor,
615 trança de sombra que seduz,
delgadas mãos à nova luz!"

    Ela lhe cai nos braços quando
no Leste o dia vem raiando.

*****

But Lúthien anxious-gazing stays.
Beren comes not. At length she said:
590 *'Huan, Huan, among the dead*
must we then find him whom we sought,
for love of whom we toiled and fought?'
    Then side by side from stone to stone
o'er Sirion they climbed. Alone
595 *unmoving they him found, who mourned*
by Felagund, and never turned
to see what feet drew halting nigh.
A! Beren, Beren!' came her cry,
'almost too late have I thee found?
600 *Alas! that here upon the ground*
the noblest of the noble race
in vain thy anguish doth embrace!
Alas! in tears that we should meet
who once found meeting passing sweet!'

605   *Her voice such love and longing filled*
he raised his eyes, his mourning stilled,
and felt his heart new-turned to flame
for her that through peril to him came.

    'O Lúthien, O Lúthien,
610 *more fair than any child of Men,*
O loveliest maid of Elfinesse,
what might of love did thee possess
to bring thee here to terror's lair!
O lissom limbs and shadowy hair,
615 *O flower-entwinéd brows so white,*
O slender hands in this new light!'

    She found his arms and swooned away
just at the rising of the day.

*****

Os Elfos cantam o ocorrido
620 no seu idioma esquecido:
que vagam Beren, Lúthien
do Sirion nas margens. Vêm
alegres às clareiras, leves
os pés, e doces dias breves.
625 Mesmo no inverno, na procela,
as flores duram aos pés dela.
Tinúviel! Tinúviel!
cantam nos montes em tropel
as aves. Sem temor também,
630 junto a Beren, Lúthien.

Ilha e Sirion deixam já;
mas lá no topo inda está
túmulo verde, laje alçada,
inda jaz lá branca ossada
635 de Felagund, de Finrod raça,
até que o mar a terra abraça
e engole em profundo abisso.
Felagund ri enquanto isso
em Valinor e não mais erra
640 no mundo gris de choro e guerra.

A Nargothrond não tornou mais;
mas correm lá relatos tais
do rei que é morto, Thû vencido,
do grande castro demolido.
645 Pois muitos tornam para o lar
que em sombra iam se tornar;
e como sombra volta reto
Huan, o cão, com pouco afeto
nem gratidão do amo bravo;
650 mas foi fiel em seu agravo.
Em Narog um clamor se abala
que Celegorm a custo cala.

Songs have recalled the Elves have sung
in old forgotten elven tongue
how Lúthien and Beren strayed
by the banks of Sirion. Many a glade
they filled with joy, and there their feet
passed by lightly, and days were sweet.
Though winter hunted through the wood
still flowers lingered where she stood.
Tinúviel! Tinúviel!
the birds are unafraid to dwell
and sing beneath the peaks of snow
where Beren and where Lúthien go.

The isle in Sirion they left behind;
but there on hill-top might one find
a green grave, and a stone set,
and there there lie the white bones yet
of Felagund, of Finrod's son —
unless that land is changed and gone,
or foundered in unfathomed seas,
while Felagund laughs beneath the trees
in Valinor, and comes no more
to this grey world of tears and war.

To Nargothrond no more he came;
but thither swiftly ran the fame,
of their king dead, of Thû o'erthrown,
of the breaking of the towers of stone.
For many now came home at last
who long ago to shadow passed;
and like a shadow had returned
Huan the hound, and scant had earned
or praise or thanks of master wroth;
yet loyal he was, though he was loath.
The halls of Narog clamours fill
that vainly Celegorm would still.

O rei tombou, dizem em pranto;
uma donzela ousou tanto,
655 mais que de Fëanor os filhos.
"Cumpre abater os empecilhos!"
já grita assim a gente inglória
que Felagund tem na memória.
Orodreth diz: "Agora o rei
660 sou eu, e não permitirei
essa matança. Não terão
nem seu repouso, nem seu pão
os dois que tal afronta fazem
à casta Finrod." Já os trazem.
665 Desdenha, ereto e não covarde,
Celegorm. Em seu olho arde
a ameaça. Curufin
sorri matreiro, astuto enfim.

"Ide pra sempre — enquanto é dia
670 e brilha o sol. A vossa via
não vos trará ao meu redor,
nem filho algum de Fëanor;
nem há de haver acordo bom
entre vós sete e Nargothrond."

675   "Recordaremos" dizem logo
e dão as costas; com afogo
sobem à sela com a gente
que inda os segue, bem silente.
Soam a trompa com ardor
680 e partem em grande furor.

De Doriath os caminhantes
se aproximam. São cortantes
os ventos, ramos nus, cinzenta
a erva que o inverno enfrenta,
685 mas cantam sob o céu gelado
que sobre eles é alçado.

There men bewailed their fallen king,
crying that a maiden dared that thing
655 *which sons of Fëanor would not do.*
'Let us slay these faithless lords untrue!'
the fickle folk now loudly cried
with Felagund who would not ride.
Orodreth spake: 'The kingdom now
660 *is mine alone. I will allow*
no spilling of kindred blood by kin.
But bread nor rest shall find herein
these brothers who have set at nought
the house of Finrod.' They were brought.
665 *Scornful, unbowed, and unashamed*
stood Celegorm. In his eye there flamed
a light of menace. Curufin
smiled with his crafty mouth and thin.

   'Be gone for ever — ere the day
670 *shall fall into the sea. Your way*
shall never lead you hither more,
nor any son of Fëanor;
nor ever after shall be bond
of love twixt yours and Nargothrond.'

675   *'We will remember it,' they said,*
and turned upon their heels, and sped,
and took their horses and such folk
as still them followed. Nought they spoke
but sounded horns, and rode like fire,
680 *and went away in anger dire.*

   Towards Doriath the wanderers now
were drawing nigh. Though bare the bough,
though cold the wind, and grey the grasses
through which the hiss of winter passes,
685 *they sang beneath the frosty sky*
uplifted o'er them pale and high.

A Mindeb, rio estreito, chegam,
às águas que os morros regam,
à borda oeste onde inicia
690 de Melian a grã magia,
terra de Thingol soberano
que ao forasteiro causa engano.

Diz Beren, coração sombrio:
"Tinúviel, cá neste rio
695 termina o canto que entoamos,
por diferentes vias vamos!"

"Que dizes? O que te desvia
se ora raia um novo dia?"

"Chegaste livre à fronteira
700 da terra protegida inteira
por Melian; poderás andar
por entre os bosques de teu lar."

"Meu coração está feliz
ao ver surgir a mata gris
705 de Doriath inviolada.
Mas foi por mim tão detestada
que o meu pé a abandonou,
meu lar, meu povo. Olhar não vou
sua erva, folha, campo ou vargem
710 sem ter-te ao lado. Obscura a margem
de Esgalduin, profundo e forte!
Por que sem canto, entregue à sorte,
águas infindas vou fitar
sentada a sós, desesperar,
715 água a passar sem compaixão,
com dor no peito e solidão?"

"A trilha a Doriath não mais
percorrerei, até teus pais,

*They came to Mindeb's narrow stream
that from the hills doth leap and gleam
by western borders where begin*
690 *the spells of Melian to fence in
King Thingol's land, and stranger steps
to wind bewildered in their webs.*

*There sudden sad grew Beren's heart:
'Alas, Tinúviel, here we part*
695 *and our brief song together ends,
and sundered ways each lonely wends!'*

*'Why part we here? What dost thou say,
just at the dawn of brighter day?'*

'For safe thou'rt come to borderlands
700 *o'er which in the keeping of the hands
of Melian thou wilt walk at ease
and find thy home and well-loved trees.'*

*'My heart is glad when the fair trees
far off uprising grey it sees*
705 *of Doriath inviolate.
Yet Doriath my heart did hate,
and Doriath my feet forsook,
my home, my kin. I would not look
on grass nor leaf there evermore*
710 *without thee by me. Dark the shore
of Esgalduin the deep and strong!
Why there alone forsaking song
by endless waters rolling past
must I then hopeless sit at last,*
715 *and gaze at waters pitiless
in heartache and in loneliness?'*

*'For never more to Doriath
can Beren find the winding path,*

mesmo que Thingol deixe ou queira;
720 pois a teu pai fiz jura inteira
de só voltar, demanda pronta,
com Silmaril, valor sem conta,
o alto preço do meu rogo.
'Nem aço, rocha e nem fogo
725 de Morgoth, élfico poder
a minha gema há de reter':
jurei a Lúthien, donzela
que é dos viventes a mais bela.
A jura há de ser cumprida,
730 dói o pesar, pesa a partida."

"Lúthien não torna à velha plaga,
em prantos cá nos bosques vaga,
não teme risco nem sorri.
E se não for ao pé de ti,
735 hei de seguir passos que dês
té que se encontrem outra vez
Beren e Lúthien, amantes,
na terra ou sombras margeantes."

"Não, Lúthien, brava querida,
740 assim mais pesa a partida.
Sou livre pelo teu amor,
mas nunca ao exterior pavor,
mansão de medo horrorosa,
irá tua luz que é tão ditosa."

745   "Jamais, jamais!", diz ele e treme.
Ela o abraça, rogo estreme,
vem um fragor, tormenta enorme.
São Curufin e Celegorm,
qual vento brusco seus tropéis,
750 ressoam cascos dos corcéis,
a terra treme. Rumo ao Norte

though Thingol willed it or allowed;
720 *for to thy father there I vowed*
to come not back save to fulfill
the quest of the shining Silmaril,
and win by valour my desire.
"Not rock nor steel nor Morgoth's fire
725 *nor all the power of Elfinesse,*
shall keep the gem I would possess":
thus swore I once of Lúthien
more fair than any child of Men.
My word, alas! I must achieve,
730 *though sorrow pierce and parting grieve.'*

'Then Lúthien will not go home,
but weeping in the woods will roam,
nor peril heed, nor laughter know.
And if she may not by thee go
735 *against thy will thy desperate feet*
she will pursue, until they meet,
Beren and Lúthien, love once more
on earth or on the shadowy shore.'

'Nay, Lúthien, most brave of heart,
740 *thou makest it more hard to part.*
Thy love me drew from bondage drear,
but never to that outer fear,
that darkest mansion of all dread,
shall thy most blissful light be led.'

745 *'Never, never!' he shuddering said.*
But even as in his arms she pled,
a sound came like a hurrying storm.
There Curufin and Celegorm
in sudden tumult like the wind
750 *rode up. The hooves of horses dinned*
loud on the earth. In rage and haste

      correm insanos, gana forte,
      de Doriath achar a estrada
      em torvas sombras enredada
755 de Taur-na-Fuin. Essa trilha
      é a mais direta à sua família
      em Himling, monte que vigia
      no leste Aglon, brecha fria.

        Vendo os errantes, com um grito
760 os acomete o bando aflito
      como quem tenta bem assim
      aos dois e seu amor pôr fim.
      A tropa então desvia atenta,
      curvo o cachaço, larga a venta;
765 dobra-se Curufin, e a bela
      recolhe à força e traz à sela,
      e ri. Mas salta nele então,
      bravo qual fulvo rei-leão
      por setas mil enfurecido,
770 veloz qual cervo perseguido
      que salta ágil o barranco,
      Beren, bradando num arranco;
      abraça-o firme pela nuca,
      ágil derruba e machuca,
775 corcel, ginete ao solo abate;
      ali silente é o combate.
      Lúthien pasma jaz ao léu
      sob ramas secas e o céu;
      de Beren sente o Gnomo a mão
780 que o estrangula, e então
      saltam-lhe os olhos e a língua,
      arfando sua força míngua.
        Vem Celegorm de lança em riste,
      Beren já teme morte triste.
785 Quase se vai no élfico aço
      quem Lúthien tirou do baraço,
      mas Huan ladra, salta ingente

madly northward they now raced
the path twixt Doriath to find
and the shadows dreadly dark entwined
755 of Taur-na-fuin. That was their road
most swift to where their kin abode
in the east, where Himling's watchful hill
o'er Aglon's gorge hung tall and still.

They saw the wanderers. With a shout
760 straight on them swung their hurrying rout
as if neath maddened hooves to rend
the lovers and their love to end.
But as they came their horses swerved
with nostrils wide and proud necks curved;
765 Curufin, stooping, to saddlebow
with mighty arm did Lúthien throw,
and laughed. Too soon; for there a spring
fiercer than tawny lion-king
maddened with arrows barbéd smart,
770 greater than any hornéd hart
that hounded to a gulf leaps o'er,
there Beren gave, and with a roar
leaped on Curufin; round his neck
his arms entwined, and all to wreck
775 both horse and rider fell to ground;
and there they fought without a sound.
Dazed in the grass did Lúthien lie
beneath bare branches and the sky;
the Gnome felt Beren's fingers grim
780 close on his throat and strangle him,
and out his eyes did start, and tongue
gasping from his mouth there hung.
Up rode Celegorm with his spear,
and bitter death was Beren near.
785 With elvish steel he nigh was slain
whom Lúthien won from hopeless chain,
but baying Huan sudden sprang

ante seu amo, branco o dente,
em grande raiva eriça o pelo
790 qual lobo fero a acometê-lo.
    Trépido o corcel desvia;
diz Celegorm em fúria fria:
"Maldito cão abominando,
o amo seu ameaçando!"
795 Nem cão, ginete nem cavalo
arrojo têm para enfrentá-lo,
enorme Huan irritado,
de rubra fauce. Saem de lado,
fitam de longe a fera irada:
800 punhal nem cimitarra, espada,
seta de arco, dardo ou peia,
amo nem homem Huan receia.

    Pereceria Curufin
se Lúthien não pusesse fim
805 à luta, pois desperta, abala,
com Beren a seu lado fala:
"Afasta a ira, meu senhor!
Não faças do Orque o horror;
os Elfos têm bastante imigos,
810 cada vez mais, ódios antigos,
e aqui lutais por velha praga
e o mundo, desventura aziaga,
já desmorona. Faze paz!"

    Beren na luta volta atrás;
815 toma a cota, o animal
de Curufin, e seu punhal
de aço nu, uma arma pura
cuja ferida não tem cura;
pois Anãos noutra ocasião
820 já o fizeram em canção
e encantos, com martelos finos

before his master's face with fang
white-gleaming, and with bristling hair,
790 *as if he on boar or wolf did stare.*
    The horse in terror leaped aside,
and Celegorm in anger cried:
'Curse thee, thou baseborn dog, to dare
against thy master teeth to bare!'
795 *But dog nor horse nor rider bold*
would venture near the anger cold
of mighty Huan fierce at bay.
Red were his jaws. They shrank away,
and fearful eyed him from afar:
800 *nor sword nor knife, nor scimitar,*
no dart of bow, nor cast of spear,
master nor man did Huan fear.

    There Curufin had left his life,
had Lúthien not stayed that strife.
805 *Waking she rose and softly cried*
standing distressed at Beren's side:
'Forbear thy anger now, my lord!
nor do the work of Orcs abhorred;
for foes there be of Elfinesse,
810 *unnumbered, and they grow not less,*
while here we war by ancient curse
distraught, and all the world to worse
decays and crumbles. Make thy peace!'

    Then Beren did Curufin release;
815 *but took his horse and coat of mail*
and took his knife there gleaming pale,
hanging sheathless, wrought of steel.
No flesh could leeches ever heal
that point had pierced; for long ago
820 *the dwarves had made it, singing slow*
enchantments, where their hammers fell

soando em Nogrod como sinos.
Como madeira o ferro talha,
como tecido férrea malha.
825 Mas outro lá tem o punhal
de amo abatido por mortal.
Beren o ergue, lança avante,
"Vai-te!" exclama, voz soante;
"Vai-te! és renegado e tolo,
830 o exílio sirva de consolo!
Ergue-te, vai, sem mais intriga
como Orque de Morgoth, laia imiga;
de Fëanor altivo herdeiro,
honra melhor teu ramo inteiro!"
835 Leva embora Lúthien,
Huan em guarda se mantém.

"Adeus," diz Celegorm, o nobre.
"Pra longe! Melhor morras pobre,
faminto em meio ao deserto
840 que teres ódio nosso certo
que alcance aquele que fugiu.
Donzela, joia ou Silmaril
não vai durar no alcance teu!
Maldito em terra, sob o céu,
845 seja dormindo ou acordado!
Adeus!" Apeia apressado,
ergue o irmão do seu desdouro;
arco de teixo, corda d'ouro
arma, dispara sua seta,
850 os de mãos dadas são a meta;
flecha de Anão, farpa atroz.
Mas não se voltam, vão a sós.
Latindo, Huan salta, apanha
a seta em voo. Com tamanha
855 presteza voa outra, canta;
mas Beren volta-se, levanta,

in Nogrod ringing like a bell.
Iron as tender wood it cleft,
and sundered mail like woollen weft.
825 *But other hands its haft now held;*
its master lay by mortal felled.
Beren uplifting him, far him flung,
and cried 'Begone!', with stinging tongue;
'Begone! thou renegade and fool,
830 *and let thy lust in exile cool!*
Arise and go, and no more work
like Morgoth's slaves or curséd Orc;
and deal, proud son of Fëanor,
in deeds more proud than heretofore!'
835 *Then Beren led Lúthien away,*
while Huan still there stood at bay.

'Farewell,' cried Celegorm the fair.
'Far get you gone! And better were
to die forhungered in the waste
840 *than wrath of Fëanor's sons to taste,*
that yet may reach o'er dale and hill.
No gem, nor maid, nor Silmaril
shall ever long in thy grasp lie!
We curse thee under cloud and sky,
845 *we curse thee from rising unto sleep!*
Farewell!' He swift from horse did leap,
his brother lifted from the ground;
then bow of yew with gold wire bound
he strung, and shaft he shooting sent,
850 *as heedless hand in hand they went;*
a dwarvish dart and cruelly hooked.
They never turned nor backward looked.
Loud bayed Huan, and leaping caught
the speeding arrow. Quick as thought
855 *another followed deadly singing;*
but Beren had turned, and sudden springing

defende Lúthien c'o peito.
Funda é a ferida com efeito.
Tomba, e os irmãos partem já
860 e, rindo, o abandonam lá;
temendo, voam como o vento,
pois Huan os persegue atento.
Ferido ri-se Curufin,
porém mais tarde a seta ruim
865 no Norte foi lembrança atroz
dos Homens dita em alta voz,
ódio que a Morgoth não foi vão.

    Após o dia nenhum cão
de Celegorm seguiu clarim
870 nem combateu por Curufin,
mesmo co'a casa em ruína
Huan não mais a testa inclina
nem desse amo deita ao pé,
seguindo Lúthien vai com fé.
875 Junto a Beren ela chora,
tenta estancar de fora a fora
o sangue que lhe flui em jorro.
A veste arranca-lhe em socorro;
tira do ombro a seta ardida;
880 com lágrimas lava a ferida.
    Vem Huan com folha de cura
mui poderosa, erva pura,
que nas clareiras, na barranca
cresce com folha larga e branca.
885 Huan poder de toda erva
nas trilhas da floresta observa.
Com elas cura o ferimento,
Lúthien murmura num momento
canto das Elfas que estanca,
890 delas cantado em vida franca
de guerra e armas, tece a teia.

defended Lúthien with his breast.
Deep sank the dart in flesh to rest.
He fell to earth. They rode away,
860 *and laughing left him as he lay;*
yet spurred like wind in fear and dread
of Huan's pursuing anger red.
Though Curufin with bruised mouth laughed,
yet later of that dastard shaft
865 *was tale and rumour in the North,*
and Men remembered at the Marching Forth,
and Morgoth's will its hatred helped.

Thereafter never hound was whelped
would follow horn of Celegorm
870 *or Curufin. Though in strife and storm,*
though all their house in ruin red
went down, thereafter laid his head
Huan no more at that lord's feet,
but followed Lúthien, brave and fleet.
875 *Now sank she weeping at the side*
of Beren, and sought to stem the tide
of welling blood that flowed there fast.
The raiment from his breast she cast;
from shoulder plucked the arrow keen;
880 *his wound with tears she washed it clean.*
Then Huan came and bore a leaf,
of all the herbs of healing chief,
that evergreen in woodland glade
there grew with broad and hoary blade.
885 *The powers of all grasses Huan knew,*
who wide did forest-paths pursue.
Therewith the smart he swift allayed,
while Lúthien murmuring in the shade
the staunching song that Elvish wives
890 *long years had sung in those sad lives*
of war and weapons, wove o'er him.

A sombra cai da serra feia.
Ergue-se então no véu do Norte
Foice dos Deuses e a corte
895 d'estrelas pela seca tarde
em frio, branco brilho arde.
Porém no chão clarão se abate,
surge centelha escarlate:
sob ramos fogo se embrenha,
900 crepita a urze, estala a lenha;
lá Beren jaz em abandono,
caminha, vaga em seu sono.
Sobre ele inclina-se em cantiga
donzela; a sede lhe mitiga,
905 afaga a fronte em cantoria
do que mais forte em runa fria
e uso de cura foi escrito.
A noite cede ao sol constrito.
Matinal névoa se arrasta
910 na aurora que a noite afasta.

Beren já abre o olho seu,
ergue-se, diz: "Sob outro céu,
terra ignota, admiranda,
trilhei a sós, como quem anda
915 na funda treva do finado;
mas uma voz tive a meu lado,
sino, viola, harpa, ave,
canção sem fala tão suave
que chama, chama no negrume
920 e após me trouxe cá pro lume!
Cura da chaga, alívio à dor!
Nasceu o dia com alvor,
novas jornadas nos esperam,
perigos que mais vida geram,
925 mas não pra mim; e para ti
tardança lá no bosque vi

The shadows fell from mountains grim.
Then sprang about the darkened North
the Sickle of the Gods, and forth
895 *each star there stared in stony night*
radiant, glistering cold and white.
But on the ground there is a glow,
a spark of red that leaps below:
under woven boughs beside a fire
900 *of crackling wood and sputtering briar*
there Beren lies in browsing deep,
walking and wandering in sleep.
Watchful bending o'er him wakes
a maiden fair; his thirst she slakes,
905 *his brow caresses, and softly croons*
a song more potent than in runes
or leeches' lore hath since been writ.
Slowly the nightly watches flit.
The misty morning crawleth grey
910 *from dusk to the reluctant day.*

Then Beren woke and opened eyes,
and rose and cried: 'Neath other skies,
in lands more awful and unknown,
I wandered long, methought, alone
915 *to the deep shadow where the dead dwell;*
but ever a voice that I knew well,
like bells, like viols, like harps, like birds,
like music moving without words,
called me, called me through the night,
920 *enchanted drew me back to light!*
Healed the wound, assuaged the pain!
Now are we come to morn again,
new journeys once more lead us on —
to perils whence may life be won,
925 *hardly for Beren; and for thee*
a waiting in the wood I see

       na Doriath da verde copa,
       e minha trilha sempre topa
       com ecos d'élfica cantiga
930 nos morros ruços, via antiga."

       "Não mais só Morgoth por imigo
       já temos nós, mas vão contigo
       as guerras, feudos d'Elfa gente,
       e a morte espera certamente
935 por ti, por mim, Huan audaz,
       o fim do que a sina traz,
       tudo isso vem veloz, eu digo,
       se prosseguires. Ter contigo,
       a Thingol entregar por rogo
940 gema de luz, de Fëanor fogo,
       jamais, jamais! Por que seguir?
       Vamos do medo e mal fugir,
       vagar, andar sob a ramada,
       ter todo o mundo por morada,
945 sobre o morro, junto ao mar,
       na brisa e à luz solar?"

       Deles o coração se parte;
       mas dessa Elfa toda a arte,
       braço esguio, olho luzente —
950 em céu de chuva astro ardente —
       lábio macio, voz encantada,
       dele não muda a ação optada.
       A Doriath jamais iria
       senão levá-la sob vigia;
955 a Nargothrond não quer viajar,
       pois teme guerra e pesar;
       não quer deixá-la andar na terra
       descalça, insone, Elfa que erra
       exausta, que ele removeu
960 co'amor do reino oculto seu.

beneath the trees of Doriath,
while ever follow down my path
the echoes of thine elvish song,
930 *where hills are haggard and roads are long.'*

'Nay, now no more we have for foe
dark Morgoth only, but in woe,
in wars and feuds of Elfinesse
thy quest is bound; and death, no less,
935 *for thee and me, for Huan bold*
the end of weird of yore foretold,
all this I bode shall follow swift;
if thou go on. Thy hand shall lift
and lay on Thingol's lap the dire
940 *and flaming jewel, Fëanor's fire,*
never, never! A why then go?
Why turn we not from fear and woe
beneath the trees to walk and roam
roofless, with all the world as home,
945 *over mountains, beside the seas,*
in the sunlight, in the breeze?'

Thus long they spoke with heavy hearts;
and yet not all her elvish arts
nor lissom arms, nor shining eyes
950 *as tremulous stars in rainy skies,*
nor tender lips, enchanted voice,
his purpose bent or swayed his choice.
Never to Doriath would he fare
save guarded fast to leave her there;
955 *never to Nargothrond would go*
with her, lest there came war and woe;
and never would in the world untrod
to wander suffer her, worn, unshod
roofless and restless, whom he drew
960 *with love from the hidden realms she knew.*

"De Morgoth o poder desperta;
já morro e vale fica alerta
à caça; a presa se revela:
jovem perdida, Elfa bela.
965 Orque e fantasma caça, espia
de tronco em tronco; já vigia
em sombra e grota. És tu, criança!
Pensar me tolhe a esperança,
a mente gela. Triste jura,
970 sina que nos uniu, ventura
que atou teus pés em meu destino,
fugir, vagar em desatino!
É pressa, antes que o dia
acabe, nos impeça a via,
975 pra sermos vistos do atalaia
da terra sob carvalho e faia,
é Doriath, Doriath tua
onde o mal jamais atua
já que não passa gente ingrata
980 das folhas da beira da mata."

Ela concorda com seu rogo.
A Doriath eles partem logo,
chegam, repousam lá na beira
em musgo e sombra da clareira;
985 do vento abriga-os alameda
de faias — casca como seda —
cantam do amor que vai durar
mesmo que a terra imerja em mar,
ainda que após desvio fatal
990 cheguem à Praia Ocidental.

Certa manhã dorme ela ainda
no musgo, como se pra linda
flor fosse amargo o dia agora,
sem sol nascendo em má hora.

> 'For Morgoth's power is now awake;
> already hill and dale doth shake,
> the hunt is up, the prey is wild:
> a maiden lost, an elven child.
> 965 Now Orcs and phantoms prowl and peer
> from tree to tree, and fill with fear
> each shade and hollow. Thee they seek!
> At thought thereof my hope grows weak,
> my heart is chilled. I curse mine oath,
> 970 I curse the fate that joined us both
> and snared thy feet in my sad doom
> of flight and wandering in the gloom!
> Now let us haste, and ere the day
> be fallen, take our swiftest way,
> 975 till o'er the marches of thy land
> beneath the beech and oak we stand,
> in Doriath, fair Doriath
> whither no evil finds the path,
> powerless to pass the listening leaves
> 980 that droop upon those forest-eaves.'
>
> Then to his will she seeming bent.
> Swiftly to Doriath they went,
> and crossed its borders. There they stayed
> resting in deep and mossy glade;
> 985 there lay they sheltered from the wind
> under mighty beeches silken-skinned,
> and sang of love that still shall be,
> though earth be foundered under sea,
> and sundered here for evermore
> 990 shall meet upon the Western Shore.
>
> One morning as asleep she lay
> upon the moss, as though the day
> too bitter were for gentle flower
> to open in a sunless hour,

995 Beren lhe beija a madeixa,
em pranto parte, lá a deixa.
"Bom Huan," diz, "muito cuidado!
Nem lírio em campo desfolhado,
nem rosa em espinheiro agudo
1000 tão frágil é, mais do que tudo.
Do vento e gelo a guarda, esconde
das mãos que vêm não sei de onde;
não sofra mal na andança vasta,
orgulho e sina já me arrasta."

1005   Parte montado, toma a via
e não se volta; nesse dia
torna-se pedra o coração,
ao Norte parte com paixão.

*****

Foi certa vez lisa planura;
1010 o Rei Fingolfin se aventura
com haste argêntea em campo vivo,
branco corcel, dardo incisivo;
de aço o elmo, alto, fiel,
há luz da lua no broquel.
1015   A trompa entoa toque frio,
às nuvens sobe o desafio
ao torreão que está no Norte;
aguarda Morgoth sua sorte.

  Um rio de chama irrompe à noite
1020 no branco invernal, açoite
sobre a planície e o céu
espelha rubro o fogaréu.
De Hithlum, da muralha, fitam:
fumo e vapor torres imitam
1025 até que em confusão ruim
sufocam astros. É o fim;
o campo é vasto e poeirento,

995 *Beren arose and kissed her hair,*
and wept, and softly left her there.
   'Good Huan,' said he, 'guard her well!
In leafless field no asphodel,
in thorny thicket never a rose
1000 *forlorn, so frail and fragrant blows.*
Guard her from wind and frost, and hide
from hands that seize and cast aside;
keep her from wandering and woe,
for pride and fate now make me go.'

1005   *The horse he took and rode away,*
nor dared to turn; but all that day
with heart as stone he hastened forth
and took the paths toward the North.

*****

Once wide and smooth a plain was spread,
1010 *where King Fingolfin proudly led*
his silver armies on the green,
his horses white, his lances keen;
his helmets tall of steel were hewn,
his shields were shining as the moon.
1015   *There trumpets sang both long and loud,*
and challenge rang unto the cloud
that lay on Morgoth's northern tower,
while Morgoth waited for his hour.

Rivers of fire at dead of night
1020 *in winter lying cold and white*
upon the plain burst forth, and high
the red was mirrored in the sky.
From Hithlum's walls they saw the fire,
the steam and smoke in spire on spire
1025 *leap up, till in confusion vast*
the stars were choked. And so it passed,
the mighty field, and turned to dust,

ferrugem só, areia ao vento,
dunas sedentas onde os ossos
1030 recobrem os rochedos grossos.
  Dor-na-Fauglith, torrão sedento,
chamam-no assim, deserto odiento,
lugar de corvo, tumba aberta
de gente bela, brava, esperta.
1035 Rochosa encosta tem ao Norte
pra Taur-na-Fuin, Noite-Morte,
pinhal escuro, vasta rama
que como mastros se derrama
de negras naus, sombrio tormento
1040 soprado de espectral aleito.

  Beren severo fita a imagem
das dunas, dura estiagem,
divisa as torres carrancudas
de Thangorodrim, nuvens mudas.
1045 Faminto, curvo está o cavalo,
à mata atroz não quer levá-lo;
na várzea assombrada, fria
não pisa mais nem montaria.
"Cavalo bom de amo eivado,
1050 adeus! Mantém-te animado,
de Sirion o vale trilha
como viemos, passa a ilha
de Thû, retorna à doce água
e erva longa lá, sem mágoa.
1055 Se não encontras Curufin,
alegre com o cervo, enfim,
passeia, esquece faina e guerra,
sonha com Valinor, a terra
onde nasceu tua grande raça
1060 que Tavros guia lá à caça."

  Lá senta Beren, só e à toa,
canção de solidão entoa.

BEREN E LÚTHIEN

       to drifting sand and yellow rust,
       to thirsty dunes where many bones
1030 *lay broken among barren stones.*
          Dor-na-Fauglith, Land of Thirst,
       they after named it, waste accurst,
       the raven-haunted roofless grave
       of many fair and many brave.
1035 *Thereon the stony slopes look forth*
       from Deadly Nightshade falling north,
       from sombre pines with pinions vast,
       black-plumed and drear, as many a mast
       of sable-shrouded ships of death
1040 *slow wafted on a ghostly breath.*

          Thence Beren grim now gazes out
       across the dunes and shifting drought,
       and sees afar the frowning towers
       where thunderous Thangorodrim lowers.
1045   *The hungry horse there drooping stood,*
       proud Gnomish steed; it feared the wood;
       upon the haunted ghastly plain
       no horse would ever stride again.
       'Good steed of master ill,' he said,
1050 *'farewell now here! Lift up thy head,*
       and get thee gone to Sirion's vale
       back as we came, past island pale
       where Thû once reigned, to waters sweet
       and grasses long about thy feet.
1055 *And if Curufin no more thou find,*
       grieve not! but free with hart and hind
       go wander, leaving work and war,
       and dream thee back in Valinor,
       whence came of old thy mighty race
1060 *from Tavros' mountain-fencéd chase.'*

          There still sat Beren, and he sang
       and loud his lonely singing rang.

Escute-o Orque, lobo a esmo,
ou outro ser imundo mesmo
1065 que nessa sombra vai furtivo
em Taur-na-Fuin, não é motivo
de se cuidar, o que se aparta
com mente amarga, atroz e farta.

"Adeus, ó folhas da ramagem,
1070 ó canto em matinal aragem!
Adeus, ó erva, flor, capim
mudando na estação assim;
ó água que na pedra canta,
ó charco com caniço e planta!
1075 Adeus, planície, vale, outeiro,
ó vento, gelo, aguaceiro,
ó nuvem, névoa, firmamento;
estrela e lua que a contento
ainda espiarão do céu
1080 mesmo que Beren morra ao léu —
ou que não morra, e na fundura
donde o grito não perdura
dos que lá choram, na caverna
tenha seu fim a treva eterna.
1085   Adeus, ó firmamento e terra,
benditos desde que cá erra
e corre cá com membro ágil
ao sol, à lua, donzela frágil,
Lúthien Tinúviel
1090 que é a mais bela sob o céu.
Que o mundo todo se arruíne,
dissolva-se, ou que termine,
desfaça-se no velho abisso,
não terá sido em vão, por isso —
1095 a terra, o mar, noite, alvorada —
que Lúthien foi ao mundo dada!"

Though Orcs should hear, or wolf a-prowl,
or any of the creatures foul
1065 *within the shade that slunk and stared*
of Taur-na-Fuin, nought he cared
who now took leave of light and day,
grim-hearted, bitter, fierce and fey.

'Farewell now here, ye leaves of trees,
1070 *your music in the morning-breeze!*
Farewell now blade and bloom and grass
that see the changing seasons pass;
ye waters murmuring over stone,
and meres that silent stand alone!
1075 *Farewell now mountain, vale, and plain!*
Farewell now wind and frost and rain,
and mist and cloud, and heaven's air;
ye star and moon so blinding-fair
that still shall look down from the sky
1080 *on the wide earth, though Beren die —*
though Beren die not, and yet deep,
deep, whence comes of those that weep
no dreadful echo, lie and choke
in everlasting dark and smoke.
1085   *'Farewell sweet earth and northern sky,*
for ever blest, since here did lie,
and here with lissom limbs did run
beneath the moon, beneath the sun,
Lúthien Tinúviel
1090 *more fair than mortal tongue can tell.*
Though all to ruin fell the world,
and were dissolved and backward hurled
unmade into the old abyss,
yet were its making good, for this —
1095 *the dawn, the dusk, the earth, the sea —*
that Lúthien on a time should be!'

Ergue a espada em porfia,
a sós de pé, lá desafia
de Morgoth o poder tão crasso;
1100 e o maldiz, a torre, o paço,
a mão que eclipsa, pé que oprime,
início, fim, coroa e crime;
desce obstinado pela encosta,
sem esperança, audácia posta.

1105 "Ah, Beren, Beren!" um alarde,
"já te encontro, quase é tarde!
Ó destemida, altiva mente,
não é adeus, vamos em frente!
Não é assim que a Elfa raça
1110 rejeita amor de quem abraça.
Eu amo com igual poder
que tu, pra torre abater
da morte, repto que é bem frágil,
mas dura inda, terco e ágil,
1115 mesmo que o lancem lá no fundo
do alicerce deste mundo.
Amado tolo! Escapar
de busca tal; não confiar
na pouca força, proteger
1120 do amor a amada, que acolher
prefere a dura pena e morte
que suspirar num vão suporte
sem asa, sem nenhum vigor
para ajudar o seu amor!"

1125   Volta a ele Lúthien:
da via humana vão além;
estão à beira, terror certo,
entre a mata e o deserto.

Ele a fita, lábio erguido
1130 ao dele, amplexo tão sentido:

His blade he lifted high in hand,
and challenging alone did stand
before the threat of Morgoth's power;
1100 *and dauntless cursed him, hall and tower,*
o'ershadowing hand and grinding foot,
beginning, end, and crown and root;
then turned to strike forth down the slope
abandoning fear, forsaking hope.

1105 *'A, Beren, Beren!' came a sound,*
'almost too late have I thee found!
O proud and fearless hand and heart,
not yet farewell, not yet we part!
Not thus do those of elven race
1110 *forsake the love that they embrace.*
A love is mine, as great a power
as thine, to shake the gate and tower
of death with challenge weak and frail
that yet endures, and will not fail
1115 *nor yield, unvanquished were it hurled*
beneath the foundations of the world.
Beloved fool! escape to seek
from such pursuit; in might so weak
to trust not, thinking it well to save
1120 *from love thy loved, who welcomes grave*
and torment sooner than in guard
of kind intent to languish, barred,
wingless and helpless him to aid
for whose support her love was made!'

1125 *Thus back to him came Lúthien:*
they met beyond the ways of Men;
upon the brink of terror stood
between the desert and the wood.

He looked on her, her lifted face
1130 *beneath his lips in sweet embrace:*

"Três vezes praga em minha jura
que nesta sombra te segura!
Que é de Huan, esse cão
a quem eu confiei missão
1135 de te guardar em prol do amor,
te proteger de todo horror?"

"Não sei! Mas Huan, esse cão,
melhor que tu tem coração,
senhor severo, ai de ti!
1140 Por longo tempo lhe pedi
té que me trouxe muito bem
no encalço teu — bom palafrém
seria ele, boa corrida:
irias rir dessa investida,
1145 qual Orque em licantropo açoite
em lama e lodo, noite a noite,
em ermo e mata! Quando ouvi
teu canto — (cada fala ali
que desafia ouvido imigo
1150 foi sobre Lúthien, eu digo) —,
parou, partiu e cá fiquei;
o que pretende, isso não sei."

Mas sabem já: eis Huan chegando,
olhos em chama e arfando,
1155 temendo que a tutelada
em risco esteja, abandonada.
Deixa diante de seus pés
duas figuras ao revés
que trouxe, feios em destom,
1160 da grande ilha em Sirion:
pele de lobo — enfeitiçado
é o pelo longo e eriçado,
pelagem pavorosa enfim,
do lobisomem Draugluin;

'Thrice now mine oath I curse,' he said,
'that under shadow thee hath led!
But where is Huan, where the hound
to whom I trusted, whom I bound
1135 by love of thee to keep thee well
from deadly wandering into hell?'

'I know not! But good Huan's heart
is wiser, kinder, than thou art,
grim lord, more open unto prayer!
1140 Yet long and long I pleaded there,
until he brought me, as I would,
upon thy trail — a palfrey good
would Huan make, of flowing pace:
thou wouldst have laughed to see us race,
1145 as Orc on werewolf ride like fire
night after night through fen and mire,
through waste and wood! But when I heard
thy singing clear — (yea, every word
of Lúthien one rashly cried,
1150 and listening evil fierce defied) —,
he set me down, and sped away;
but what he would I cannot say.'

Ere long they knew, for Huan came,
his great breath panting, eyes like flame,
1155 in fear lest her whom he forsook
to aid some hunting evil took
ere he was nigh. Now there he laid
before their feet, as dark as shade,
two grisly shapes that he had won
1160 from that tall isle in Sirion:
a wolfhame huge — its savage fell
was long and matted, dark the spell
that drenched the dreadful coat and skin;
the werewolf cloak of Draugluin;

1165 o outro é traje de morcego,
grãs asas, farpa como prego
de ferro cada junta leva —
asas que ocultam com sua treva
a própria lua, quando erram
1170 da Noite-Morte, em voo berram
de Thû arautos.

"Que nos trazes,
bom Huan? Que conselhos fazes?
É um troféu do raro feito,
1175 que Thû venceste? Qual proveito
aqui no ermo?" Beren fala
e Huan desta vez não cala:
tem voz como campanas belas
de Valmar lá nas cidadelas:

1180   "Só uma joia hás de roubar,
de Morgoth ou do rei, sem par;
escolhe entre amor e jura!
Se vais manter palavra dura
a sós vai Lúthien expirar
1185 ou vai contigo enfrentar
a morte, acompanhando a sina
que ante ti se descortina.
Dura a demanda, não demente,
exceto se tu vais em frente
1190 em mortal veste ostentada
chamar a morte na empreitada.
  De Felagund foi bom o plano,
porém melhor e sem engano
é o de Huan com arrojo,
1195 pois sofrereis mudança e nojo
a formas vis, aspecto aziago:
um lobo da Ilha que é do Mago
e um morcego fantasmal
com asa, garra que é fatal.

1165   *the other was a batlike garb*
with mighty fingered wings, a barb
like iron nail at each joint's end —
such wings as their dark cloud extend
against the moon, when in the sky
1170 *from Deadly Nightshade screeching fly*
Thû's messengers.

                'What hast thou brought,
good Huan? What thy hidden thought?
Of trophy of prowess and strong deed,
1175 *when Thû thou vanquishedst, what need*
here in the waste?' Thus Beren spoke,
and once more words in Huan woke:
his voice was like the deeptoned bells
that ring in Valmar's citadels:

1180   *'Of one fair gem thou must be thief,*
Morgoth's or Thingol's, loath or lief;
thou must here choose twixt love and oath!
If vow to break is still thee loath,
then Lúthien must either die
1185 *alone, or death with thee defie*
beside thee, marching on your fate
that hidden before you lies in wait.
Hopeless the quest, but not yet mad,
unless thou, Beren, run thus clad
1190 *in mortal raiment, mortal hue,*
witless and redeless, death to woo.
      'Lo! good was Felagund's device,
but may be bettered, if advice
of Huan ye will dare to take,
1195 *and swift a hideous change will make*
to forms most curséd, foul and vile,
of werewolf of the Wizard's Isle,
of monstrous bat's envermined fell
with ghostly clawlike wings of hell.

1200 Ai! que chegastes a tal lei,
os que amo e por quem lutei.
Convosco já não sigo mais —
quem conheceu um cão jamais
que junto com um lobisomem
1205 vai aos portões que tudo comem?
Mas sinto que nesse portal
o que achardes, é fatal,
também verei, porém pra lá
meu pé jamais me levará.
1210 Há pouca luz, pouca esperança,
não vejo como a trilha avança;
talvez na volta a senda acabe
fortuita em Doriath, quem sabe,
talvez tornemos nós assim
1215 à reunião antes do fim."

    Pasmados ficam de ouvi-lo
falar tão claro e com estilo;
já cala nessa mesma hora,
ao pôr do sol, e vai embora.

1220   Ouvido o odioso parecer,
suas belas formas vão perder;
de pele, pelo, asa, cor
se vestem eles com tremor.
    Lúthien faz élfica magia
1225 pra que a roupagem feia e fria
não enlouqueça o coração;
com arte élfica então
monta defesa, cria enleio,
até que vai a noite a meio.

1230   Já Beren põe pele de lobo,
ao solo cai e baba, improbo,
de língua rubra, esfomeado;

1200 'To such dark straits, alas! now brought
are ye I love, for whom I fought.
Nor further with you can I go —
whoever did a great hound know
in friendship at a werewolf's side
1205 to Angband's grinning portals stride?
Yet my heart tells that at the gate
what there ye find, 'twill be my fate
myself to see, though to that door
my feet shall bear me nevermore.
1210 Darkened is hope and dimmed my eyes,
I see not clear what further lies;
yet maybe backwards leads your path
beyond all hope to Doriath,
and thither, perchance, we three shall wend,
1215 and meet again before the end.'

    They stood and marvelled thus to hear
his mighty tongue so deep and clear;
then sudden he vanished from their sight
even at the onset of the night.

1220   His dreadful counsel then they took,
and their own gracious forms forsook;
in werewolf fell and batlike wing
prepared to robe them, shuddering.
    With elvish magic Lúthien wrought,
1225 lest raiment foul with evil fraught
to dreadful madness drive their hearts;
and there she wrought with elvish arts
a strong defence, a binding power,
singing until the midnight hour.

1230   Swift as the wolvish coat he wore,
Beren lay slavering on the floor,
redtongued and hungry; but there lies

        com pena, anseio a seu lado
        vê vulto de horror, morcego
1235 que vai se erguendo, dessossego,
        e arrasta, estala a asa sua.
        Salta ele, uivando sob a lua,
        de quatro, pula pedra e pó,
        do morro ao plano — mas não só:
1240 vulto escuro desce a encosta,
        esvoaçando quase o acosta.

          Cinza e pó, duna sedenta
        sob lua, seca e modorrenta,
        no frio ar, ao vento aberto
1245 que geme nu, a descoberto;
        de rocha brava, areia arfante,
        lascas de osso é a terra adiante
        onde furtivo vai correr
        um babujante e fero ser.
1250   Há muitas léguas inda à frente
        quando retorna o dia doente;
        há muitas milhas nessa via
        quando desaba a noite fria
        com sombra dúbia, som matreiro
1255 que chia, passa sobre o outeiro.
          Outra manhã: nuvem, neblina;
        vem cega, fraca, é a sina,
        forma de lobo ao contraforte
        dos morros frios lá do Norte,
1260 no lombo criatura arisca,
        rugada, que no dia pisca.

          As rochas erguem-se, bocarra
        de dente que a presa agarra,
        ladeando a fúnebre estrada
1265 que segue avante à morada
        no alto da Montanha morta
        de túnel triste e atra porta.

a pain and longing in his eyes,
a look of horror as he sees
1235 *a batlike form crawl to its knees*
and drag its creased and creaking wings.
Then howling under moon he springs
fourfooted, swift, from stone to stone
from hill to plain — but not alone:
1240 *a dark shape down the slope doth skim,*
and wheeling flitters over him.

Ashes and dust and thirsty dune
withered and dry beneath the moon,
under the cold and shifting air
1245 *sifting and sighing, bleak and bare;*
of blistered stones and gasping sand,
of splintered bones was built that land,
o'er which now slinks with powdered fell
and hanging tongue a shape of hell.
1250 *Many parching leagues lay still before*
when sickly day crept back once more;
many choking miles lay stretched ahead
when shivering night once more was spread
with doubtful shadow and ghostly sound
1255 *that hissed and passed o'er dune and mound.*
A second morning in cloud and reek
struggled, when stumbling, blind and weak,
a wolvish shape came staggering forth
and reached the foothills of the North;
1260 *upon its back there folded lay*
a crumpled thing that blinked at day.

The rocks were reared like bony teeth,
and claws that grasped from opened sheath,
on either side the mournful road
1265 *that onward led to that abode*
far up within the Mountain dark
with tunnels drear and portals stark.

Abrigam-se na sombra austera,
se encolhem lá, morcego e fera.
1270 Por longo tempo jazem, temem,
com Doriath sonhando tremem,
com riso, música e ar,
aves nas folhas a cantar.
　　Despertam com ruído e sismo,
1275 eco pulsando no abismo;
sob eles forjas com fragor
de Morgoth; ouvem com pavor
bater de passos, burburinho
de pés ferrados no caminho:
1280 partem os Orques, guerra e saque,
capitães Balrogs no ataque.

　　Saem no ocaso, névoa, fumo,
em frente vão, põem-se a prumo;
são atros seres, atra lida,
1285 sobem encostas em corrida.
Penhasco íngreme se iça,
lá sentam aves de carniça;
abismo negro, fumo ardente
gerando vultos de serpente;
1290 por fim, na nevoeira escura,
pesada como má ventura,
de Thangorodrim faldas vis,
trovão no monte, em sua raiz,
chegam em átrio mui sombrio
1295 com altas torres, forte frio,
penhasco abrupto; a planura
se alastra abissal e escura
diante da muralha informe
de Bauglir do palácio enorme,
1300 onde se ocultam tão letais
em sombra imensa seus portais.

*****

They crept within a scowling shade
and cowering darkly down them laid.
1270 *Long lurked they there beside the path,*
and shivered, dreaming of Doriath,
of laughter and music and clean air,
in fluttered leaves birds singing fair.
They woke, and felt the trembling sound,
1275 *the beating echo far underground*
shake beneath them, the rumour vast
of Morgoth's forges; and aghast
they heard the stamp of stony feet
that shod with iron went down that street:
1280 *the Orcs went forth to rape and war,*
and Balrog captains marched before.

They stirred, and under cloud and shade
at eve stepped forth, and no more stayed;
as dark things on dark errand bent
1285 *up the long slopes in haste they went.*
Ever the sheer cliffs rose beside,
where birds of carrion sat and cried;
and chasms black and smoking yawned,
whence writhing serpent-shapes were spawned;
1290 *until at last in that huge gloom,*
heavy as overhanging doom,
that weighs on Thangorodrim's foot
like thunder at the mountain's root,
they came, as to a sombre court
1295 *walled with great towers, fort on fort*
of cliffs embattled, to that last plain
that opens, abysmal and inane
before he final topless wall
of Bauglir's immeasurable hall,
1300 *whereunder looming awful waits*
the gigantic shadow of his gates.

*****

A NARRATIVA EM *A BALADA DE LEITHIAN* ATÉ SEU TÉRMINO

       Na treva esteve outrora rudo
       Fingolfin: tinha azul escudo
       com astros lá do firmamento,
1305 cristais luzindo a contento.
       Com gana forte, indignação,
       bateu aflito no portão
       o rei dos Gnomos, isolado,
       fortes de rocha em todo lado;
1310 o toque agudo trompa é
       de prata em verde boldrié.
       A incitação ressoa alerta,
       Fingolfin: "Abre bem aberta
       a brônzea porta, rei cruel!
1315 Assoma, horror de terra e céu!
       Assoma, monstro, rei poltrão,
       de própria espada, própria mão
       luta, senhor de hostes imundas,
       tirano oculto nas profundas,
1320 d'Elfos e Deuses és rival!
       Espero aqui. Vem afinal!"

         E Morgoth vem. Vez derradeira
       nas guerras sai da cova inteira,
       do trono oculto e imundo;
1325 seus pés ressoam pelo mundo
       qual terremoto, sismo fundo.
       Férrea coroa, furibundo
       o vulto seu; enorme escudo
       vem sem brasão, de negro tudo,
1330 sombra que é nuvem de trovão;
       se curva sobre o rei então
       qual maça lança, subitâneo,
       martelo que é do subterrâneo,
       é Grond; Ruidoso vem descendo
1335 como relâmpago, moendo
       as rochas; fumo ali derrama,
       abre-se cova, salta chama.

*In that vast shadow once of yore
Fingolfin stood: his shield he bore
with field of heaven's blue and star*
1305 *of crystal shining pale afar.
In overmastering wrath and hate
desperate he smote upon that gate,
the Gnomish king, there standing lone,
while endless fortresses of stone*
1310 *engulfed the thin clear ringing keen
of silver horn on baldric green.
His hopeless challenge dauntless cried
Fingolfin there: 'Come, open wide,
dark king, your ghastly brazen doors!*
1315 *Come forth, whom earth and heaven abhors!
Come forth, O monstrous craven lord
and fight with thine own hand and sword,
thou wielder of hosts of banded thralls,
thou tyrant leaguered with strong walls,*
1320 *thou foe of Gods and elvish race!
I wait thee here. Come! Show thy face!'*

    *Then Morgoth came. For the last time
in those great wars he dared to climb
from subterranean throne profound,*
1325 *the rumour of his feet a sound
of rumbling earthquake underground.
Black-armoured, towering, iron-crowned
he issued forth; his mighty shield
a vast unblazoned sable field*
1330 *with shadow like a thundercloud;
and o'er the gleaming king it bowed,
as huge aloft like mace he hurled
that hammer of the underworld,
Grond. Clanging to ground it tumbled*
1335 *down like a thunder-bolt, and crumbled
the rocks beneath it; smoke up-started,
a pit yawned, and a fire darted.*

Desvia Fingolfin num arranco,
lampejo em nuvem, raio branco,
1340 saca o montante, Ringil belo
luzindo frio, azul qual gelo,
espada de élfica finura
que com frieza a carne fura.
Com sete chagas o trespassa,
1345 e sete gritos de desgraça
soam nos montes, treme a terra,
de Angband treme o az de guerra.
　Foi dentre os Orques escárnio eterno
combate no portal do inferno;
1350 canção dos Elfos houve uma
só antes desta — quando se inuma
o grande rei no morro seu.
Thorondor, águia que é do céu,
leva notícia, aos Elfos conta
1355 a sina triste de grã monta.
Três vezes é o rei batido,
cai de joelhos, põe-se erguido,
traz o escudo tempestivo
com brilho estelar, altivo,
1360 o elmo rompido sob açoite
que nada fere, força ou noite,
té que o solo esteja feito
em covas ao redor. Desfeito,
tropeça e tomba. Em sua nuca
1365 imenso pé pisa e machuca,
como um monte desmedido;
está esmagado — não vencido,
desfere ali golpe final:
Ringil atinge o pé fatal
1370 no talão, sangue negro em jorro
vem qual nascente do alto morro.
　Morgoth é coxo desse corte,
e rei Fingolfin leva à morte;

Fingolfin like a shooting light
beneath a cloud, a stab of white,
1340 *sprang then aside, and Ringil drew*
like ice that gleameth cold and blue,
his sword devised of elvish skill
to pierce the flesh with deadly chill.
With seven wounds it rent his foe,
1345 *and seven mighty cries of woe*
rang in the mountains, and the earth quook,
and Angband's trembling armies shook.
    Yet Orcs would after laughing tell
of the duel at the gates of hell;
1350 *though elvish song thereof was made*
ere this but one — when sad was laid
the mighty king in barrow high,
and Thorondor, Eagle of the sky,
the dreadful tidings brought and told
1355 *to mourning Elfinesse of old.*
Thrice was Fingolfin with great blows
to his knees beaten, thrice he rose
still leaping up beneath the cloud
aloft to hold star-shining, proud,
1360 *his stricken shield, his sundered helm,*
that dark nor might could overwhelm
till all the earth was burst and rent
in pits about him. He was spent.
His feet stumbled. He fell to wreck
1365 *upon the ground, and on his neck*
a foot like rooted hills was set,
and he was crushed — not conquered yet;
one last despairing stroke he gave:
the mighty foot pale Ringil clave
1370 *about the heel, and black the blood*
gushed as from smoking fount in flood.
    Halt goes for ever from that stroke
great Morgoth; but the king he broke,

deixá-lo-ia no abandono
1375 aos lobos seus. Mas eis! do trono
que Manwë o fez pôr, alçado
em pico nunca escalado,
vigiando Morgoth que o mal tece,
Thorondor, Rei das Águias, desce
1380 e ataca com dourado bico
a Bauglir vil, e sobe a pico —
têm trinta braças suas asas —
levanta o rei das covas rasas,
carrega o corpo, o acomoda
1385 lá onde os montes fazem roda
em torno da planície, enfim,
onde depois foi Gondolin,
em grande cume, imensa altura
que cobre a neve em sua alvura,
1390 pilha de pedras faz montar
pro rei no pico sepultar.
Orque nem besta mais pisou
no alto passo onde ficou
do rei a tumba nobre e fina
1395 té Gondolin sofrer sua sina.

Bauglir ganhou a cicatriz
que leva ainda, assim se diz,
e assim ganhou seu passo coxo;
depois do dia reinou co'arrocho
1400 em trono oculto no escuro;
percorre seu palácio duro,
constrói o vasto seu projeto:
tornar o mundo servo abjeto.
Maneja a hoste, amo antigo,
1405 não dá descanso a servo, imigo;
triplica olheiro e vigia,
a Leste e Oeste manda espia
que traz notícias lá do Norte:

and would have hewn and mangled thrown
1375 *to wolves devouring. Lo! from throne*
that Manwë bade him build on high,
on peak unscaled beneath the sky,
Morgoth to watch, now down there swooped
Thorondor the King of Eagles, stooped,
1380 *and rending beak of gold he smote*
in Bauglir's face, then up did float
on pinions thirty fathoms wide
bearing away, though loud they cried,
the mighty corse, the Elven-king;
1385 *and where the mountains make a ring*
far to the south about that plain
where after Gondolin did reign,
embattled city, at great height
upon a dizzy snowcap white
1390 *in mounded cairn the mighty dead*
he laid upon the mountain's head.
Never Orc nor demon after dared
that pass to climb, o'er which there stared
Fingolfin's high and holy tomb,
1395 *till Gondolin's appointed doom.*

Thus Bauglir earned the furrowed scar
that his dark countenance doth mar,
and thus his limping gait he gained;
but afterward profound he reigned
1400 *darkling upon his hidden throne;*
and thunderous paced his halls of stone,
slow building there his vast design
the world in thraldom to confine.
Wielder of armies, lord of woe,
1405 *no rest now gave he slave or foe;*
his watch and ward he thrice increased,
his spies were sent from West to East
and tidings brought from all the North,

quem luta ou tomba; qual coorte
1410 se apresta oculta; onde tesouro,
bela donzela; quem tem ouro;
tudo sabendo cada mente
enreda em arte inclemente.
    Só Doriath, atrás do véu
1415 de Melian, não sofre tropel,
ataque ou dano; só rumor
dali vem ao atroz senhor.
Notícia viva porém há
dos movimentos cá e lá
1420 dos inimigos, empecilhos,
de Fëanor dos sete filhos,
de Nargothrond, Fingon então,
que já reúne legião
junto a Hithlum na floresta;
1425 narração diária que é molesta
também lhe chega ao ouvido:
sabe de Beren, e o latido
de Huan soa lá na mata
correndo solto.

1430   Já constata,
ouve falar de Lúthien,
nos bosques, clareiras também,
de Thingol pesa a querela,
medita na linda donzela
1435 tão frágil. Manda capitão,
Boldog, com arma e fogo então,
a Doriath; mas um assalto
o acomete; ao trono alto
jamais voltou um da quadrilha,
1440 e assim Thingol o humilha.
Com ira sua mente arde:
ouve outra nova então, mais tarde:
Thû derrotado, a forte ilha

who fought, who fell; who ventured forth,
1410 *who wrought in secret; who had hoard;*
if maid were fair or proud were lord;
well nigh all things he knew, all hearts
well nigh enmeshed in evil arts.
    Doriath only, beyond the veil
1415 *woven by Melian, no assail*
could hurt or enter; only rumour dim
of things there passing came to him.
A rumour loud and tidings clear
of other movements far and near
1420 *among his foes, and threat of war*
from the seven sons of Fëanor,
from Nargothrond, from Fingon still
gathering his armies under hill
and under tree in Hithlum's shade,
1425 *these daily came. He grew afraid*
amidst his power once more; renown
of Beren vexed his ears, and down
the aisléd forests there was heard
great Huan baying.

1430   *Then came word*
most passing strange of Lúthien
wild-wandering by wood and glen,
and Thingol's purpose long he weighed,
and wondered, thinking of that maid
1435 *so fair, so frail. A captain dire,*
Boldog, he sent with sword and fire
to Doriath's march; but battle fell
sudden upon him; news to tell
never one returned of Boldog's host,
1440 *and Thingol humbled Morgoth's boast.*
Then his heart with doubt and wrath was burned:
new tidings of dismay he learned,
how Thû was o'erthrown and his strong isle

        que o opositor destrói e pilha;
1445 teme ardis, traições feitas,
        de cada Orque tem suspeitas
        e sempre vêm notícias lestas
        do cão latindo nas florestas,
        de Huan a causar pavor,
1450 criado lá em Valinor.

        Morgoth pondera então a sina
        de Huan, no negror rumina.
        Matilhas tem, esfomeadas,
        a lobo em forma assemelhadas,
1455 espíritos de diabos têm;
        selvagens, suas vozes vêm
        de monte e cova onde habitam
        e infindos ecos lá suscitam.
        Escolhe um filhote forte
1460 e alimenta-o co'a morte,
        corpos de Elfos e Humanos,
        té que imenso, em poucos anos
        não no covil, mas junto ao trono
        de Morgoth vai deitar, seu dono;
1465 nem Balrog, Orque ou animais
        o tocam. Refeições fatais
        faz ele sob o atroz assento,
        com carne e osso a contento.
        Sofre feitiço lá total,
1470 angústia, poder infernal;
        torna-se um horror enorme,
        olhos de chama, fauce informe,
        aleento que é vapor, é praga,
        pior que besta em cova ou fraga,
1475 besta qualquer de inferno imundo
        que veio já pro nosso mundo,
        maior que sua raça, enfim,
        tribo feroz de Draugluin.

broken and plundered, how with guile
1445 *his foes now guile beset; and spies*
he feared, till each Orc to his eyes
was half suspect. Still ever down
the aisléd forests came renown
of Huan baying, hound of war
1450 *that Gods unleashed in Valinor.*

Then Morgoth of Huan's fate bethought
long-rumoured, and in dark he wrought.
Fierce hunger-haunted packs he had
that in wolvish form and flesh were clad,
1455 *but demon spirits dire did hold;*
and ever wild their voices rolled
in cave and mountain where they housed
and endless snarling echoes roused.
From these a whelp he chose and fed
1460 *with his own hand on bodies dead,*
on fairest flesh of Elves and Men,
till huge he grew and in his den
no more could creep, but by the chair
of Morgoth's self would lie and glare,
1465 *nor suffer Balrog, Orc, nor beast*
to touch him. Many a ghastly feast
he held beneath that awful throne
rending flesh and gnawing bone.
There deep enchantment on him fell,
1470 *the anguish and the power of hell;*
more great and terrible he became
with fire-red eyes and jaws aflame,
with breath like vapours of the grave,
than any beast of wood or cave,
1475 *than any beast of earth or hell*
that ever in any time befell,
surpassing all his race and kin,
the ghastly tribe of Draugluin.

É Carcharoth, Rubra Goela,
1480 dizem os Elfos. Com cautela
sai do portão, ávida fera,
de Angband, onde insone espera;
onde o portal é ameaça,
tem olhos rubros na fumaça,
1485 tem presa à vista, fauce asta;
lá ninguém anda nem se arrasta
nem enfrentando a ameaça
para o covil de Morgoth passa.

Eis que seu olho vigilante
1490 detecta vulto lá adiante
que vem pela planície, fita
à volta sua, e hesita,
vem passo a passo, é lupino,
boquiaberto, sem destino;
1495 acima dele a volitar
sombra que oscila devagar.
Ali tais vultos se dirigem,
pois essa terra é sua origem;
ainda assim acha incorreto
1500 o par, e aguarda lá inquieto.

"Que grão terror, que guarda fria
pôs Morgoth lá, o que vigia,
impede entrada nos portais?
Longe viemos, vias fatais,
1505 à mortal fauce que alcança
nosso caminho! Esperança
jamais tivemos. Avançar!"
Assim diz Beren ao parar,
vendo com olhos de homem-lobo
1510 ao longe o horror improbo.
Desesperado vai avante,
desvia de cada poço hiante

   Him Carcharoth, the Red Maw, name
1480 *the songs of Elves. Not yet he came*
   disastrous, ravening, from the gates
   of Angband. There he sleepless waits;
   where those great portals threatening loom
   his red eyes smoulder in the gloom,
1485 *his teeth are bare, his jaws are wide;*
   and none may walk, nor creep, nor glide,
   nor thrust with power his menace past
   to enter Morgoth's dungeon vast.

   Now, lo! before his watchful eyes
1490 *a slinking shape he far descries*
   that crawls into the frowning plain
   and halts at gaze, then on again
   comes stalking near, a wolvish shape
   haggard, wayworn, with jaws agape;
1496 *and o'er it batlike in wide rings*
   a reeling shadow slowly wings.
   Such shapes there oft were seen to roam,
   this land their native haunt and home;
   and yet his mood with strange unease
1500 *is filled, and boding thoughts him seize.*

   'What grievous terror, what dread guard
   hath Morgoth set to wait, and barred
   his doors against all entering feet?
   Long ways we have come at last to meet
1505 *the very maw of death that opes*
   between us and our quest! Yet hopes
   we never had. No turning back!'
   Thus Beren speaks, as in his track
   he halts and sees with werewolf eyes
1510 *afar the horror that there lies.*
   Then onward desperate he passed,
   skirting the black pits yawning vast,

onde Fingolfin rei tombou
a sós, o que enfrentar ousou.

1515   Sozinhos vão ante o portal,
e Carcharoth, ânimo mau,
encara-os e diz rosnando,
ecos nos arcos despertando:
"Draugluin, salve! Meu senhor,
1520 há muito tempo no arredor
não estiveste. É admiração
ver-te agora: alteração
sofreste tu nesse repente,
que eras como fogo ardente,
1525 veloz no ermo, mas que a sina
agora cansa, curva, inclina!
O fôlego por certo falta
quando grão Huan te assalta,
morde a goela? O que a ti
1530 te traz, ventura, vivo aqui —
se Draugluin tu és? Avança!
Vem onde minha vista alcança!"

"E quem és tu, ó cria ousada,
que não ajuda, impede a entrada?
1535 Pra Morgoth tenho nova exata
de Thû, o que assola a mata.
Arreda! Deixa-me entrar
ou vai no fundo me anunciar!"

Ergue-se lento o grão vigia,
1540 olho a brilhar, com ira fria,
grunhindo inquieto. "Draugluin,
se és tu que vens, pois entra sim!
Mas o que se arrasta, vulto
que atrás de ti se põe oculto?
1545 Conheço todo ser de asa

    where King Fingolfin ruinous fell
    alone before the gates of hell.

1515 Before those gates alone they stood,
    while Carcharoth in doubtful mood
    glowered upon them, and snarling spoke,
    and echoes in the arches woke:
    'Hail! Draugluin, my kindred's lord!
1520 'Tis very long since hitherward
    thou camest. Yea, 'tis passing strange
    to see thee now: a grievous change
    is on thee, lord, who once so dire
    so dauntless, and as fleet as fire,
1525 ran over wild and waste, but now
    with weariness must bend and bow!
    'Tis hard to find the struggling breath
    when Huan's teeth as sharp as death
    have rent the throat? What fortune rare
1530 brings thee back living here to fare —
    if Draugluin thou art? come near!
    I would know more, and see thee clear!'

    'Who art thou, hungry upstart whelp,
    to bar my ways whom thou shouldst help?
1535 I fare with hasty tidings new
    to Morgoth from forest-haunting Thû.
    Aside! for I must in; or go
    and swift my coming tell below!'

    Then up that doorward slowly stood,
1540 eyes shining grim with evil mood,
    uneasy growling: 'Draugluin,
    if such thou be, now enter in!
    But what is this that crawls beside
    slinking as if 'twould neath thee hide?
1545 Though wingéd creatures to and fro

A NARRATIVA EM *A BALADA DE LEITHIAN* ATÉ SEU TÉRMINO

   que entra e sai da atra casa.
   Mas este não. Fica aqui!
   Odeio a raça, odeio a ti.
   Dize qual é o vil recado
1550 que ao rei te traz, ó verme alado!
   Pouco me importa. Vamos, passa
   ou fica, pois te faço caça,
   mosca, te esmago pra que vejas,
   arranco as asas e rastejas."

1555   Vem vindo, fétido, imenso.
   No olho de Beren, fogo intenso;
   na nuca se eriça a crina.
   Pois a fragrância predomina,
   odor de flores tão sutil
1560 sob chuva que é primaveril,
   luzindo, prata sobre a grama,
   em Valinor. O odor proclama
   Tinúviel, aonde for.
   Do faro do infernal terror
1565 nenhum disfarce oculta o doce
   perfume que o vulto trouxe,
   se venta vil lá chega perto,
   fareja. Beren, mui esperto,
   na beira do inferno aguarda
1570 combate e morte. Mas não tarda
   que Carcharoth, vulto ruim,
   também o falso Draugluin,
   de pasmo veem lá transidos
   poder que vem de tempos idos,
1575 de diva gente além d'Oeste:
   assim Tinúviel investe,
   com fogo interno se avia,
   despe o morcego e — cotovia —
   da noite à luz sai num arranco
1580 e a voz com som argênteo, branco,

        unnumbered pass here, all I know.
        I know not this. Stay, vampire, stay!
        I like not thy kin nor thee. Come, say
        what sneaking errand thee doth bring,
1550 *thou wingéd vermin, to the king!*
        Small matter, I doubt not, if thou stay
        or enter, or if in my play
        I crush thee like a fly on wall,
        or bite thy wings and let thee crawl.'

1555   *Huge-stalking, noisome, close he came.*
        In Beren's eyes there gleamed a flame;
        the hair upon his neck uprose.
        Nought may the fragrance fair enclose,
        the odour of immortal flowers
1560 *in everlasting spring neath showers*
        that glitter silver in the grass
        in Valinor. Where'er did pass
        Tinúviel, such air there went.
        From that foul devil-sharpened scent
1565 *its sudden sweetness no disguise*
        enchanted dark to cheat the eyes
        could keep, if near those nostrils drew
        snuffling in doubt. This Beren knew
        upon the brink of hell prepared
1570 *for battle and death. There threatening stared*
        those dreadful shapes, in hatred both,
        false Draugluin and Carcharoth
        when, lo! a marvel to behold:
        some power, descended from of old,
1575 *from race divine beyond the West,*
        sudden Tinúviel possessed
        like inner fire. The vampire dark
        she flung aside, and like a lark
        cleaving through night to dawn she sprang,
1580 *while sheer, heart-piercing silver, rang*

A NARRATIVA EM *A BALADA DE LEITHIAN* ATÉ SEU TÉRMINO

  ressoa como trompa aguda
que a matutina luz saúda
nos paços da manhã. O manto,
por alvas mãos feito, entretanto,
1585 é como a tarde que encanta
e tudo envolve, acalanta,
suspenso em seus erguidos braços;
diante dele dá uns passos,
sombra de sonho qual neblina
1590 que a luz dos astros ilumina.

  "Dorme, escravo torturado!
Ó infeliz, tomba de lado,
foge da angústia, ódio, dor,
luxúria, fome, elo, pavor,
1595 para o olvido atro, grosso,
do fundo sono obscuro poço!
Só uma hora, após termina,
da vida má esquece a sina!"

  Apaga o olho, afrouxa o passo;
1600 é como touro que no laço
tropeça, ao solo abatido.
Qual morto, imóvel, sem ruído,
como se o raio um carvalho
lá derrubasse, tronco e galho.

*****

1605 À vasta treva dos recintos,
pavor de tumbas, labirintos,
túneis, pirâmides, lá onde
a morte eterna se esconde,
por corredor, descendo escada
1610 para ameaça enclausurada;
descendo à base da montanha
atormentada, oca entranha

her voice, as those long trumpets keen
thrilling, unbearable, unseen
in the cold aisles of morn. Her cloak
by white hands woven, like a smoke,
1585 *like all-bewildering, all-enthralling,*
all-enfolding evening, falling
from lifted arms, as forth she stepped
across those awful eyes she swept,
a shadow and a mist of dreams
1590 *whereon entangled starlight gleams.*

'Sleep, O unhappy, tortured thrall!
Thou woebegotten, fail and fall
down, down from anguish, hatred, pain,
from lust, from hunger, bond and chain,
1595 *to that oblivion, dark and deep,*
the well, the lightless pit of sleep!
For one brief hour escape the net,
the dreadful doom of life forget!'

His eyes were quenched, his limbs were loosed;
1600 *he fell like running steer that noosed*
and tripped grows crashing to the ground.
Deathlike, moveless, without a sound
outstretched he lay, as lightning stroke
had felled a huge o'ershadowing oak.

*****

1605 *Into the vast and echoing gloom,*
more dread than many-tunnelled tomb
in labyrinthine pyramid
where everlasting death is hid
down awful corridors that wind
1610 *down to a menace dark enshrined;*
down to the mountain's roots profound,
devoured, tormented, bored and ground

A NARRATIVA EM *A BALADA DE LEITHIAN* ATÉ SEU TÉRMINO

que escavada foi por vermes;
ao fundo vão a sós, inermes.
1615   Passando o arco, lhes parece
que ele míngua, a treva cresce;
das forjas ergue-se o rumor,
em vento ruge, traz calor,
vapores dos poços ocultos.
1620 Lá há enormes, pétreos vultos
de rocha dura que se arromba
em forma que do mortal zomba;
ameaçadoras, sepultadas,
em cada curva estão paradas,
1625 olhar feroz como flagelos.
Lá retinindo estão martelos,
vozes como rochas batidas
vêm bem de baixo, estão perdidas
das vis correntes no fragor,
1630 são de cativos lá na dor.

    Ergue-se alto um riso rouco,
sarcástico, remorso é pouco;
ergue-se canto cru, feroz,
que a alma fere com sua voz.
1635 É rubro o brilho em portão,
de fogo em piso de latão,
fileira d'arcos lá segura
no alto cúpula obscura
envolta em fumo, em vapor
1640 varado em raios de fulgor.
Paço de Morgoth onde bebe
da besta o sangue, onde recebe
os Homens que são desgraçados:
lá chegam, olhos abrasados.
1645 Colunas, colossais escoras,
da terra acima portadoras,
são entalhadas com medonhos

by seething vermin spawned of stone;
down to the depths they went alone.
1615   *The arch behind of twilit shade*
they saw recede and dwindling fade;
the thunderous forges' rumour grew,
a burning wind there roaring blew
foul vapours up from gaping holes.
1620 *Huge shapes there stood like carven trolls*
enormous hewn of blasted rock
to forms that mortal likeness mock;
monstrous and menacing, entombed,
at every turn they silent loomed
1625 *in fitful glares that leaped and died.*
There hammers clanged, and tongues there cried
with sound like smitten stone; there wailed
faint from far under, called and failed
amid the iron clink of chain
1630 *voices of captives put to pain.*

    Loud rose a din of laughter hoarse,
self-loathing yet without remorse;
loud came a singing harsh and fierce
like swords of terror souls to pierce.
1635 *Red was the glare through open doors*
of firelight mirrored on brazen floors,
and up the arches towering clomb
to glooms unguessed, to vaulted dome
swathed in wavering smokes and steams
1640 *stabbed with flickering lightning-gleams.*
To Morgoth's hall, where dreadful feast
he held, and drank the blood of beast
and lives of Men, they stumbling came:
their eyes were dazed with smoke and flame.
1645 *The pillars, reared like monstrous shores*
to bear earth's overwhelming floors,
were devil-carven, shaped with skill

fantasmas de atrozes sonhos:
sobem com troncos infelizes,
1650 no desespero têm raízes,
sombra mortal, fruto é peçonha,
o ramo é cobra, carantonha.
    Ali com lança, espada age
horda de Morgoth, negro traje:
1655 o fogo brilha em gume, escudo
qual sangue que se verte em tudo.
Sob grão pilar assoma o trono
de Morgoth, e em abandono
arfam danados pelo chão:
1660 seu escabelo eles são.
Em torno, capitães de frente,
são Balrogs de melena ardente,
mão rubra, dentição de aço;
lobos famintos junto ao braço.
1665 Fulguram sobre a hoste ingente
com brilho frio, resplandecente,
as Silmarils, gemas da sina
que a férrea coroa confina.

    Eis! pelas portas do pavor
1670 volita sombra com vigor;
Beren ofega — só e audaz,
de bruços sobre a pedra jaz:
vulto-morcego voa silente
onde ergue-se pilar ingente
1675 entre a fumaça e o vapor.
Bem como em sonho de terror
cresce fantasma ali, contorto,
a nuvem de grão desconforto,
rolam pesares que consomem
1680 a alma, bem assim já somem
as vozes, morre a risada,
toda em silêncio transformada.

such as unholy dreams doth fill:
they towered like trees into the air,
1650 *whose trunks are rooted in despair,*
whose shade is death, whose fruit is bane,
whose boughs like serpents writhe in pain.
Beneath them ranged with spear and sword
stood Morgoth's sable-armoured horde:
1655 *the fire on blade and boss of shield*
was red as blood on stricken field.
Beneath a monstrous column loomed
the throne of Morgoth, and the doomed
and dying gasped upon the floor:
1660 *his hideous footstool, rape of war.*
About him sat his awful thanes,
the Balrog-lords with fiery manes,
redhanded, mouthed with fangs of steel;
devouring wolves were crouched at heel.
1665 *And o'er the host of hell there shone*
with a cold radiance, clear and wan,
the Silmarils, the gems of fate,
emprisoned in the crown of hate.

Lo! through the grinning portals dread
1670 *sudden a shadow swooped and fled;*
and Beren gasped — he lay alone,
with crawling belly on the stone:
a form bat-wingéd, silent, flew
where the huge pillared branches grew,
1675 *amid the smokes and mounting steams.*
And as on the margin of dark dreams
a dim-felt shadow unseen grows
to cloud of vast unease, and woes
foreboded, nameless, roll like doom
1680 *upon the soul, so in that gloom*
the voices fell, and laughter died
slow to silence many-eyed.

Temor sem forma, duvidoso,
penetra no covil sombroso
1685 e cresce sobre a turba inquieta
que de olvidado deus trombeta
lá ouve. Morgoth fala então,
rompe o silêncio qual trovão:
"Ó sombra, desce! E não queiras
1690 lograr-me assim. Em vão te esgueiras
do Senhor teu, e te homizias.
O meu querer não desafias.
Nem fuga há nem esperança
pra quem o meu portão alcança.
1695 Desce! que vou te abater,
o que morcego finge ser,
mas que não é! Desce, não passa!"

Sobre a coroa ela esvoaça,
reluta, oscila e se esvai;
1700 já Beren vê que o vulto cai,
despenca ante o nefando trono,
trêmulo, fraco, em abandono.
De Morgoth a figura vasta
se curva ali; Beren se afasta,
1705 de rastos, com o suor frio
no pelo, e com arrepio
vai sob o trono, afinal,
dos pés à sombra colossal.

Tinúviel fala, estridente,
1710 rompe o silêncio de repente:
"Mensagem séria cá me traz;
vim da mansão de Thû lá atrás,
de Taur-na-Fuin, longa trilha,
até defronte tua silha!"

1715   "Teu nome, dévio ser, teu nome!
Muito ouvi de Thû renome

A nameless doubt, a shapeless fear,
had entered in their caverns drear
1685 *and grew, and towered above them cowed,*
hearing in heart the trumpets loud
of gods forgotten. Morgoth spoke,
and thunderous the silence broke:
'Shadow, descend! And do not think
1690 *to cheat mine eyes! In vain to shrink*
from thy Lord's gaze, or seek to hide.
My will by none may be defied.
Hope nor escape doth here await
those that unbidden pass my gate.
1695 *Descend! ere anger blast thy wing,*
thou foolish, frail, bat-shapen thing,
and yet not bat within! Come down!'

    Slow-wheeling o'er his iron crown,
reluctantly, shivering and small,
1700 *Beren there saw the shadow fall,*
and droop before the hideous throne,
a weak and trembling thing, alone.
And as thereon great Morgoth bent
his darkling gaze, he shuddering went,
1705 *belly to earth, the cold sweat dank*
upon his fell, and crawling shrank
beneath the darkness of that seat,
beneath the shadow of those feet.

    Tinúviel spake, a shrill, thin, sound
1710 *piercing those silences profound:*
'A lawful errand here me brought;
from Thû's dark mansions have I sought,
from Taur-na-Fuin's shade I fare
to stand before thy mighty chair!'

1715   *'Thy name, thou shrieking waif, thy name!*
Tidings enough from Thû there came

faz pouco. Que quer ele mais?
Pra que vêm mensageiros tais?"

"Thuringwethil sou eu, que alcanço
1720 a lua pálida, lhe lanço
a sombra sobre a face grande
na trêmula Beleriand!"

"Tu mentes; fraude e nem queixa
aos olhos meus permito. Deixa
1725 tua forma e veste. Sê então
entregue aqui em minha mão!"

Mudança lenta vem, tamanha:
veste-morcego, obscura, estranha,
cai e revela sua coragem,
1730 a põe à vista na voragem.
No ombro esguio qual sombra pendem
os seus cabelos, lá se estendem
sombrias vestes, e no véu
a luz dos astros lá do céu.
1735 Opaco sonho, sono, olvido,
lançam no cárcere perdido,
odor de flores nos outeiros,
vales, de prata aguaceiros,
gotejam lentos pelo ar;
1740 vultos em volta a rastejar,
bando por fome invadido.
De fronte baixa, braço erguido
começa um canto embalador,
tema de sono e torpor,
1745 vagando, encanto mais profundo
que os cantos lá do verde mundo
que Melian cantou na aurora,
fundos, extensos, toda hora.

but short while since. What would he now?
Why send such messenger as thou?'

'Thuringwethil I am, who cast
1720 *a shadow o'er the face aghast*
of the sallow moon in the doomed land
of shivering Beleriand!'

'Liar art thou, who shalt not weave
deceit before mine eyes. Now leave
1725 *thy form and raiment false, and stand*
revealed, and delivered to my hand!'

There came a slow and shuddering change:
the batlike raiment dark and strange
was loosed, and slowly shrank and fell
1730 *quivering. She stood revealed in hell.*
About her slender shoulders hung
her shadowy hair, and round her clung
her garment dark, where glimmered pale
the starlight caught in magic veil.
1735 *Dim dreams and faint oblivious sleep*
fell softly thence, in dungeons deep
an odour stole of elven-flowers
from elven-dells where silver showers
drip softly through the evening air;
1740 *and round there crawled with greedy stare*
dark shapes of snuffling hunger dread.
With arms upraised and drooping head
then softly she began to sing
a theme of sleep and slumbering,
1745 *wandering, woven with deeper spell*
than songs wherewith in ancient dell
Melian did once the twilight fill,
profound and fathomless, and still.

O fogo de Angband já oscila,
1750 nas trevas cessa e desfila
em salas, ocos corredores,
sombra de infernais horrores.
Nada se move, só empesta
o hálito de Orque e besta.
1755 Sem pálpebra, o olhar desnudo
de Morgoth é a flama de tudo;
a voz de Morgoth se levanta
e o silêncio arfante espanta.

"Ó Lúthien, ó Lúthien,
1760 trapaça Elfos e Homens têm!
Bem-vinda sê aqui no paço!
Pra servos sempre tenho espaço.
Como vai Thingol, grão mendaz,
à espreita, tímido arganaz?
1765 A qual tolice ele se entrega
que não mantém sua prole cega
longe daqui? E não tem, não,
melhor conselho pro espião?"

Ela hesita, cessa o canto.
1770 "Selvagem foi a via, entanto
não sabe Thingol em qual trilha
caminha sua rebelde filha.
Mas toda estrada, toda via
conduz ao Norte, desafia;
1775 sigo humilde meu destino,
ante teu trono me inclino,
pois Lúthien tem muitas artes,
do rei alívio nestas partes."

"Aqui tu ficas, Lúthien,
1780 prazer ou dor, por mal ou bem —
ou dor, a sina mais constante

The fires of Angband flared and died,
1750 *smouldered into darkness; through the wide*
and hollow halls there rolled unfurled
the shadows of the underworld.
All movement stayed, and all sound ceased,
save vaporous breath of Orc and beast.
1755 *One fire in darkness still abode:*
the lidless eyes of Morgoth glowed;
one sound the breathing silence broke:
the mirthless voice of Morgoth spoke.

'So Lúthien, so Lúthien,
1760 *a liar like all Elves and Men!*
Yet welcome, welcome, to my hall!
I have a use for every thrall.
What news of Thingol in his hole
shy lurking like a timid vole?
1765 *What folly fresh is in his mind*
who cannot keep his offspring blind
from straying thus? or can devise
no better counsel for his spies?'

She wavered, and she stayed her song.
1770 *'The road,' she said, 'was wild and long,*
but Thingol sent me not, nor knows
what way his rebellious daughter goes.
Yet every road and path will lead
Northward at last, and here of need
1775 *I trembling come with humble brow,*
and here before thy throne I bow;
for Lúthien hath many arts
for solace sweet of kingly hearts.'

'And here of need thou shalt remain
1780 *now, Lúthien, in joy or pain —*
or pain, the fitting doom for all,

pra servo falso e arrogante.
Partilha aqui nosso destino,
pesar e lida! É desatino
1785 poupar donzela fraca, esguia
deste penar! Que serventia
terão teu canto, teus rumores,
teu riso tolo? Trovadores
me sobram. Mas vou conceder
1790 descanso breve pra viver
um pouco mais, caro porém,
à bela, clara Lúthien,
brinquedo para hora ociosa.
Em seus jardins tal flor cheirosa
1795 os deuses têm para beijar,
doce qual mel, e descartar,
já sem fragrância, sob seus pés.
Aqui porém tal como és
não vemos no labor nocivo,
1800 privados cá do ócio divo.
Quem não prefere o doce mel
nos lábios, pisar em tropel
das flores pétalas suaves
pra aliviar as horas graves?
1805 Malditos Deuses! Cruel fome,
sede que cega e consome!
Cessai, saciai vosso ferrão
Co'este petisco em minha mão!"

    O olho em chama se acende,
1810 a impudente mão estende.
Lúthien, a sombra, se esquiva.
"Mas não assim, ó rei!" altiva,
"toma um senhor a prenda dada!
Cada jogral tem sua toada;
1815 suave um, o outro forte,
deixai a cada um a sorte,

for rebel, thief, and upstart thrall.
Why should ye not in our fate share
of woe and travail? Or should I spare
1785 *to slender limb and body frail*
breaking torment? Of what avail
here dost thou deem thy babbling song
and foolish laughter? Minstrels strong
are at my call. Yet I will give
1790 *a respite brief, a while to live,*
a little while, though purchased dear,
to Lúthien the fair and clear,
a pretty toy for idle hour.
In slothful gardens many a flower
1795 *like thee the amorous gods are used*
honey-sweet to kiss, and cast then bruised
their fragrance loosing, under feet.
But here we seldom find such sweet
amid our labours long and hard,
1800 *from godlike idleness debarred.*
And who would not taste the honey-sweet
lying to lips, or crush with feet
the soft cool tissue of pale flowers,
easing like gods the dragging hours?
1805 *A! curse the Gods! O hunger dire,*
O blinding thirst's unending fire!
One moment shall ye cease, and slake
your sting with morsel I here take!'

In his eyes the fire to flame was fanned,
1810 *and forth he stretched his brazen hand.*
Lúthien as shadow shrank aside.
'Not thus, O king! Not thus!' she cried,
'do great lords hark to humble boon!
For every minstrel hath his tune;
1815 *and some are strong and some are soft*
and each would bear his song aloft,

que ora canta, ora cala,
por rude a nota, leve a fala.
Arte sutil tem Lúthien
1820 pro régio coração também.
Escuta!" Asas ela apanha,
sobe com rapidez tamanha
que o giro seu ele não alcança;
volita à sua frente, dança
1825 balé confuso, envolve alada
cabeça em ferro coroada.
O canto outra vez ressoa;
cai leve como uma garoa
dos altos do imenso paço
1830 mágica voz, que passo a passo
se estende em ribeirão de prata
que em negros poços sonhos ata.

Desliza o traje em abandono
envolto em trama urdida em sono,
1835 girando vaga lá na treva.
De muro a muro a dança eleva,
bailado tal que nunca fata
bailou, nem desde essa data;
nem andorinha nem morcego
1840 errou assim sem assossego,
nem mais sedosos a rodar
silfas donzelas pelo Ar
que giram no salão de Varda
em ritmo certo que não tarda.
1845 Desaba Orque, Balrog altivo;
morre o olhar, o juízo vivo;
sossegam apetite e mente,
e ela canta, ave insistente,
em mundo obscuro, desolado,
1850 levada em êxtase encantado.
Morre o olhar, mas não no cenho
de Morgoth que fita ferrenho,

and each a little while be heard,
though rude the note, and light the word.
But Lúthien hath cunning arts
1820 *for solace sweet of kingly hearts.*
Now hearken!' And her wings she caught
then deftly up, and swift as thought
slipped from his grasp, and wheeling round,
fluttering before his eyes, she wound
1825 *a mazy-wingéd dance, and sped*
about his iron-crownéd head.
Suddenly her song began anew;
and soft came dropping like a dew
down from on high in that domed hall
1830 *her voice bewildering, magical,*
and grew to silver-murmuring streams
pale falling in dark pools in dreams.

She let her flying raiment sweep,
enmeshed with woven spells of sleep,
1835 *as round the dark void she ranged and reeled.*
From wall to wall she turned and wheeled
in dance such as never Elf nor fay
before devised, nor since that day;
than swallow swifter, than flittermouse
1840 *in dying light round darkened house*
more silken-soft, more strange and fair
than sylphine maidens of the Air
whose wings in Varda's heavenly hall
in rhythmic movement beat and fall.
1845   *Down crumpled Orc, and Balrog proud;*
all eyes were quenched, all heads were bowed;
the fires of heart and maw were stilled,
and ever like a bird she thrilled
above a lightless world forlorn
1850 *in ecstasy enchanted borne.*
        All eyes were quenched, save those that glared
in Morgoth's lowering brows, and stared

os olhos que buscam pasmados
mas são por fim enfeitiçados.
1855 Foge a vontade, apaga a vista,
mais pálida, com sono mista,
e cada Silmaril qual astro
se acende nesse escuro castro,
ascende e no alto brilha,
1860 cintila ali qual maravilha.

    Súbito descem com clarão,
despencam no medonho chão.
A fronte escura está pensa;
qual píncaro em bruma imensa
1865 submerge o ombro, se estatela
o vulto, como na procela
penha desaba em destruição;
Morgoth despenca em seu salão.
No chão então rola a coroa,
1870 ribomba, e não mais ecoa
um som — silêncio tão profundo
que dorme o coração do Mundo.

    Sob a cadeira vasta e vaga
serpentes há qual rocha aziaga,
1875 lobos também no chão, horror,
lá Beren jaz em grão torpor:
nem pensamento ou sonho leva
em sua mente imersa em treva.
    "Avante! A hora já chegou,
1880 de Angband o senhor tombou!
Desperta! Estamos sós, lamento,
ante o pavoroso assento."
A voz ele ouve no abandono
dos fundos poços do seu sono;
1885 mão suave e fresca como flor
lhe roça a face pra compor

in slowly wandering wonder round,
and slow were in enchantment bound.
1855 *Their will wavered, and their fire failed,*
and as beneath his brows they paled,
the Silmarils like stars were kindled
that in the reek of Earth had dwindled
escaping upwards clear to shine,
1860 *glistening marvellous in heaven's mine.*

Then flaring suddenly they fell,
down, down upon the floors of hell.
The dark and mighty head was bowed;
like mountain-top beneath a cloud
1865 *the shoulders foundered, the vast form*
crashed, as in overwhelming storm
huge cliffs in ruin slide and fall;
and prone lay Morgoth in his hall.
His crown there rolled upon the ground,
1870 *a wheel of thunder; then all sound*
died, and a silence grew as deep
as were the heart of Earth asleep.

Beneath the vast and empty throne
the adders lay like twisted stone,
1875 *the wolves like corpses foul were strewn;*
and there lay Beren deep in swoon:
no thought, no dream nor shadow blind
moved in the darkness of his mind.
'Come forth, come forth! The hour hath knelled,
1880 *and Angband's mighty lord is felled!*
Awake, awake! For we two meet
alone before the awful seat.'
This voice came down into the deep
where he lay drowned in wells of sleep;
1885 *a hand flower-soft and flower-cool*
passed o'er his face, and the still pool

a mente obtusa. Já peleja
pra despertar e já rasteja.
Rechaça a lupina pele,
1890 põe-se de pé, ali repele
treva e silêncio que retumba,
arfa qual vivo envolto em tumba.
Mas a seu lado ela já desce,
a Lúthien que estremece,
1895 força e magia desgastada,
e em seus braços cai cansada.

Ante seus pés vê ele então
gemas de Fëanor no chão,
com fogo branco na coroa
1900 de Morgoth, que tombar deixou-a.
Pra remover a peça vasta
de ferro a força não lhe basta;
tenta arrancar com mãos e gana
a meta da demanda insana,
1905 té recordar a manhã fria
em que lutou, grande porfia,
com Curufin; saca e alinha
o seu punhal que é sem bainha,
e testa o gume, frio qual gelo,
1910 que em Nogrod escutou com zelo
canções de armeiros dos Anãos
há tempos, martelos nas mãos.
Fende o ferro qual madeira,
malha d'anéis qual mole esteira.
1915 Recorta as garras do engaste,
separa e dobra cada haste;
a Silmaril retém na mão,
o brilho rubro passa então,
radioso, a carne através.
1920 Inclina-se, outra das três
sagradas joias sacar fora

of slumber quivered. Up then leaped
his mind to waking; forth he crept.
The wolvish fell he flung aside
1890 *and sprang unto his feet, and wide*
staring amid the soundless gloom
he gasped as one living shut in tomb.
There to his side he felt her shrink,
felt Lúthien now shivering sink,
1895 *her strength and magic dimmed and spent,*
and swift his arms about her went.

    Before his feet he saw amazed
the gems of Fëanor, that blazed
with white fire glistening in the crown
1900 *of Morgoth's might now fallen down.*
To move that helm of iron vast
no strength he found, and thence aghast
he strove with fingers mad to wrest
the guerdon of their hopeless quest,
1905 *till in his heart there fell the thought*
of that cold morn whereon he fought
with Curufin; then from his belt
the sheathless knife he drew, and knelt,
and tried its hard edge, bitter-cold,
1910 *o'er which in Nogrod songs had rolled*
of dwarvish armourers singing slow
to hammer-music long ago.
Iron as tender wood it clove
and mail as woof of loom it rove.
1915 *The claws of iron that held the gem,*
it bit them through and sundered them;
a Silmaril he clasped and held,
and the pure radiance slowly welled
red glowing through the clenching flesh.
1920 *Again he stooped and strove afresh*
one more of the holy jewels three

que Fëanor lavrou outrora.
Mas esses fogos têm sua sina;
ali sua história não termina.
1925 A faca de artesãos matreiros
feita em Nogrod por ferreiros
se parte em dois, e retinindo
voa qual dardo e ferindo
a fronte que está dormente
1930 de Morgoth; susto de repente
sentem os dois. Morgoth murmura
com voz de vento em sepultura,
em oca cova encerrado.
Respira então; alento arfado
1935 sai pela sala; Orque e besta
tremem no sonho de vil festa;
Balrogs agitam-se dormindo,
no alto, longe, lá vem vindo
eco no túnel que é vazio,
1940 uivo de lobo, longo e frio.

*****

Subindo por escada e rampa,
fantasmas a fugir da campa,
da raiz funda da montanha,
da ameaça que é tamanha,
1945 receio trêmulo, incontido,
no olho terror, medo no ouvido,
vão impelidos na batida
dos pés que voam em corrida.

    Perto do fim da longa via
1950 vem um lampejo que é do dia,
o amplo arco do portão —
novo terror aguarda então.
Desperto, alerta no limiar,
olhos com fogo a brilhar,

that Fëanor wrought of yore to free.
But round those fires was woven fate;
not yet should they leave the halls of hate.
1925 *The dwarvish steel of cunning blade*
by treacherous smiths of Nogrod made
snapped; then ringing sharp and clear
in twain it sprang, and like a spear
or errant shaft the brow it grazed
1930 *of Morgoth's sleeping head, and dazed*
their hearts with fear. For Morgoth groaned
with voice entombed, like wind that moaned
in hollow caverns penned and bound.
There came a breath; a gasping sound
1935 *moved through the halls, as Orc and beast*
turned in their dreams of hideous feast;
in sleep uneasy Balrogs stirred,
and far above was faintly heard
an echo that in tunnels rolled,
1940 *a wolvish howling long and cold.*

*****

Up through the dark and echoing gloom
as ghosts from many-tunnelled tomb,
up from the mountains' roots profound
and the vast menace underground,
1945 *their limbs aquake with deadly fear,*
terror in eyes, and dread in ear,
together fled they, by the beat
affrighted of their flying feet.

At last before them far away
1950 *they saw the glimmering wraith of day,*
the mighty archway of the gate —
and there a horror new did wait.
Upon the threshold, watchful, dire,
his eyes new-kindled with dull fire,

1955 é Carcharoth, sina constante:
a boca é túmulo hiante,
presas à mostra, língua em brasa;
que ninguém fuja de sua casa,
sombra ágil nem vulto caçado
1960 saia de Angband acossado.
Que fraude ou força há de passar
da morte à luz e escapar?

Escuta os passos à distância,
sente sutil, doce fragrância;
1965 fareja a vinda do casal
antes que o vejam no portal.
Espanta o sono, põe-se ativo,
alerta espreita. Ataque vivo
faz aos que passam em carreira,
1970 com uivos pela arcada inteira.
Mais rápido é o assalto, tanto
que é mais veloz do que um encanto;
Beren põe Lúthien de lado
e vai em frente desarmado
1975 pra sem defesa defender
Tinúviel do que vier.
Esquerda agarra o gasganete,
direita no olho já se mete —
a sua direita com luz pura
1980 em que a Silmaril segura.
Reluz ali, espada em fogo,
de Carcharoth a fauce, e logo
se fecha como alçapão,
do pulso ali arranca a mão,
1985 rasga tendão e rompe osso,
devora a mão esse colosso,
e a boca impura do terror
engole a joia e seu fulgor.

BEREN E LÚTHIEN

1955 *towered Carcharoth, a biding doom:*
his jaws were gaping like a tomb,
his teeth were bare, his tongue aflame;
aroused he watched that no one came,
no flitting shade nor hunted shape,
1960 *seeking from Angband to escape.*
Now past that guard what guile or might
could thrust from death into the light?

He heard afar their hurrying feet,
he snuffed an odour strange and sweet;
1965 *he smelled their coming long before*
they marked the waiting threat at door.
His limbs he stretched and shook off sleep,
then stood at gaze. With sudden leap
upon them as they sped he sprang,
1970 *and his howling in the arches rang.*
Too swift for thought his onset came,
too swift for any spell to tame;
and Beren desperate then aside
thrust Lúthien, and forth did stride
1975 *unarmed, defenceless to defend*
Tinúviel until the end.
With left he caught at hairy throat,
with right hand at the eyes he smote —
his right, from which the radiance welled
1980 *of the holy Silmaril he held.*
As gleam of swords in fire there flashed
the fangs of Carcharoth, and crashed
together like a trap, that tore
the hand about the wrist, and shore
1985 *through brittle bone and sinew nesh,*
devouring the frail mortal flesh;
and in that cruel mouth unclean
engulfed the jewel's holy sheen.

Uma página isolada traz cinco linhas a mais no processo da composição:

> Ao muro então Beren vai ter,
> co'a esquerda tenta proteger
> a bela Lúthien, que chora
> vendo sua dor, e que agora
> ao chão se abate com angústia.[7]

Tendo abandonado, por volta do final de 1931, *A Balada de Leithian* neste ponto do conto de Beren e Lúthien, meu pai havia, em grande parte, chegado à forma final *em estrutura narrativa* — conforme representado no *Silmarillion* publicado. Apesar de ter feito, após completar seu trabalho em *O Senhor dos Anéis*, algumas extensas revisões em *A Balada de Leithian*, tal como esta ficara desde 1931 (ver o Apêndice, p. 321), parece certo que ele jamais estendeu a história mais além em versos, exceto por este trecho encontrado em uma folha separada, encabeçada "um fragmento do final do poema":

> Onde o riacho passa a mata
> e cada tronco de remata
> em alta copa, carregada
> casca de sombra pintalgada
> junto ao verde, claro rio,
> vem pelas folhas arrepio,
> sussurro em vento no ligeiro
> silêncio calmo; vem do outeiro
> alento como de quem dorme,
> eco de morte, frio enorme:
> "De longa sombra é a trilha

---

[7] Against the wall then Beren reeled / but still with his left he sought to shield / fair Lúthien, who cried aloud / to see his pain, and down she bowed / in anguish sinking to the ground.

que nenhum pé jamais palmilha,
sobre a colina, além do mar!
Longe é o País do Bem-Estar,
mais longe é o dos Perdidos,
lá estão os Mortos, esquecidos.
Sem lua, voz, e sem ruído
de coração; fundo gemido
em cada era, quando a era
acaba. O País da Espera
dos Mortos é longe a buscar,
sentam em sombra, sem luar."[8]

[8]'Where the forest-stream went through the wood, / and silent all the stems there stood / of tall trees, moveless, hanging dark / with mottled shadows on their bark / above the green and gleaming river, / there came through leaves a sudden shiver, / a windy whisper through the still / cool silences; and down the hill, / as faint as a deep sleeper's breath, / an echo came as cold as death: / 'Long are the paths, of shadow made / where no foot's print is ever laid, / over the hills, across the seas! / Far, far away are the Lands of Ease, / but the Land of the Lost is further yet, / where the Dead wait, while ye forget. / No moon is there, no voice, no sound / of beating heart; a sigh profound / once in each age as each age dies / alone is heard. Far, far it lies, / the Land of Waiting where the Dead sit, / in their thought's shadow, by no moon lit.'

O QUENTA SILMARILLION

Nos anos seguintes, meu pai voltou-se para uma nova versão em prosa da história dos Dias Antigos, e essa se encontra em um manuscrito que leva o título de *Quenta Silmarillion*, ao qual me referirei como "QS". Dos textos intermediários entre ele e seu antecessor, o *Quenta Noldorinwa* (p. 105), agora não há mais rastro, apesar de que devam ter existido; mas desde o ponto em que a história de Beren e Lúthien entra na história do *Silmarillion* existem diversos rascunhos, mormente incompletos, devido à longa hesitação de meu pai entre versões mais compridas e mais curtas da lenda. Uma versão mais completa, que para esse fim pode ser chamada "QS I", foi abandonada, por ser muito longa, no ponto em que o Rei Felagund, em Nargothrond, dá a coroa a seu irmão, Orodreth (p. 111, extrato do *Quenta Noldorinwa*).

Seguiu-se um rascunho muito rudimentar da história inteira e este foi a base de uma segunda versão "breve", "QS II", preservada no mesmo manuscrito de QS I. Foi principalmente dessas duas versões que derivei a história de Beren e Lúthien conforme foi contada no *Silmarillion* publicado.

A feitura de QS II ainda era uma obra em andamento em 1937, mas naquele ano surgiram considerações bem à parte da história dos Dias Antigos. Em 21 de setembro, *O Hobbit* foi publicado pela Allen & Unwin e fez sucesso imediato, mas ele trouxe consigo grande pressão para que meu pai escrevesse mais um livro sobre hobbits. Em outubro ele disse, em uma carta a Stanley Unwin, presidente da Allen & Unwin, que estava "um pouco perturbado. Não consigo pensar em mais nada para se dizer sobre *hobbits*. O Sr. Bolseiro parece ter exibido de modo tão completo tanto o lado Tûk como o Bolseiro de sua natureza. Mas tenho muito a dizer, e muito já escrito, apenas sobre o mundo no qual o hobbit se intrometeu". Disse que queria uma opinião sobre o valor daqueles escritos sobre o tema do "mundo no qual o hobbit se intrometeu"; e montou uma coleção de manuscritos, que mandou a Stanley Unwin em 15 de novembro de 1937. Estava incluído na coleção QS II, a qual alcançara o momento em que Beren tomou na mão a Silmaril que cortara da coroa de Morgoth.

Muito tempo depois fiquei sabendo que a lista dos manuscritos consignados por meu pai redigida na Allen & Unwin continha, além de *Mestre Gil de Ham*, *Sr. Bliss* e *A Estrada Perdida*, dois elementos referidos como *Poema Longo* e *O Material dos Gnomos*, títulos que levam uma sugestão de desesperança. Obviamente os manuscritos importunos pousaram na escrivaninha da Allen & Unwin sem explicação adequada. Contei em detalhes a estranha história dessa consignação em um apêndice de *As Baladas de Beleriand* (1985), mas, para ser breve, é dolorosamente evidente que o *Quenta Silmarillion* (incluído no "Material dos Gnomos", junto com quaisquer outros textos que possam ter recebido esse nome) jamais chegou ao leitor da editora — exceto por algumas poucas páginas que foram anexadas independentemente (e, nessas circunstâncias, muito enganosamente) em *A Balada de Leithian*. Ele ficou totalmente perplexo e propôs uma solução para a relação entre o Poema Longo e este fragmento (muito aprovado) da obra em prosa (isto é, do *Quenta Silmarillion*) que era (de modo bem compreensível) radicalmente incorreta. Escreveu um relatório intrigado transmitindo sua opinião, por cima do qual um membro da equipe escreveu, também de modo bem compreensível: "O que é que vamos fazer?"

O resultado de uma trama de mal-entendidos subsequentes foi que meu pai, totalmente inconsciente do fato de que o *Quenta Silmarillion* não fora realmente lido por ninguém, disse a Stanley Unwin que se alegrava, pois pelo menos não fora rejeitado "com desdém" e que já esperava com certeza "um dia ser capaz, ou de ter os meios, de publicar o Silmarillion!".

Enquanto QS II estava com a editora, ele continuou a narrativa em um manuscrito adicional, que falava da morte de Beren na *Caçada ao Lobo Carcharoth*, pretendendo copiar o novo texto em QS II quando os textos fossem devolvidos; mas quando foram, em 16 de dezembro de 1937, ele pôs *O Silmarillion* de lado. Ainda perguntou, em uma carta para Stanley Unwin naquela data: "E o que mais hobbits podem fazer? Eles podem ser cômicos, mas sua comédia é suburbana, a menos que seja colocada junto de coisas mais elementares." Mas três dias depois, em 19 de dezembro de 1937, ele anunciou à Allen and Unwin: "Escrevi o primeiro capítulo de uma nova história sobre Hobbits — 'Uma festa muito esperada'."

Foi neste ponto, como escrevi no Apêndice de *Os Filhos de Húrin*, que a tradição contínua e em evolução de *O Silmarillion*, no modo sumarizante do *Quenta*, chegou ao fim, abatida em pleno voo, na partida de Túrin de Doriath para se tornar um proscrito. Nos anos seguintes a história posterior, a partir daquele ponto, permaneceu na forma comprimida e pouco desenvolvida do *Quenta* de 1930, por assim dizer congelada, enquanto as grandes estruturas da Segunda e Terceira Eras surgiam com a composição de *O Senhor dos Anéis*. Mas essa história posterior era de importância cardinal nas lendas antigas, pois os relatos que a concluíam (derivadas do *Livro dos Contos Perdidos* original) falavam da história desastrosa de Húrin, pai de Túrin, depois que Morgoth o libertou, e da ruína dos reinos élficos de Nargothrond, Doriath e Gondolin, que Gimli decantou nas minas de Moria muitos milhares de anos mais tarde.

O mundo era belo, a montanha era alta
Nos Dias Antigos antes da falta
Em Nargothrond dos reis e também
Em Gondolin, que agora além
Passaram do Mar do Oeste profundo [...]⁹

E seria esta a coroa e a conclusão de tudo: o destino dos Elfos noldorin em seu longo combate contra o poder de Morgoth, e os papéis que Húrin e Túrin desempenharam nessa história, terminando no *Conto de Eärendil*, que escapou da ruína em chamas de Gondolin.

Muitos anos mais tarde, meu pai escreveu em uma carta (16 de julho de 1964): "Ofereci-lhes as lendas dos Dias Antigos, mas os leitores deles recusaram-nas. Queriam uma continuação. Mas eu queria lendas heroicas e alto romance. O resultado foi *O Senhor dos Anéis*."

Quando *A Balada de Leithian* foi abandonada, não havia relato explícito do que se seguiu ao momento em que "os dentes de Carcharoth se juntaram como uma armadilha" na mão de Beren, que agarrava a Silmaril; para isso precisamos recuar até o *Conto de Tinúviel* original (pp. 71–4), no qual havia uma história sobre a fuga desesperada de Beren e Lúthien, da caçada vinda de Angband em sua perseguição e de como Huan os encontrou e os guiou de volta para Doriath. No *Quenta Noldorinwa* (p. 155) meu pai disse a esse respeito, simplesmente, que "pouco há para contar".

Na história final do retorno de Beren e Lúthien a Doriath, a mudança principal (e radical) a ser notada é o modo como escaparam dos portões de Angband depois de Beren ser ferido por

---

⁹ *The world was fair, the mountains tal, / in Elder Days before the fall / of mighty kings in Nargothrond / And Gondolin, who now beyond / the Western Seas have passed away . . .*

Carcharoth. Esse evento, que *A Balada de Leithian* não alcançou, é contado nas palavras de *O Silmarillion*:

Assim a demanda da Silmaril tinha tudo para terminar em ruína e desespero; mas naquela hora, acima da muralha do vale, três aves poderosas apareceram voando para o Norte com asas mais velozes que o vento.

Entre todas as aves e feras as andanças e os apuros de Beren eram conhecidos, e o próprio Huan pedira a todas as coisas que vigiassem para que pudessem lhe dar auxílio. Muito acima do reino de Morgoth, Thorondor e seus vassalos se alçaram e, vendo então a loucura do Lobo e a queda de Beren, desceram velozmente enquanto os poderes de Angband se libertavam do embaraço do sono. Então eles ergueram Beren e Lúthien da terra e os levaram para dentro das nuvens. [...]

(Ao passarem alto sobre as terras) ela chorava, pois pensava que Beren certamente morreria; ele não dizia palavra, nem abria os olhos e dali em diante nada soube de seu voo. E enfim as águias os depuseram nas fronteiras de Doriath, e haviam chegado ao mesmo vale de onde Beren fugira em desespero, deixando Lúthien adormecida.

Lá as águias deitaram-na ao lado de Beren e retornaram para os picos das Crissaegrim e seus altos ninhos; mas Huan veio até Lúthien, e juntos cuidaram de Beren, tal como antes, quando ela o curou da ferida que Curufin lhe fizera. Mas essa nova ferida era cruel e cheia de veneno. Longamente jazeu Beren, e seu espírito vagou pelas fronteiras escuras da morte, conhecendo sempre uma angústia que o perseguia de sonho a sonho. Então, de repente, quando a esperança dela quase se esvaíra, ele despertou de novo e olhou para cima, vendo folhas contra o céu; e ouviu cantar a seu lado sob as folhas, suave e devagar, Lúthien Tinúviel. E era primavera de novo.

Daí por diante Beren recebeu o nome de Erchamion, isto é, o Uma-Mão; e o sofrimento ficou gravado em seu rosto. Mas, por fim, ele foi trazido de volta à vida pelo amor de Lúthien e levantou-se, e juntos eles caminharam pelos bosques uma vez mais.

O *QUENTA SILMARILLION*

A história de Beren e Lúthien foi agora contada do modo como evoluiu em prosa e verso por mais de vinte anos do *Conto de Tinúviel* original. Após a hesitação inicial, Beren, cujo pai era primeiro Egnor, o Couteiro, do povo élfico chamado Noldoli, traduzido como "Gnomos", tornou-se filho de Barahir, um chefe dos homens e líder de um bando de rebeldes escondidos da odiosa tirania de Morgoth. Emergiu a história memorável (em 1925, em *A Balada de Leithian*) da traição de Gorlim e do assassinato de Barahir (p. 88 e seguintes) e, enquanto Vëannë, que contou o "conto perdido", nada sabia do que levara Beren a Artanor e supunha que fosse uma simples predileção por caminhadas (p. 38), após a morte do pai ele tornou-se um inimigo muito afamado de Morgoth, forçado a fugir rumo ao Sul, onde ele abre a história de Beren e Tinúviel ao espiar no crepúsculo por entre as árvores da floresta de Thingol.

Muito notável é a história, como foi relatada em *O Conto de Tinúviel*, do cativeiro de Beren em viagem a Angband na demanda de uma Silmaril, por Tevildo, Príncipe dos Gatos; também o é a total transformação subsequente dessa história. Mas se dissermos que o castelo dos gatos "é" a torre de Sauron em Tol-in-Gaurhoth, "Ilha dos Lobisomens", isso só pode ser, como observei em outro lugar, no sentido de que ele ocupa o mesmo "espaço" na narrativa. Além disso não há por que buscar semelhanças, ainda que nebulosas, entre os dois estabelecimentos. Os monstruosos gatos comilões, suas cozinhas e seus terraços de tomar sol e seus cativantes nomes élfico-felinos *Miaugion*, *Miaulë*, *Meoita*, todos desapareceram sem deixar rastro. Mas além de seu ódio pelos cães (e a importância na história da repugnância mútua entre Huan e Tevildo) é evidente que os habitantes do castelo não são gatos comuns: é muito notável este trecho do *Conto* (p. 65) acerca do "segredo dos gatos e o feitiço que Melko lhe havia confiado [a Tevildo]":

e essas eram palavras de magia que mantinham unidas as pedras de sua casa maligna e com as quais ele mantinha sob seu domínio todos os animais da gataria, enchendo-os com um poder do mal além de sua natureza, pois por muito tempo foi dito que Tevildo era um fata maligno em forma de animal.

Também é interessante observar nesse trecho, como em outros lugares, o modo com que aspectos e incidentes do conto original podem ressurgir, mas com aparência totalmente diferente, oriundos de um conceito narrativo totalmente alterado. No antigo *Conto* Tevildo foi obrigado por Huan a revelar o feitiço, e quando Tinúviel o pronunciou "a casa de Tevildo estremeceu e veio de dentro dela uma hoste de habitantes" (que era uma hoste de gatos). No *Quenta Noldorinwa* (p. 150), quando Huan derrotou o terrível mago-lobisomem Thû, o Necromante, em Tol-in-Gaurhoth, "obteve dele as chaves e os feitiços que mantinham unidas suas muralhas e torres encantadas. Assim o baluarte foi rompido, e as torres foram derrubadas, e os calabouços, abertos. Muitos cativos foram libertados [...]".

Mas aqui nos aproximamos da principal mudança na história de Beren e Lúthien, quando ela foi combinada com a lenda de Nargothrond, totalmente distinta. Por meio do juramento de amizade imorredoura e auxílio feito a Barahir, pai de Beren, Felagund, fundador de Nargothrond, foi trazido para dentro da demanda da Silmaril por Beren (p. 122, versos 157 e seguintes); e foi acrescentada a história dos Elfos de Nargothrond que, disfarçados de Orques, foram capturados por Thû e terminaram seus dias nos pavorosos calabouços de Tol-in-Gaurhoth. A demanda da Silmaril também envolveu Celegorm e Curufin, filhos de Fëanor e presenças poderosas em Nargothrond, pelo juramento destrutivo que os fëanorianos fizeram, de vingança contra qualquer um "que tiver ou tomar ou mantiver uma Silmaril contra a vontade deles". O cativeiro de Lúthien em Nargothrond, do qual Huan a resgatou, envolveu-a nos desígnios e ambições de Celegorm e Curufin: pp. 172–4, versos 243–72.

Resta o aspecto da história que é também seu fim, e de significado primário, segundo creio, na mente de seu autor.

A primeira referência aos destinos de Beren e Lúthien após a morte de Beren na caçada de Carcharoth está em *O Conto de Tinúviel*, mas nessa época tanto Beren quanto Lúthien eram Elfos. Ali foi dito (p. 80):

"Tinúviel, esmagada pelo pesar, não encontrando consolo nem luz no mundo todo, o seguiu depressa ao longo daqueles caminhos escuros que todos precisam trilhar a sós. Ora, sua beleza e seu suave encanto tocaram o próprio coração frio de Mandos, de forma que permitiu que ela o reconduzisse [Beren] ao mundo, o que jamais foi feito desde então a nenhum Homem ou Elfo [...]. Porém, Mandos disse aos dois: 'Ó Elfos, eis que não vos dispenso a uma vida de perfeita alegria, pois tal não se pode encontrar mais em todo o mundo onde se assenta Melko do coração maligno — e sabei que vos tornareis mortais, bem como os Homens, e quando viajardes outra vez para cá será para sempre [...]'"

Nesse trecho fica claro que Beren e Lúthien tiveram uma história posterior na Terra-média ("seus feitos depois disso foram muito grandes e há muitos relatos a esse respeito"), mas ali não se diz nada além de que eles são *i-Cuilwarthon*, os Mortos que Vivem Outra Vez, e que "tornaram-se fadas poderosas nas terras junto ao norte de Sirion".

Em outro dos *Contos Perdidos*, "A Chegada dos Valar", há um relato daqueles que chegaram a Mandos (o nome de seus paços assim como o do Deus, cujo verdadeiro nome era Vê):

Para ali em dias posteriores iam os Elfos de todos os clãs que por má sina eram mortos com armas ou morriam de pesar pelos que foram mortos — e somente assim podiam os Eldar morrer, e mesmo assim era apenas por pouco tempo. Ali Mandos pronunciava sua sina, e ali esperavam na treva, sonhando de seus feitos passados, até o momento por ele determinado quando podiam renascer em seus filhos, e partir para rirem e cantarem outra vez.

Com isso podem-se comparar os versos isolados de *A Balada de Leithian* mostrados nas págs. 282-83 acerca de "longe é o dos Perdidos [...] lá estão os Mortos, esquecidos":

> Sem lua, voz e sem ruído
> de coração; fundo gemido
> em cada era, quando a era
> acaba. O País da Espera
> dos Mortos é longe a buscar,
> sentam em sombra, sem luar.

O conceito de que os Elfos só morriam de ferimentos com armas, ou de pesar, manteve-se e aparece no *Silmarillion* publicado:

Pois os Elfos não morrem até que o mundo morra, a menos que sejam assassinados ou feneçam de pesar (e a essas duas mortes aparentes eles estão sujeitos); nem a idade subjulga a força deles, a menos que fiquem exaustos após dez mil séculos; e, morrendo, são recolhidos aos salões de Mandos em Valinor, do qual podem, a seu tempo, retornar. Mas os filhos dos Homens morrem de fato, e deixam o mundo; donde são chamados os Hóspedes, ou os Forasteiros. A morte é sua sina, o dom de Ilúvatar, o qual, conforme se desgasta o Tempo, até os Poderes hão de invejar.

Parece-me que as palavras de Mandos em *O Conto de Tinúviel* acima mencionadas, "*vos tornareis mortais, bem como os Homens, e quando viajardes outra vez para cá será para sempre*", implicam que ele estava extirpando seu destino como Elfos: tendo morrido como podiam morrer os Elfos, não nasceriam de novo e sim lhes seria permitido — singularmente — deixarem Mandos ainda em suas próprias naturezas. No entanto, pagariam um preço, pois quando morressem pela segunda vez não haveria possibilidade de retorno, nenhuma "morte aparente", mas sim a morte que os Homens precisam sofrer por sua natureza.

Mais tarde, no *Quenta Noldorinwa*, está dito (p. 157) que "Lúthien minguou e desvaneceu depressa e desapareceu da terra [...]. E ela chegou aos paços de Mandos e cantou-lhe um conto de amor tocante tão belo que ele se comoveu à piedade, como nunca acontecera até então".

Ele convocou Beren, e assim, como Lúthien jurara ao beijá-lo na hora da morte, eles se encontraram além do mar ocidental. E Mandos permitiu que partissem, mas disse que Lúthien *deveria tornar-se mortal assim como seu amado* e deveria deixar a terra mais uma vez *à maneira das mulheres mortais* e sua beleza se tornaria somente uma lembrança nas canções. Assim foi, mas dizem que depois, como recompensa, Mandos concedeu a Beren e a Lúthien uma longa duração de vida e felicidade, e vagaram sem conhecer sede nem frio na bela terra de Beleriand, e depois disso nenhum Homem mortal falou com Beren ou sua esposa.

No texto esboçado da história de Beren e Lúthien preparado para o *Quenta Silmarillion* (mencionado na p. 285), surge a ideia da "escolha de destino" proposta a Beren e Lúthien diante de Mandos:

E esta foi a escolha que decretou para Beren e Lúthien. Haveriam agora de habitar em Valinor, até o fim do mundo, em felicidade, mas no fim Beren e Lúthien deveriam ir cada um ao que fora determinado para sua gente, quando todas as coisas forem mudadas: e sobre o pensamento de Ilúvatar acerca dos Homens Manwë [Senhor dos Valar] nada sabe. Ou poderiam retornar à Terra-média sem certeza de felicidade nem de vida; então Lúthien dever-se-ia tornar mortal como Beren e sujeita a uma segunda morte e no fim deveria deixar a terra para sempre, e sua beleza se tornaria apenas uma lembrança nas canções. E escolheram esse destino, de que assim, qualquer que fosse o pesar em seu futuro, seus destinos haveriam de se unir e suas trilhas prosseguirem juntas para além dos confins do mundo. Assim foi que Lúthien, só ela entre os Eldalië, morreu e deixou o mundo muito tempo atrás, porém foi por ela que as Duas Gentes se uniram, e ela é antepassada de muitos.

Este conceito da "Escolha de Destino" foi mantido, mas em forma diferente, como se vê em *O Silmarillion*: as escolhas foram impostas apenas a Lúthien e foram mudadas. Lúthien ainda pode deixar Mandos e habitar em Valinor até o fim do mundo, por causa de sua labuta e seu pesar e porque é filha de Melian; mas Beren não pode chegar até lá. Assim, se ela aceitar o primeiro destino, eles têm de se separar agora e para sempre: pois ele não pode escapar ao seu próprio destino, não pode escapar à Morte, que é a Dádiva de Ilúvatar e não pode ser recusada.

Restava a segunda escolha e foi esta que ela fez. Só assim Lúthien poderia se unir a Beren "além do mundo": ela própria teria de mudar o destino de seu ser, teria de se tornar mortal e morrer de fato.

Como eu disse, a história de Beren e Lúthien não terminou com o julgamento de Mandos, e algum relato dela, de suas consequências, e da história da Silmaril que Beren cortou da coroa de ferro de Morgoth, precisa ser dado. Há dificuldades para que isso seja feito da forma que escolhi para este livro, especialmente porque o papel desempenhado por Beren em sua segunda vida está conectado com aspectos da história da Primeira Era que lançariam uma rede demasiado ampla para a finalidade deste livro.

Observei (p. 105) a respeito do *Quenta Noldorinwa* de 1930, que se seguiu ao *Esboço da Mitologia* e era muito mais longo que ele, que continuava sendo "uma compressão, um relato compendioso"; o título da obra afirma que é "a breve história dos Noldoli ou Gnomos, retirada do *Livro dos Contos Perdidos*". Sobre esses textos "resumidores" eu escrevi em *A Guerra das Joias* (1994): "Nestas versões meu pai tomava por base (enquanto, é claro, também desenvolvia e estendia) longas obras que já existiam em prosa ou verso e, no *Quenta Silmarillion,* ele aperfeiçoou esse tom característico, melodioso, grave, elegíaco, carregado com a sensação de perda e distância temporal, que reside parcialmente, conforme creio, no fato literário de que ele trazia para uma breve história compendiosa o que também podia ver de forma muito mais detalhada, imediata e dramática. Com a finalização da grande 'intrusão' e partida de *O Senhor dos Anéis*, parece que ele voltou aos Dias Antigos com o desejo de retomar a escala muito mais ampla que iniciara muito antes, em *O Livro dos Contos Perdidos*. Terminar o *Quenta Silmarillion* continuou sendo uma meta; mas os 'grandes contos', vastamente evoluídos desde suas formas originais — de onde deveriam derivar seus capítulos posteriores — jamais foram concluídos."

Aqui tratamos de uma história que remonta ao último dos *Contos Perdidos* que foi escrito, onde tinha o nome *O Conto do Nauglafring*: era esse o nome original do *Nauglamír*, o Colar dos Anãos. Mas aqui chegamos ao ponto mais remoto do trabalho de meu pai sobre os Dias Antigos na época que se seguiu ao término de *O Senhor dos Anéis*: não há nova narrativa. Para citar novamente minha discussão em *A Guerra das Joias*, "é como se chegássemos à beira de um grande penhasco e baixássemos a vista, de um planalto erguido em alguma era posterior, para uma antiga planície muito mais abaixo. Para a história do Nauglamír e da destruição de Doriath [...] precisamos recuar mais de um quarto de século até o *Quenta Noldorinwa* ou mais além." É ao *Quenta Noldorinwa* (ver p. 105) que me voltarei agora, dando o texto relevante de forma pouco abreviada.

O conto começa com a história posterior do grande tesouro de Nargothrond que foi tomado pelo maléfico dragão Glómund. Após a morte de Glómund, morto por Túrin Turambar, Húrin, pai de Túrin, veio com alguns poucos proscritos da floresta a Nargothrond, que até então ninguém, fosse Orque, Elfo ou Homem, tinha ousado saquear, por pavor do espírito de Glómund e mesmo de sua lembrança. Mas lá encontraram um certo Mîm, o Anão.

O RETORNO DE
BEREN E LÚTHIEN
DE ACORDO COM O
QUENTA NOLDORINWA

Ora, Mîm encontrara desprotegidos os paços e o tesouro de Nargothrond; e tomou posse deles, e sentou-se ali, contente, manuseando o ouro e as gemas, e deixando-os sempre correr por entre as mãos; e ligou-os a si com muitos feitiços. Mas a gente de Mîm era pouco numerosa, e os proscritos, repletos de desejo pelo tesouro, os mataram, apesar de Húrin ter preferido detê-los; e ao morrer Mîm amaldiçoou o ouro.

[Húrin foi ter com Thingol e buscou seu auxílio, e a gente de Thingol levou o tesouro às Mil Cavernas; depois Húrin partiu.]

Então o encantamento do maldito ouro do dragão começou a se abater sobre o próprio rei de Doriath, e por longo tempo ele esteve sentado contemplando-o, e a semente do amor pelo ouro que estava em seu coração foi despertada e cresceu. Portanto, convocou os maiores dentre todos os artífices que havia então no mundo ocidental, visto que Nargothrond não mais existia (e Gondolin não era conhecida), os Anãos de Nogrod e Belegost, para que moldassem o ouro e a prata e as gemas (pois muita coisa ainda estava por elaborar) em incontáveis recipientes e belos objetos; e haveriam de fazer um maravilhoso colar de grande beleza, no qual seria suspensa a Silmaril.[10]

Mas os Anãos, ao chegarem, foram imediatamente acometidos pela cobiça e pelo desejo do tesouro, e conspiraram traição. Disseram um ao outro: "Acaso esta fortuna não é direito dos Anãos tanto quanto do rei élfico e não foi ela arrebatada maldosamente de Mîm?" Porém cobiçavam também a Silmaril. E Thingol, caindo mais fundo na servidão do feitiço, restringiu de sua parte a recompensa prometida pelo trabalho; e ergueram-se entre eles palavras amargas e houve batalha nos paços de Thingol. Ali foram mortos muitos Elfos e Anãos, e a colina tumular onde foram postos em Doriath foi chamada Cûm-nan-Arasaith, o Morro da Avareza. Mas o restante dos Anãos foi expulso sem recompensa nem paga.

Portanto, reunindo novas forças em Nogrod e em Belegost, eles acabaram voltando e, auxiliados pela traição de certos Elfos nos quais recaíra a cobiça do tesouro maldito, entraram secretamente em Doriath.

Ali surpreenderam Thingol numa caçada, apenas com pequena companhia armada; e Thingol foi morto, e a fortaleza das Mil Cavernas foi tomada de surpresa e saqueada; e assim foi levada muito próxima da ruína a glória de Doriath, e somente um baluarte dos Elfos [Gondolin] contra Morgoth restava ainda, e se avizinhava o crepúsculo deles.

Os Anãos não conseguiram prender nem ferir a rainha Melian, e ela partiu em busca de Beren e Lúthien. Ora, a estrada anânica para Nogrod e Belegost nas Montanhas Azuis passava por Beleriand Oriental e pelas matas em redor do Rio Gelion, onde

---

[10]Uma versão posterior da história acerca do Nauglamír contou que ele fora feito muito tempo antes, por artífices dos Anãos, para Felagund, e que foi o único tesouro que Húrin trouxe de Nargothrond e deu a Thingol. A tarefa que Thingol deu aos Anãos em seguida foi *refazer* o Nauglamír e engastar nele a Silmaril que estava em seu poder. Esta é a forma da história no *Silmarillion* publicado. [N. E.]

foram outrora os campos de caça de Damrod e Díriel, filhos de Fëanor. Ao sul dessas terras, entre o rio Gelion e as montanhas, ficava a terra de Ossiriand, e ali viviam e vagavam, ainda em paz e contentamento, Beren e Lúthien, naquele tempo de prorrogação que Lúthien ganhara antes que ambos morressem, e sua gente era os Elfos Verdes do Sul. Mas Beren não ia mais à guerra, e sua terra estava repleta de graça e abundância de flores, e os Homens costumavam chamá-la Cuilwarthien, a Terra dos Mortos que Vivem.

Ao norte dessa região está um vau que atravessa o rio Ascar, e esse vau chama-se Sarn Athrad, o Vau das Pedras. Esse vau os Anãos precisavam atravessar antes de alcançarem as passagens das montanhas que conduziam aos seus lares; e ali Beren combateu seu último combate, alertado por Melian da chegada deles. Nessa batalha os Elfos Verdes atacaram os Anãos de surpresa quando estes estavam no meio da travessia, carregados de butim; e os chefes anânicos foram mortos, assim como quase toda a sua hoste. Mas Beren tomou o Nauglamír, o Colar dos Anãos, do qual pendia a Silmaril; e dizem e cantam que Lúthien, envergando no peito branco esse colar e essa joia imortal, era a visão de maior beleza e glória que jamais foi vista fora dos reinos de Valinor, e que por um momento a Terra dos Mortos que Vivem se tornou como uma visão da terra dos Deuses, e desde então nenhum lugar foi tão belo, tão frutífero ou tão repleto de luz.

Porém Melian os alertava sempre da maldição que residia no tesouro e na Silmaril. O tesouro, de fato, haviam afundado no rio Ascar e deram a este o novo nome de Rathlorion, Leito D'Ouro, porém guardaram a Silmaril. E logo partiu a breve hora de graça da terra de Rathlorion. Pois Lúthien minguou como Mandos dissera, bem como minguaram os Elfos de dias posteriores e desapareceu do mundo[11]; e Beren morreu, e ninguém sabe onde será o seu reencontro.

---

[11] A maneira da morte de Lúthien está marcada para correção; mais tarde meu pai escreveu junto a ela: "Porém tem sido cantado que apenas Lúthien, dentre os Elfos, foi contada entre os de nossa raça e vai aonde vamos nós, a um destino além do mundo." [N. E.]

Depois disso Dior, herdeiro de Thingol, filho de Beren e Lúthien, foi rei na floresta: o mais belo de todos os filhos do mundo, pois sua raça era tríplice: dos mais belos e excelentes entre os Homens, e dos Elfos, e dos espíritos divinos de Valinor; porém isso não o blindou do destino da jura dos filhos de Fëanor. Pois Dior retornou a Doriath e por algum tempo parte da sua antiga glória ergueu-se de novo, apesar de Melian não mais habitar ali, e ela partiu para a terra dos Deuses além do mar ocidental, para refletir sobre seus pesares nos jardins de onde provinha.

Mas Dior usava a Silmaril no peito, e a fama dessa joia ia a todas as partes; e a jura imortal foi mais uma vez desperta do sono.

Pois, enquanto Lúthien usava essa gema sem par, nenhum Elfo ousava acometê-la, e nem mesmo Maidros ousava ponderar tal pensamento. Mas agora, ouvindo acerca da renovação de Doriath e da altivez de Dior, os sete voltaram a se reunir de suas andanças e mandaram dizer a Dior que reivindicavam o que era deles. Mas ele não quis lhes ceder a joia, e eles o atacaram com toda a sua hoste; e assim ocorreu a segunda matança de Elfos por Elfos, e a mais dolorosa. Tombaram ali Celegorm e Curufin e o moreno Cranthir, mas Dior foi morto, e Doriath foi destruída e jamais se reergueu.

No entanto, os filhos de Fëanor não conquistaram a Silmaril, pois servos fiéis fugiram deles e levaram consigo Elwing, filha de Dior, e ela escapou, e carregaram consigo o Nauglafring e chegaram por fim à foz do rio Sirion junto ao mar.

[Em um texto um pouco posterior ao *Quenta Noldorinwa*, a forma mais primitiva de *Os Anais de Beleriand*, a história foi alterada, com Dior retornando a Doriath enquanto Beren e Lúthien ainda viviam em Ossiriand; e o que lhe aconteceu ali contarei nas palavras de *O Silmarillion*:

Chegou uma noite de outono e, quando já se fazia tarde, alguém chegou e bateu aos portões de Menegroth, pedindo para ser admitido à presença do Rei. Era um senhor dos Elfos Verdes, vindo com pressa de Ossiriand, e os guardiões do portão o trouxeram até onde Dior se sentava sozinho em sua câmara; e ali, em silêncio, deu ele ao Rei um cofre e partiu. Mas naquele cofre jazia o Colar dos Anãos, no qual estava a Silmaril; e Dior, olhando para ela, soube que era um sinal de que Beren Erchamion e Lúthien Tinúviel tinham morrido de fato e partido para onde vai a raça dos Homens, para um fado além do mundo.

Longamente Dior contemplou a Silmaril, que seu pai e sua mãe haviam trazido, além da esperança, do terror de Morgoth; e grande foi sua tristeza pela morte ter chegado a eles tão cedo.]

EXTRATO
DO *CONTO PERDIDO*
DO NAUGLAFRING

Aqui tomarei distância da cronologia da composição e me voltarei para o *Conto Perdido* do Nauglafring. A razão para isso é que o trecho dado aqui é um notável exemplo do modo expansivo, observante de detalhes visuais e muitas vezes dramáticos, adotado por meu pai nos dias iniciais de *O Silmarillion*; mas o *Conto Perdido* como um todo estende-se em ramificações desnecessárias neste livro. Um sumário muito breve da batalha junto ao Sarn Athrad, o Vau Pedregoso, aparece, portanto, no texto do *Quenta* (p. 299), enquanto que aqui se segue o relato muito mais completo do *Conto Perdido*, com o duelo entre Beren e Naugladur, senhor dos Anãos de Nogrod nas Montanhas Azuis.

O trecho começa com a aproximação dos Anãos, liderados por Naugladur, ao Sarn Athrad, ao retornarem do saque das Mil Cavernas.

Então toda aquela hoste chegou [ao rio Ascar], e sua disposição era esta: primeiro um certo número de Anãos sem carga, armados do modo mais completo, e no meio a grande

EXTRATO DO *CONTO PERDIDO* DO NAUGLAFRING

companhia dos que traziam o erário de Glómund, além de muitos belos objetos que haviam obtido nos paços de Tinwelint; e atrás destes estava Naugladur e ele montava o cavalo de Tinwelint e semelhava um estranho vulto, pois as pernas dos Anãos são curtas e curvas, mas dois Anãos conduziam esse cavalo, pois ele não avançava de bom grado e estava carregado de pilhagem. Mas atrás desses vinha uma massa de homens armados com pouquíssima carga; e nessa disposição buscaram atravessar o Sarn Athrad em seu dia de sina.

Era manhã quando chegaram à margem mais próxima, e o meio-dia os encontrou ainda atravessando em filas extensas, vadeando devagar pelos trechos rasos do rio de correnteza veloz. Ali ele se alargava e descia por canais estreitos cheios de rochas, entre longos bancos de seixos e pedras menores. Então Naugladur apeou de seu cavalo carregado e se aprestou para atravessar, pois a hoste armada da vanguarda já escalara a margem oposta, e esta era grande e íngreme e apinhada de árvores, e alguns dos portadores do ouro já pisavam nela e alguns estavam em meio à correnteza, mas os homens armados da retaguarda repousavam um pouco.

De súbito todo aquele lugar se encheu do som de trompas élficas, e uma [? berrou] com clangor mais nítido acima das demais, e era a trompa de Beren, o caçador das matas. O ar então ficou denso com as esbeltas setas dos Eldar que não erram, nem o vento as sopra para o lado, e eis que de cada árvore e rochedo saltam de súbito os Elfos pardos e os verdes, e disparam sem cessar das aljavas cheias. Então houve pânico e barulho na hoste de Naugladur, e os que vadeavam no vau lançaram as cargas douradas às águas e buscaram, temerosos, alcançar alguma das margens, mas muitos foram atingidos por aqueles dardos implacáveis e caíram, junto com seu ouro, nas correntezas do Aros, manchando as águas límpidas com seu sangue escuro.

Então os guerreiros da margem oposta foram [? enleados] em batalha e, reagrupando-se, tentaram acometer os inimigos, mas estes fugiam ágeis diante deles, enquanto que [? outros] ainda derramavam neles o granizo de flechas, e assim os Eldar pouco se feriam, e a gente dos Anãos caía morta sem cessar. Foi então o grande combate do Vau Pedregoso [...] junto a Naugladur, pois apesar de Naugladur e seus capitães conduzirem seus bandos intrepidamente, jamais conseguiam dominar o inimigo, e a morte caiu como chuva sobre suas fileiras, até a maior parte se desgarrar e fugir, e com isso um ruído de límpido riso ecoou desde os Elfos, e se abstiveram de disparar mais, pois os vultos disformes dos Anãos ao fugirem, de barbas brancas arrebatadas pelo vento, os enchiam de alegria. Mas então Naugladur estava de pé, e poucos ao seu redor, e ele recordou as palavras de Gwendelin[12], pois eis que Beren chegou até ele, e lançou fora o arco e sacou uma espada reluzente; e Beren tinha grande estatura entre os Eldar, mesmo que sem a amplidão e largura de Naugladur dos Anãos.

Então disse Beren: "Guarda tua vida se puderes, ó assassino de pernas tortas, do contrário a tomarei", e Naugladur ofereceu-lhe até o Nauglafring, o colar assombroso, para que lhe permitisse sair ileso, mas Beren disse: "Não, esse ainda posso tomar quando estiveres abatido", e com isso avançou sozinho contra Naugladur e seus companheiros e, quando matou o mais avançado deles, os demais fugiram em meio ao riso dos Elfos, e assim Beren chegou junto a Naugladur, matador de Tinwelint. Então o velho se defendeu com denodo e foi uma luta amarga, e muitos dos Elfos que assistiam dedilhavam as cordas dos arcos, por amor e temor pelo capitão, mas Beren mesmo enquanto combatia exclamou que mantivessem as mãos quietas.

Ora, pouco diz o conto das feridas e dos golpes desse combate, exceto que Beren recebeu ali muitos ferimentos, e muitos dos seus golpes mais hábeis pouco dano causaram a Naugladur em virtude da [? arte] e magia de sua malha anânica; e

---

[12]Em um trecho anterior do conto, quando Naugladur preparava-se para deixar Menegroth, ele declarou que Gwendelin, rainha de Artanor (Melian), deveria acompanhá-lo a Nogrod, ao que ela retrucou: "Ladrão e assassino, filho de Melko, ainda és tolo, pois não consegues ver o que pende sobre tua própria cabeça." [N. E.]

dizem que por três horas combateram e os braços de Beren ficaram exaustos, mas não os de Naugladur, acostumado a brandir seu enorme martelo na forja, e é mais que provável que o resultado teria sido diverso não fosse pela maldição de Mîm; pois, notando o quanto Beren enfraquecia, Naugladur o acometeu cada vez de mais perto, e a arrogância que era parte daquele feitiço atroz lhe penetrou o coração, e pensou: "Hei de matar este Elfo, e sua gente fugirá amedrontada diante de mim", e agarrando a espada desferiu um poderoso golpe, exclamando: "Toma aqui tua ruína, ó rapazinho das matas!", e nesse momento seu pé deu de encontro a uma pedra pontiaguda e ele tropeçou para diante, mas Beren desviou do golpe e, enganchando-se na barba, sua mão encontrou a corrente de ouro, e com ela repentinamente derrubou Naugladur de rosto para baixo; a espada de Naugladur foi arrancada de seu punho, mas Beren a agarrou e o matou com ela, pois disse: "Não empanarei minha lâmina brilhante com teu sangue escuro, pois não é preciso." Mas o corpo de Naugladur foi lançado no Aros.

Então desprendeu o colar e o fitou assombrado — e contemplou a Silmaril, a mesma joia que conquistara em Angband, ganhando glória imorredoura com esse feito, e disse: "Nunca meus olhos te contemplaram, ó Lâmpada de Feéria, ardendo com metade da beleza de agora, engastada em ouro e gemas e a magia dos Anãos"; e mandou lavar o colar das suas manchas e não o lançou fora, nada sabendo do seu poder, mas o trouxe consigo de volta para as matas de Hithlum.

A este trecho de *O Conto do Nauglafring* correspondem apenas as poucas palavras do *Quenta* mencionadas no excerto citado na p. 299:

Nessa batalha [Sarn Athrad] os Elfos Verdes atacaram os Anãos de surpresa quando estes estavam no meio da travessia, carregados de butim; e os chefes anânicos foram mortos, assim como quase toda a sua hoste. Mas Beren tomou o Nauglamír, o Colar dos Anãos, do qual pendia a Silmaril [...]

Isso ilustra minha observação (p. 296) de que meu pai "trazia para uma breve história compendiosa o que também podia ver de forma muito mais detalhada, imediata e dramática".

Concluirei esta breve excursão ao *Conto Perdido* do Colar dos Anãos com mais uma citação, origem da história como é contada no *Quenta* (pp. 299–300) sobre as mortes de Beren e Lúthien e o assassinato de seu filho Dior. Inicio este excerto com as palavras trocadas por Beren e Gwendelin (Melian) quando Lúthien usou o Nauglafring pela primeira vez. Beren declarou que jamais ela parecera mais linda, mas Gwendelin disse: "No entanto, a Silmaril residiu na Coroa de Melko, e essa é obra de ferreiros deveras malignos."

Então, disse Tinúviel que não desejava objetos de valor nem pedras preciosas, mas sim o contentamento élfico da floresta e, para agradar a Gwendelin, ela o tirou do pescoço; mas Beren se desagradou disso e não permitiu que fosse lançado fora, mas o conservou em seu [? tesouro].

Depois Gwendelin morou na mata com eles por algum tempo e se curou [do pesar avassalador por Tinwelint]; e por fim retornou melancólica à terra de Lórien e nunca mais foi mencionada nos contos dos moradores da Terra; mas sobre Beren e Lúthien abateu-se depressa a sina da mortalidade que Mandos proferira quando os despachou de seus paços — e nisso talvez a maldição de Mîm tivesse [? potência], em fazê-la alcançá-los mais rapidamente; nem dessa vez os dois percorreram juntos a estrada, mas quando seu filho, Dior, o Belo, ainda era pequeno, Tinúviel minguou lentamente, bem como os Elfos de dias posteriores por todo o mundo, e desapareceu na floresta, e ninguém mais a viu dançando ali. Mas Beren a buscou, percorrendo todas as terras de Hithlum e de Artanor; e jamais um dos Elfos teve maior solidão que a dele, antes que ele também se apagasse da vida, e seu filho Dior foi deixado como soberano dos Elfos pardos e dos verdes e Senhor do Nauglafring.

Quem sabe seja verdade o que dizem todos os Elfos, que aqueles dois agora caçam na floresta de Oromë em Valinor, e

EXTRATO DO *CONTO PERDIDO* DO NAUGLAFRING

Tinúviel dança nos verdes relvados de Nessa e Vána, filhas dos Deuses, para sempre; porém foi grande o pesar dos Elfos quando os Guilwarthon desapareceram dentre eles e, visto que estavam sem líder e diminuídos na magia, seu número minguou; e muitos partiram para Gondolin, o rumor de cujo poder e glória crescentes corria em sussurros secretos entre todos os Elfos.

Dior, atingindo a idade adulta, reinava ainda sobre um povo numeroso e amava a floresta como Beren a amara; e a maior parte das canções o chamam Ausir, o Opulento, por possuir a maravilhosa gema engastada no Colar dos Anãos. Ora, os relatos de Beren e Tinúviel empanaram-se em seu coração e ele passou a usá-la ao pescoço e a apreciar intensamente sua graça, e a fama dessa joia espalhou-se como fogo por todas as regiões do Norte, e os Elfos diziam entre si: "Uma Silmaril arde nos bosques de Hisilómë."

O *Conto do Nauglafring* falava com maiores detalhes do ataque a Dior e sua morte nas mãos dos filhos de Fëanor, e este último dentre os *Contos Perdidos* que recebeu forma consecutiva termina com a fuga de Elwing:

Ela vagou na floresta, e alguns poucos dos Elfos pardos e dos verdes se uniram a ela e partiram para sempre das clareiras de Hithlum e rumaram para o sul, para as águas fundas do Sirion, e para as terras amenas.

E assim todos os destinos das fadas foram então entretecidos em um filamento, e esse filamento é o grande conto de Eärendel; e ao verdadeiro começo desse conto chegamos agora.

Seguem-se no *Quenta Noldorinwa* trechos que tratam da história de Gondolin e sua queda, e da história de Tuor, que se casou com Idril Celebrindal, filha de Turgon, rei de Gondolin; seu filho foi Eärendel, que escapou com eles da destruição da cidade e chegou às Fozes do Sirion. O *Quenta* continua, prosseguindo da fuga de Elwing, filha de Dior, de Doriath para as fozes do Sirion:

Junto ao Sirion cresceu um povo élfico, rebusca de Doriath e Gondolin, e se fez ao mar e construiu belos navios e habitou perto de suas margens e sob a sombra da mão de Ulmo [...]

Nesses dias Tuor sentiu a velhice insinuar-se nele e não pôde resistir ao anseio pelo mar que o possuía; portanto construiu o grande navio Eärámë, Ala de Águia, e com Idril zarpou para o ocaso e o Oeste e não fez mais parte de nenhum conto. Mas o luzente Eärendel tornou-se senhor do povo do Sirion e desposou a bela Elwing, filha de Dior, e ainda assim não conseguia repousar. Em seu coração havia dois pensamentos fundidos em um só: o anseio pelo amplo mar; e pensava navegar nele seguindo Tuor e Idril Celebrindal, que não retornavam, e pensava talvez encontrar a praia derradeira e levar, antes que morresse, uma mensagem aos Deuses e Elfos do Oeste que lhes comovesse os corações em compaixão com o mundo e os pesares da Humanidade.

Construiu Wingelot, mais belo dos navios das canções, a Flor-de-Espuma; eram brancos seus lenhos como a lua argêntea, eram dourados seus remos, eram de prata seus panos, seus mastros eram coroados de joias como estrelas. Em *A Balada de Eärendel* muita coisa se canta de suas aventuras nas profundezas e em terras inexploradas, e em muitos mares e muitas ilhas [...] Mas Elwing permanecia no lar, pesarosa.

Eärendel não encontrou Tuor, nem jamais chegou, nessa jornada, às praias de Valinor; e, por fim, foi impelido pelos ventos de volta para o Leste e, certa noite, chegou aos portos do Sirion, inesperado, sem boas-vindas, pois eles estavam desolados [...]

A moradia de Elwing na foz do Sirion, onde ela ainda possuía o Nauglamír e a gloriosa Silmaril, tornou-se conhecida dos filhos de Fëanor; e reuniram-se de suas vagueantes trilhas de caça.

EXTRATO DO *CONTO PERDIDO* DO NAUGLAFRING

Mas o povo do Sirion não entregou a joia que Beren conquistara e Lúthien usara e pela qual o belo Dior fora morto. E assim ocorreu a última e mais cruel matança de Elfos por Elfos, o terceiro pesar produzido pela jura amaldiçoada; pois os filhos de Fëanor se abateram sobre os exilados de Gondolin e o resquício de Doriath e, apesar de parte da sua gente se abster e alguns poucos se rebelarem e serem mortos no outro flanco auxiliando Elwing contra seus próprios senhores, ainda assim foram vitoriosos. Damrod foi morto e Díriel, e agora apenas Maidros e Maglor restavam dentre os Sete; mas o restante do povo de Gondolin foi destruído ou obrigado a partir e se juntar à gente de Maidros. E mesmo assim os filhos de Fëanor não obtiveram a Silmaril; pois Elwing lançou o Nauglamír ao mar, de onde não há de voltar antes do Fim; e ela própria saltou nas ondas e tomou a forma de uma branca ave marinha e partiu em voo, lamentando e buscando Eärendel por todas as costas do mundo.

Mas Maidros apiedou-se de seu filho Elrond e levou-o consigo e abrigou-o e sustentou-o, pois seu coração estava enfermo e cansado com a carga do medonho juramento.

Sabendo desses fatos, Eärendel foi dominado pelo pesar; e, mais uma vez, zarpou em busca de Elwing e de Valinor. E conta-se na Balada de Eärendel que ele chegou por fim às Ilhas Mágicas e por pouco escapou ao seu encantamento e reencontrou a Ilha Solitária e os Mares Sombrios e a Baía de Feéria nas margens do mundo. Ali aportou na praia imortal, o único dos Homens viventes, e seus pés subiram pela maravilhosa colina de Kôr; e andou nos caminhos desertos de Tûn, onde o pó em suas vestes e seus sapatos era pó de diamantes e gemas. Mas não se aventurou a entrar em Valinor.

Construiu uma torre nos Mares do Norte à qual todas as aves marinhas do mundo podiam às vezes se dirigir e lamentava sempre pela bela Elwing, esperando que voltasse para ele. E Wingelot foi erguido em suas asas e agora navegava mesmo nos ares em busca de Elwing; maravilhoso e mágico era esse navio, uma flor iluminada pelas estrelas no firmamento. Mas o Sol o chamuscou e a Lua o caçou no céu, e por longo tempo Eärendel vagou sobre a Terra, reluzindo como estrela fugitiva.

Aqui termina o conto de Eärendel e Elwing no *Quenta Noldorinwa* como foi originalmente composto; porém mais tarde uma reescrita deste último trecho alterou profundamente a ideia de que a Silmaril de Beren e Lúthien foi perdida para sempre no mar. O texto recomposto diz:

Ainda assim Maidros não obteve a Silmaril, pois Elwing, vendo que tudo estava perdido e que seus filhos Elros e Elrond foram feitos prisioneiros, esquivou-se da hoste de Maidros e com o Nauglamír sobre o peito lançou-se no mar e pereceu, como pensava a gente. Mas Ulmo a ergueu e em seu peito brilhava como estrela a luzidia Silmaril, enquanto ela voava sobre o mar movendo-se em estranho curso, uma chama pálida em asas de tempestade.

E canta-se que ela caiu do ar sobre os lenhos de Wingelot, desmaiada, quase à morte devido à urgência de sua celeridade, e Eärendel tomou-a no colo. E pela manhã, com olhos de assombro, ele contemplou a esposa em sua própria forma a seu lado, com os cabelos sobre a face dele e ela dormia.

Daqui em diante, o relato contado no *Quenta Noldorinwa*, em grande parte reescrito, alcançou essencialmente o de *O Silmarillion*, e terminarei a história deste livro com uma citação dessa obra.

A Estrela da Manhã e do Entardecer

Grande foi o pesar de Eärendil e Elwing pela ruína dos portos do Sirion e pelo cativeiro de seus filhos, e temiam que eles fossem mortos; mas não foi assim. Pois Maglor teve piedade de Elros e Elrond e os acalentou, e o amor cresceu entre eles, por mais que isso pareça impensável; mas o coração de Maglor estava enfermo e cansado com o fardo do terrível juramento.

Contudo, Eärendil não via mais esperança alguma nas regiões da Terra-média, e voltou-se de novo em desespero e não retornou para casa, mas pôs-se outra vez a buscar Valinor, com Elwing a seu lado. Postava-se amiúde então à proa de Vingilot, e a Silmaril estava atada à sua fronte; e sempre a sua luz se tornava maior enquanto eles rumavam para o Oeste. [...]

Então Eärendil, primeiro entre os Homens viventes, desembarcou nas costas imortais; e ali falou a Elwing e àqueles que estavam com ele, e esses eram três marinheiros que tinham navegado todos os mares a seu lado: Falathar, Erellont e Aerandir eram seus nomes. E Eärendil lhes disse: "Aqui ninguém além de mim há de por seus pés, para que a ira dos Valar não caia sobre vós. Mas esse perigo tomarei apenas sobre mim, sozinho, em favor das Duas Gentes."

Mas Elwing respondeu: "Então seriam nossos caminhos separados para sempre; mas todos os teus perigos tomarei sobre mim também." E ela saltou na espuma branca e correu na direção dele; mas Eärendil estava pesaroso, pois temia que a raiva dos Senhores do Oeste caísse sobre qualquer um vindo da Terra-média que ousasse passar pela divisa de Aman. E lá disseram adeus aos companheiros de sua viagem e foram apartados deles para sempre.

Então Eärendil disse a Elwing: "Espera-me aqui, pois um só pode trazer a mensagem que é meu fado portar." E ele subiu sozinho pela terra e chegou ao Calacirya, e o lugar pareceu-lhe vazio e silencioso; pois tal como Morgoth e Ungoliant chegaram em eras passadas, assim então Eärendil chegara num tempo de festival e quase todas as gentes élficas tinham ido para Valimar, ou haviam se reunido nos salões de Manwë no alto de Taniquetil, e poucos tinham ficado para guardar os muros de Tirion.

Mas alguns havia que o viram ao longe, e a grande luz que trazia; e foram com pressa a Valimar. Mas Eärendil escalou o monte verdejante de Túna e o encontrou desolado; e entrou nas ruas de Tirion, e elas estavam vazias; e seu coração pesava, pois ele temia que algum mal havia chegado até mesmo ao Reino Abençoado. Andou pelos caminhos desertos de Tirion, e a poeira em sua vestimenta e seus sapatos era uma poeira de diamantes, e ele brilhava e faiscava enquanto subia as longas escadas brancas. E chamava em voz alta em muitas línguas, tanto de Elfos quanto de Homens, mas não havia ninguém para responder. Portanto, virou-se enfim na direção do mar; mas, no momento em que tomou a estrada para a costa, alguém de pé no alto do monte chamou por ele numa grande voz, gritando:

"Salve, Eärendil, dos marinheiros o mais renomado, o esperado que de súbito vem, o ansiado que vem além da esperança! Salve, Eärendil, portador da luz antes do Sol e da Lua! Esplendor dos Filhos da Terra, estrela na escuridão, joia no ocaso, radiante na manhã!"

Essa voz era a voz de Eönwë, arauto de Manwë, e ele vinha de Valimar, e convocou Eärendil a ficar diante dos Poderes de Arda. E Eärendil entrou em Valinor e nos salões de Valimar e nunca mais pôs o pé sobre as terras dos Homens. Então os Valar reuniram-se em conselho e convocaram Ulmo das profundezas do mar; e Eärendil esteve diante de suas faces e entregou a mensagem das Duas Gentes. Perdão pediu pelos Noldor, e piedade por suas grandes tristezas, e misericórdia para Homens e Elfos, e socorro para sua necessidade. E sua prece foi atendida.

Conta-se entre os Elfos que, depois que Eärendil havia partido buscando Elwing, sua esposa, Mandos falou acerca de seu destino; e disse: "Haverá homem Mortal que pise vivente nas terras imortais e ainda assim viva?" Mas Ulmo disse: "Para isso ele nasceu e veio ao mundo. Dize-me pois: é ele Eärendil, filho de Tuor, da linhagem de Hador, ou o filho de Idril, filha de Turgon, da Casa-élfica de Finwë?" E Mandos respondeu: "Igualmente os Noldor, que por sua vontade foram para o exílio, não podem retornar para cá."

Mas, quando tudo foi dito, Manwë deu sua sentença e disse: "Nessa matéria o poder de julgamento me é dado. O perigo que ele enfrentou por amor às Duas Gentes não há de cair sobre Eärendil, nem há de cair sobre Elwing, sua esposa, que nesse perigo entrou por amor a ele; mas eles não hão de caminhar nunca mais entre Elfos ou Homens nas Terras de Fora. E este é meu decreto acerca deles: a Eärendil e a Elwing e a seus filhos há de ser dada permissão a cada um para que escolham livremente a qual gente seus destinos serão unidos e sob qual gente hão de ser julgados."

[Ora, quando Eärendil tinha partido havia muito, Elwing sentiu-se solitária e temerosa; mas enquanto perambulava pela beira do mar ele a encontrou.] Mas em pouco tempo foram convocados a Valimar; e lá o decreto do Mais Antigo dos Reis lhes foi declarado.

Então Eärendil disse a Elwing: "Escolhe tu, pois ora estou cansado do mundo." E Elwing escolheu ser julgada entre os Filhos Primogênitos de Ilúvatar, por causa de Lúthien e por ela

Eärendil escolheu o mesmo, embora seu coração estivesse mais com a gente dos Homens e com o povo de seu pai.

Então, por ordem dos Valar, Eönwë foi às costas de Aman, onde os companheiros de Eärendil ainda permaneciam, aguardando notícias; e ele tomou um barco e os três marinheiros foram colocados nele e os Valar os lançaram para o Leste com um grande vento. Mas eles tomaram Vingilot e o abençoaram e o carregaram através de Valinor até a borda última do mundo; e ali o navio passou pelo Portão da Noite e foi erguido até os oceanos do céu.

Então bela e maravilhosa se fez aquela nau, e estava cheia de uma chama ondeante, pura e brilhante; e Eärendil, o Marinheiro, sentava-se ao leme, faiscando com a poeira de gemas élficas, e a Silmaril ia atada sobre sua fronte. Em distantes jornadas partiu com aquele navio, até mesmo pelos vazios sem estrelas; mas amiúde era ele visto pela manhã ou ao anoitecer, iluminando a aurora ou o ocaso, conforme voltava a Valinor de viagens além dos confins do mundo.

Naquelas jornadas Elwing não ia, pois não podia aguentar o frio e os vazios sem caminhos e amava outrossim a terra e os ventos doces que sopram sobre mar e monte. Portanto, foi erigida para ela uma torre branca ao norte, nas fronteiras dos Mares Que Separam; e para ali por vezes todas as aves marinhas da Terra se dirigiam. E dizem que Elwing aprendeu as línguas das aves, ela que certa vez também usara a forma delas; e elas lhe ensinaram a arte do voo, e as asas dela eram brancas e cinza--prateadas. E por vezes, quando Eärendil, retornando, aproximava-se de novo de Arda, ela voava para encontrá-lo, tal como ela voara muito antes, quando foi resgatada do mar. Então os de vista aguçada entre os Elfos que habitavam a Ilha Solitária a viam como uma ave alva, brilhando, manchada de rosa no ocaso, conforme se alçava em júbilo para saudar a chegada de Vingilot ao porto.

Ora, quando pela primeira vez Vingilot foi colocado a navegar os mares do céu, ele ergueu-se imprevisto, faiscando e brilhante; e o povo da Terra-média o contemplou de longe e

admirou-se, e o tomaram por um sinal, e o chamaram de Gil-Estel, a Estrela da Alta Esperança. E quando essa nova estrela foi vista ao anoitecer, Maedhros falou a Maglor, seu irmão, e disse: "Certamente é uma Silmaril que ora brilha no Oeste?"

E sobre a partida final de Beren e Lúthien? Nas palavras do *Quenta Silmarillion*: Ninguém viu Beren e Lúthien deixarem o mundo nem observou onde seus corpos foram jazer por fim.

Apêndice

Revisões de
A Balada de Leithian

Entre as primeiras, talvez as primeiríssimas, tarefas literárias que atraíram meu pai após completar *O Senhor dos Anéis* estava um retorno à *Balada de Leithian*: não (nem é necessário dizer) para continuar a narrativa desde o ponto alcançado em 1931 (o ataque de Carcharoth contra Beren nos portões de Angband), e sim do começo do poema. A história textual da composição é muito complexa, e aqui nada mais precisa ser dito a esse respeito, exceto a observação de que, enquanto meu pai inicialmente parece ter embarcado em uma reescrita radical da *Balada* como um todo, o impulso logo arrefeceu, ou foi ultrapassado e se reduziu a trechos breves e esparsos. Dou aqui, no entanto, como exemplo substancial dos novos versos após um intervalo de um quarto de século, o trecho da *Balada* que trata da traição de Gorlim, o Infeliz, que levou à matança de Barahir, pai de Beren, e de todos os seus companheiros, exceto apenas pelo próprio Beren. Este é de longe o mais comprido dos novos trechos e — convenientemente — pode ser comparado com o texto original que foi dado nas pp. 88–102. Ver-se-á que Sauron (Thû), aqui expulso da "Ilha Gaurhoth", tomou o lugar de Morgoth; e que em qualidade de versos este é um poema novo.

Começo o novo texto com um trecho breve intitulado *Do Lago Aeluin, o Bem-Fadado*, que não tem equivalente na versão original: estes versos estão numerados 1-26.

  São tantos feitos de valores
  que os próprios seus perseguidores
  fogem sabendo que lá vêm.
  Sobre as cabeças prêmios têm
5 como de um rei caro resgate;
  não há a Morgoth quem relate
  notícias sobre seu covil;
  lá no planalto pardo, frio,
  sobre os atros pinheirais
10 de alto Dorthonion, glaciais
  ventos que vêm da serra fria,
  está um lago, azul de dia,
  à noite espelho de cristal
  pros astros de Elbereth que tal
15 trajeto fazem no Oeste.
  É bem-fadado, inconteste:
  de Morgoth a caterva toda
  evita-o; murmurante roda
  de bétulas de cinza-prata
20 envolve a margem, que arremata
  um vago brejo e secos ossos
  da antiga Terra sobem, grossos,
  atravessando a urze assim;
  é o ermo lago Aeluin —
25 o senhor e gente fiel
  moram em covas sob o céu.

De Gorlim, o infeliz

  Infeliz Gorlim, de Angrim filho,
  com eles lá seguia o trilho,

BEREN E LÚTHIEN

*Such deeds of daring there they wrought
that soon the hunters that them sought
at rumour of their coming fled.
Though price was set upon each head*
5 *to match the weregild of a king,
no soldier could to Morgoth bring
news even of their hidden lair;
for where the highland brown and bare
above the darkling pines arose*
10 *of steep Dorthonion to the snows
and barren mountain-winds, there lay
a tarn of water, blue by day,
by night a mirror of dark glass
for stars of Elbereth that pass*
15 *above the world into the West.
Once hallowed, still that place was blest:
no shadow of Morgoth, and no evil thing
yet thither came; a whispering ring
of slender birches silver-grey*
20 *stooped on its margin, round it lay
a lonely moor, and the bare bones
of ancient Earth like standing stones
thrust through the heather and the whin;
and there by houseless Aeluin*
25 *the hunted lord and faithful men
under the grey stones made their den.*

Of Gorlim unhappy

*Gorlim Unhappy, Angrim's son,
as the tale tells, of these was one,*

        desesperado. Desposou
30   enquanto a vida o abençoou
        a Eilinel, alva donzela:
        antes do mal, feliz com ela.
        Um dia volta da contenda:
        queimados campos e fazenda,
35   a casa nua, sem telhado,
        em meio ao bosque desfolhado;
        e Eilinel, alva Eilinel,
        levada longe foi, ao léu,
        à morte ou servidão vazia.
40   É negra a sombra desse dia
        no coração; a duvidar
        sempre está, a caminhar
        no ermo, ou na noite fria
        insone crê que ela haveria
45   ante ameaça ter fugido
        à mata: não ter perecido,
        e viva tornará ao horto
        para o buscar, crerá que é morto.
        Às vezes deixa o escaninho,
50   enfrenta a provação sozinho,
        e chega à noite à velha casa
        que é rota, fria, sem luz nem brasa,
        desgosto se renova então
        vigiando, esperando em vão.

55   Em vão — pior — pois espiões
        Morgoth os tem em legiões
        que enxergam na profunda treva;
        notícia dele alguém leva,
        relata. Chega enfim um dia
60   e Gorlim para lá se avia,
        vai pela trilha de capim
        no outono, chuva triste assim,
        vento que uiva. Eis janela

most fierce and hopeless. He to wife,
30   *while fair was the fortune of his life,*
took the white maiden Eilinel:
dear love they had ere evil fell.
To war he rode; from war returned
to find his fields and homestead burned,
35   *his house forsaken roofless stood,*
empty amid the leafless wood;
and Eilinel, white Eilinel,
was taken whither none could tell,
to death or thraldom far away.
40   *Black was the shadow of that day*
for ever on his heart, and doubt
still gnawed him as he went about,
in wilderness wandring, or at night
oft sleepless, thinking that she might
45   *ere evil came have timely fled*
into the woods: she was not dead,
she lived, she would return again
to seek him, and would deem him slain.
Therefore at whiles he left the lair,
50   *and secretly, alone, would peril dare,*
and come to his old house at night,
broken and cold, without fire or light,
and naught but grief renewed would gain,
watching and waiting there in vain.

55   *In vain, or worse — for many spies*
had Morgoth, many lurking eyes
well used to pierce the deepest dark;
and Gorlim's coming they would mark
and would report. There came a day
60   *when once more Gorlim crept that way,*
down the deserted weedy lane
at dusk of autumn sad with rain
and cold wind whining. Lo! a light

que à noite um clarão revela;
65   pasmado, a casa ele alcança
entre temor e esperança,
olha lá dentro. Eilinel!
Sua mudança foi cruel.
Por dor e fome atormentada,
70   em trapos vai, trança enleada,
olhos em lágrimas; assim
lamenta-se: "Gorlim, Gorlim!
Não podes ter-me abandonado.
Ai! certo foste trucidado!
75   Devo viver aqui tão só,
largada como o seco pó!"

    Ele exclama — e num momento
a luz se vai, noturno vento —
ululam lobos; sente no ombro
80   a infernal mão do assombro.
Servos de Morgoth o apanham
e atam, depois arrebanham
pra Sauron, capitão improbo,
senhor de espectro e homem-lobo,
85   o mais imundo que adora
Morgoth no trono. Ele mora
na Ilha Gaurhoth, mas já anda
com hoste, pois Morgoth comanda
que encontre Beren revoltoso.
90   Ao seu bivaque pavoroso
a turba a vítima arrasta.
Gorlim lá jaz, pena nefasta:
atados nuca, pé e mão,
sofre tortura atroz então;
95   prometem acabar co'a dor
se ele se torna traidor.
De Barahir nada revela,
a lealdade os lábios sela

at window fluttering in the night
65 *amazed he saw; and drawing near,*
between faint hope and sudden fear,
he looked within. 'Twas Eilinel!
Though changed she was, he knew her well.
With grief and hunger she was worn,
70 *her tresses tangled, raiment torn;*
her gentle eyes with tears were dim,
as soft she wept: 'Gorlim, Gorlim!
Thou canst not have forsaken me.
Then slain, alas! thou slain must be!
75 *And I must linger cold, alone,*
and loveless as a barren stone!'

One cry he gave — and then the light
blew out, and in the wind of night
wolves howled; and on his shoulder fell
80 *suddenly the griping hands of hell.*
There Morgoth's servants fast him caught
and he was cruelly bound, and brought
to Sauron captain of the host,
the lord of werewolf and of ghost,
85 *most foul and fell of all who knelt*
at Morgoth's throne. In might he dwelt
on Gaurhoth Isle; but now had ridden
with strength abroad, by Morgoth bidden
to find the rebel Barahir.
90 *He sat in dark encampment near,*
and thither his butchers dragged their prey.
There now in anguish Gorlim lay:
with bond on neck, on hand and foot,
to bitter torment he was put,
95 *to break his will and him constrain*
to buy with treason end of pain.
But naught to them would he reveal
of Barahir, nor break the seal

e nada fala em confissão;
100 vem da tortura interrupção,
alguém se chega ao pelourinho,
se curva, então põe-se baixinho
de Eilinel a lhe falar.
    "Queres a vida abandonar,
105 se uma palavra soltos faz
a ela, a ti, e ireis em paz,
longe da guerra, aonde quiseres,
do Rei amigos? Que mais queres?"
E Gorlim, exausto de dor,
110 que quer rever o seu amor
(que cria estar em grão tormento,
de Sauron presa) o pensamento
acolhe, o afinco tem tropeço.
Meio querendo, meio avesso
115 o levam ao assento até
de Sauron. Fica ali em pé
diante da atra face fera.
Diz Sauron: "Ó mortal, espera!
Que ouço? Audácia tens tamanha
120 pra me envolver numa barganha?
Qual é teu preço?" Então Gorlim,
cabeça baixa, agror ruim,
faz lentamente seu clamor
ao implacável grão senhor
125 para partir, ver sob o céu
de novo a branca Eilinel,
com ela estar, cessar a guerra
contra o Rei, em qualquer terra.

    Ri Sauron, diz: "Servo, de fato!
130 Esse teu rogo é barato
pra tal deboche e traição!
Concedo-o já! Espero então:
Fala depressa a verdade!"

of faith that on his tongue was laid;
100 *until at last a pause was made,*
and one came softly to his stake,
a darkling form that stooped, and spake
to him of Eilinel his wife.
 'Wouldst thou,' he said, 'forsake thy life,
105 *who with few words might win release*
for her, and thee, and go in peace,
and dwell together far from war,
friends of the King? What wouldst thou more?'
And Gorlim, now long worn with pain,
110 *yearning to see his wife again*
(whom well he weened was also caught
in Sauron's net), allowed the thought
to grow, and faltered in his troth.
Then straight, half willing and half loath,
115 *they brought him to the seat of stone*
where Sauron sat. He stood alone
before that dark and dreadful face,
and Sauron said: 'Come, mortal base!
What do I hear? That thou wouldst dare
120 *to barter with me? Well, speak fair!*
What is thy price?' And Gorlim low
bowed down his head, and with great woe,
word on slow word, at last implored
that merciless and faithless lord
125 *that he might free depart, and might*
again find Eilinel the white,
and dwell with her, and cease from war
against the King. He craved no more.

 Then Sauron smiled, and said: 'Thou thrall!
130 *The price thou askest is but small*
for treachery and shame so great!
I grant it surely! Well, I wait:
Come! Speak now swiftly and speak true!'

Gorlim, hesita, e metade
135 recua; adversar não ousa
o olho de Sauron e a cousa
que começou deve acabar
do passo em falso até fechar:
ante as perguntas não ser mudo,
140 trair senhor, irmão e tudo,
cair por fim de rosto ao chão.

Sauron gargalha. "És poltrão,
verme servil! De pé, desgraça,
escuta! Bebe agora a taça
145 que para ti eu fiz mesclar!
És tolo: foi visão no ar
que fiz eu, Sauron, para ti,
cego de amor. Foi nada ali.
O espectro meu com quem casou?
150 Há tempos Eilinel finou,
dos vermes pasto, ao pó foi logo.
Porém concedo o teu rogo:
tu já vais ter com Eilinel,
ao leito dela, ao seu dossel,
155 sem sofrer guerra. Eis tua paga!

Arrastam Gorlim dessa plaga
à cruel morte, para pô-lo
por fim lançado em frio solo
onde Eilinel faz muito jaz
160 ceifada por algoz mordaz.
Já Gorlim vai-se em morte atroz
e se maldiz c'o fim da voz,
e Barahir é apanhado
por Morgoth em um laço armado;
165 desfeita foi por esse ardil
a sorte do ermo covil,
Lago Aeluin: a horda pilha
o abrigo e a secreta trilha.

> *Then Gorlim wavered, and he drew*
135 *half back; but Sauron's daunting eye*
there held him, and he dared not lie:
as he began, so must he wend
from first false step to faithless end:
he all must answer as he could,
140 *betray his lord and brotherhood,*
and cease, and fall upon his face.

> *Then Sauron laughed aloud. 'Thou base,*
thou cringing worm! Stand up,
and hear me! And now drink the cup
145 *that I have sweetly blent for thee!*
Thou fool: a phantom thou didst see
that I, I Sauron, made to snare
thy lovesick wits. Naught else was there.
Cold 'tis with Sauron's wraiths to wed!
150 *Thy Eilinel! She is long since dead,*
dead, food of worms less low than thou.
And yet thy boon I grant thee now:
to Eilinel thou soon shalt go,
and lie in her bed, no more to know
155 *of war — or manhood. Have thy pay!'*

> *And Gorlim then they dragged away,*
and cruelly slew him; and at last
in the dank mould his body cast,
where Eilinel long since had lain
160 *in the burned woods by butchers slain.*
> *Thus Gorlim died an evil death,*
and cursed himself with dying breath,
and Barahir at last was caught
in Morgoth's snare; for set at naught
165 *by treason was the ancient grace*
that guarded long that lonely place,
Tarn Aeluin: now all laid bare
were secret paths and hidden lair.

REVISÕES DE *A BALADA DE LEITHIAN*

De Beren, filho de Barahir, e sua fuga

  A nuvem negra vem do Norte;
170 vento de outono frio e forte
silva na urze; é triste assim
funérea água de Aeluin.
"Beren," diz Barahir, "meu filho,
ouviste a voz que o empecilho
175 de Gaurhoth vem nos combater,
quase não temos de comer.
A ti indica o sorteio:
ires sozinho, achares meio
que nos ajudem os que inda
180 nos alimentam; boa-vinda
dês às notícias. Por bondade,
retorna logo; da irmandade
poucos podemos nós poupar;
e Gorlim morto há de estar
185 ou se perdeu. Adeus, menino!"
Beren se vai, mas como um sino
na mente soa fala infeliz,
a última que o pai lhe diz.

  Por lodo e brejo, rio, ladeira
190 vaga: da gente vê fogueira
que Sauron segue; ouve grito
de Orque em caça, lobo aflito,
volta temendo seu açoite,
passa na mata toda a noite.
195 Pensa, do sono sob o jugo,
entrar em toca de texugo,
mas ouve (ou tem essa impressão):
passa por perto legião,
tinir de malha, escudo aos trancos,
200 subindo morros e barrancos.
Na treva afunda, mergulhado,
até que, tal qual afogado

Of Beren son of Barahir & his escape

   Dark from the North now blew the cloud;
170 *the winds of autumn cold and loud*
   hissed in the heather; sad and grey
   Aeluin's mournful water lay.
   'Son Beren', then said Barahir,
   'Thou knowst the rumour that we hear
175 *of strength from the Gaurhoth that is sent*
   against us; and our food nigh spent.
   On thee the lot falls by our law
   to go forth now alone to draw
   what help thou canst from the hidden few
180 *that feed us still, and what is new*
   to learn. Good fortune go with thee!
   In speed return, for grudgingly
   we spare thee from our brotherhood
   so small: and Gorlim in the wood
185 *is long astray or dead. Farewell!'*
   As Beren went, still like a knell
   resounded in his heart that word,
   the last of his father that he heard.

   Through moor and fen, by tree and briar
190 *he wandered far: he saw the fire*
   of Sauron's camp, he heard the howl
   of hunting Orc and wolf a-prowl,
   and turning back, for long the way,
   benighted in the forest lay.
195 *In weariness he then must sleep,*
   fain in a badger-hole to creep,
   and yet he heard (or dreamed it so)
   nearby a marching legion go
   with clink of mail and clash of shields
200 *up towards the stony mountain-fields.*
   He slipped then into darkness down,
   until, as man that waters drown

que sobe arfando, vê maneira
de alar no limo junto à beira
205 de lago em desbotada mata.
Os ramos seus o vento cata,
as folhas negras se agitam:
são aves negras que crocitam,
dos bicos deitam sangue a rodo.
210 Arrasta-se a sair do lodo
e verde trama; longe então
enxerga tênue avejão
a deslizar no triste lago.
De perto faz discurso aziago:
215 "Gorlim eu fui, sou só visão,
vontade rota, sem razão,
traidor traído. Anda a fugir!
Desperta, que és de Barahir,
corre! Pois Morgoth já aperta
220 teu pai pela garganta; é certa
reunião, trilha e covil."
Revela a armadilha vil
em que caiu e se consome,
pede perdão chorando, some
225 na treva. Beren já desperta
e salta então com ira certa,
toma espada e arco, aflito,
sai em carreira qual cabrito
pela charneca e rocha fria
230 antes que venha a luz do dia.
Chega no ocaso em Aeluin
ao sol poente, chama ruim;
o lago rubro está, sangrento,
a pedra e o lodo agourento.
235 Lá pelas bétulas se espalha
em fila corvo junto à gralha;
negro o bico e a carniça
sangrando a seus pés mortiça.
Um grasna: "Ah, chegaste tarde!"

*strives upwards gasping, it seemed to him
he rose through slime beside the brim*
205 *of sullen pool beneath dead trees.
Their livid boughs in a cold breeze
trembled, and all their black leaves stirred:
each leaf a black and croaking bird,
whose neb a gout of blood let fall.*
210 *He shuddered, struggling thence to crawl
through winding weeds, when far away
he saw a shadow faint and grey
gliding across the dreary lake.
Slowly it came, and softly spake:*
215 *'Gorlim I was, but now a wraith
of will defeated, broken faith,
traitor betrayed. Go! Stay not here!
Awaken, son of Barahir,
and haste! For Morgoth's fingers close*
220 *upon thy father's throat; he knows
your trysts, your paths, your secret lair.'
   Then he revealed the devil's snare
in which he fell, and failed; and last
begging forgiveness, wept, and passed*
225 *out into darkness. Beren woke,
leapt up as one by sudden stroke
with fire of anger filled. His bow
and sword he seized, and like the roe
hotfoot o'er rock and heath he sped*
230 *before the dawn. Ere day was dead
to Aeluin at last he came,
as the red sun westward sank in flame;
but Aeluin was red with blood,
red were the stones and trampled mud.*
235 *Black in the birches sat a-row
the raven and the carrion crow;
wet were their nebs, and dark the meat
that dripped beneath their griping feet.
One croaked: 'Ha, ha, he comes too late!'*

240 "Ah, ah!", respondem, "muito tarde!"
    Sepulta ali do pai os ossos,
na pressa, sob rochedos grossos;
não grava runa no remate
pra Barahir; três vezes bate
245 no topo, e três vezes clama
seu nome. "Tua morte", exclama,
"hei de vingar nem que a ventura
me leve a Angband, porta obscura."
Sem lágrimas se volta então,
250 ferido fundo o coração.
Sai para a noite, frio rochedo,
desamparado, só, sem medo.

    Arte sutil do caçador
não usa, encontra o contendor:
255 o inimigo, em seu orgulho,
ao Norte marcha com barulho
de trompas ao senhor da guerra;
é o pé que espezinha a terra.
No seu encalço com preparo
260 vai Beren feito cão no faro,
e junto a poço bem sombrio
de onde Rivil sai, o rio,
a Serech, os atoladores,
lá ele encontra os matadores.
265 Oculto ali numa colina,
sabe que não os extermina
só com seu arco, flecha, espada,
e vai por trilha rastejada
feito serpente na charneca.
270 Muitos lá jazem em soneca;
na relva cada capitão
bebe a passar de mão em mão
o que saqueou, ato infiel.
Um deles mostra um anel
275 e ri, exclama: "Aqui, meninos,

240   *'Ha, ha!' they answered, 'ha! too late!'*
     There Beren laid his father's bones
     in haste beneath a cairn of stones;
     no graven rune nor word he wrote
     o'er Barahir, but thrice he smote
245   *the topmost stone, and thrice aloud*
     he cried his name. 'Thy death', he vowed,
     'I will avenge. Yea, though my fate
     should lead at last to Angband's gate.'
     And then he turned, and did not weep:
250   *too dark his heart, the wound too deep.*
     Out into night, as cold as stone,
     loveless, friendless, he strode alone.

     Of hunter's lore he had no need
     the trail to find. With little heed
255   *his ruthless foe, secure and proud,*
     marched north away with blowing loud
     of brazen horns their lord to greet,
     trampling the earth with grinding feet.
     Behind them bold but wary went
260   *now Beren, swift as hound on scent,*
     until beside a darkling well,
     where Rivil rises from the fell
     down into Serech's reeds to flow,
     he found the slayers, found his foe.
265   *From hiding on the hillside near*
     he marked them all: though less than fear
     too many for his sword and bow
     to slay alone. Then, crawling low
     as snake in heath, he nearer crept.
270   *There many weary with marching slept,*
     but captains, sprawling on the grass,
     drank and from hand to hand let pass
     their booty, grudging each small thing
     raped from dead bodies. One a ring
275   *held up, and laughed: 'Now, mates,' he cried,*

o meu está entre os mais finos
que conquistamos pelo medo.
Fui eu que o arranquei do dedo
de Barahir, a quem matei,
280 esse velhaco. Ao que sei
ganhou dum élfico senhor,
pois fez serviço em seu favor.
Pouco serviu — 'tá morto e duro.
Anel de Elfo traz apuro,
285 mas guardo pelo ouro a praga
pra compensar a minha paga.
O velho Sauron quer o aro,
mas tem igual ou bem mais caro
guardado lá no seu tesouro:
290 quanto maior, mais pede ouro!
Vamos, rapazes, garantir:
vazia a mão de Barahir!"
Seta fatal remata o feito;
abate-o, golpe direito,
295 a flecha fura-lhe a garganta,
por terra cai, não se levanta.
     Qual cão lobeiro então salta
sobre eles Beren. Dois assalta
com a espada; o anel lá pega;
300 mata mais um; sai da refrega
com salto à sombra e se retira
ante o clamor de medo e ira
por traição e emboscada.
Partem qual lobos em manada,
305 uivam, praguejam, rangem dentes,
vão pela mata inclementes,
atiram setas, maços, molhos
em sombra ou folha ante seus olhos.
     Beren nasceu em hora azada:
310 da trompa ri, seta atirada;
é o mais veloz correndo a pé,
no morro e no charco até,

'here's mine! And I'll not be denied,
though few be like it in the land.
For I 'twas wrenched it from the hand
of that same Barahir I slew,
280 *the robber-knave. If tales be true,*
he had it of some elvish lord,
for the rogue-service of his sword.
No help it gave him — he's dead.
They're parlous, elvish rings, 'tis said;
285 *still for the gold I'll keep it, yea*
and so eke out my niggard pay.
Old Sauron bade me bring it back,
and yet, methinks, he has no lack
of weightier treasures in his hoard:
290 *the greater the greedier the lord!*
So mark ye, mates, ye all shall swear
the hand of Barahir was bare!'
And as he spoke an arrow sped
from tree behind, and forward dead
295 *choking he fell with barb in throat;*
with leering face the earth he smote.
    Forth then as wolfhound grim there leapt
Beren among them. Two he swept
aside with sword; caught up the ring;
300 *slew one who grasped him; with a spring*
back into shadow passed, and fled
before their yells of wrath and dread
of ambush in the valley rang.
Then after him like wolves they sprang,
305 *howling and cursing, gnashing teeth,*
hewing and bursting through the heath,
shooting wild arrows, sheaf on sheaf,
at trembling shade or shaken leaf.
    In fateful hour was Beren born:
310 *he laughed at dart and wailing horn;*
fleetest of foot of living men,
tireless on fell and light on fen,

        sábio qual Elfo, a mata passa
        trajando sua gris couraça
315 feita em Nogrod que é remota
        pelos Anãos em sua grota.

        Foi Beren sempre destemido:
        por resistente foi havido
        e fala a gente do seu nome
320 prevendo que depois renome
        mais do que áureo Hador faz,
        ou Barahir e Bregolas;
        mas sofre agora o pesar
        e desespero de lutar
325 por vida, graça, elogio,
        usando cada dia frio
        pra dar a Morgoth, passo a passo,
        vingança com ferrão de aço
        até a morte e fim da dor:
330 só das correntes tem pavor.
        Procura risco, segue a morte,
        assim escapa à própria sorte
        fazendo feitos de bravura
        dos quais a fama já traz cura
335 e nova fé a muita gente.
        Sussurram "Beren", vão em frente,
        afiam lâminas e logo
        em seus encontros junto ao fogo
        cantam de Dagmor, sua espada,
340 do arco, da sua emboscada
        no acampamento, morte ao chefe,
        como cercado usa blefe
        e escapa, que na noite fria,
        luar e névoa, ou de dia
345 à luz do sol vem renovado.
        Cantam do matador matado —
        é o Açougueiro Gorgol um —
        em Ladros luta, fogo em Drûn,

elf-wise in wood, he passed away,
defended by his hauberk grey,
315 *of dwarvish craft in Nogrod made,*
where hammers rang in cavern's shade.

As fearless Beren was renowned:
when men most hardy upon ground
were reckoned folk would speak his name,
320 *foretelling that his after-name*
would even golden Hador pass
or Barahir and Bregolas;
but sorrow now his heart had wrought
to fierce despair, no more he fought
325 *in hope of life or joy or praise,*
but seeking so to use his days
only that Morgoth deep should feel
the sting of his avenging steel,
ere death he found and end of pain:
330 *his only fear was thraldom's chain.*
Danger he sought and death pursued,
and thus escaped the doom he wooed,
and deeds of breathless daring wrought
alone, of which the rumour brought
335 *new hope to many a broken man.*
They whispered 'Beren', and began
in secret swords to whet, and soft
by shrouded hearths at evening oft
songs they would sing of Beren's bow,
340 *of Dagmor his sword: how he would go*
silent to camps and slay the chief,
or trapped in his hiding past belief
would slip away, and under night
by mist or moon, or by the light
345 *of open day would come again.*
Of hunters hunted, slayers slain
they sang, of Gorgol the Butcher hewn,
of ambush in Ladros, fire in Drûn,

de trinta mortos num combate,
350 lobo que qual filhote late,
do próprio Sauron mão ferida.
Cantam de um que assim revida
a Morgoth e à sua laia;
com ele só carvalho e faia,
355 sempre fiéis, bestas pequenas
de pelo, couro, asas, penas,
que sós habitam lá no ermo,
no monte, no deserto enfermo,
amigos do humano aflito.

360   Não tem bom fim quem é proscrito;
e Morgoth é um rei mais forte
do que em canção alguém reporte:
no mundo em toda nação
alcança a sombra de sua mão;
365 compensa seu revés depois:
pra cada morto envia dois.
Ceifa esperança e rebelião,
apaga o fogo e a canção,
destrói a mata, queima o lar
370 hoste de Orques longe a marchar.
  Quase se fecha o anel de aço
em Beren; seguem cada passo
os espiões; assim sitiado
e sem auxílio tem ao lado
375 a morte; está espavorido,
sabe que o fim é decidido
se lá do lar de Barahir,
terra querida, não fugir.
Sob pilha de rochedos grossos
380 desfazem-se os nobres ossos
abandonados de sua gente,
de Aeluin no juncal plangente.

  Noite de inverno: deixa o Norte
e parte, desafia a morte

>   of thirty in one battle dead,
> 350   of wolves that yelped like curs and fled,
>   yea, Sauron himself with wound in hand.
>   Thus one alone filled all that land
>   with fear and death for Morgoth's folk;
>   his comrades were the beech and oak
> 355   who failed him not, and wary things
>   with fur and fell and feathered wings
>   that silent wander, or dwell alone
>   in hill and wild and waste of stone
>   watched o'er his ways, his faithful friends.
>
> 360   Yet seldom well an outlaw ends;
>   and Morgoth was a king more strong
>   than all the world has since in song
>   recorded: dark athwart the land
>   reached out the shadow of his hand,
> 365   at each recoil returned again;
>   two more were sent for one foe slain.
>   New hope was cowed, all rebels killed;
>   quenched were the fires, the songs were stilled,
>   tree felled, hearth burned, and through the waste
> 370   marched the black host of Orcs in haste.
>   Almost they closed their ring of steel
>   round Beren; hard upon his heel
>   now trod their spies; within their hedge
>   of all aid shorn, upon the edge
> 375   of death at bay he stood aghast
>   and knew that he must die at last,
>   or flee the land of Barahir,
>   his land beloved. Beside the mere
>   beneath a heap of nameless stones
> 380   must crumble those once mighty bones,
>   forsaken by both son and kin,
>   bewailed by reeds of Aeluin.
>
>   In winter's night the houseless North
>   he left behind, and stealing forth

385 no cerco atroz; com passo leve
avança — sombra sobre a neve,
sopro de vento, foi-se então;
os restos de Dorthonion,
Aeluin, água a faiscar,
390 nunca mais há de contemplar.
Do arco a corda já não canta,
seta talhada não levanta,
e já não deita o crânio seu
sobre a charneca sob o céu.
395 Astros do Norte, o fogo prata
que Urze Ardente se relata
deixa pra trás, o que alumia
terra ignorada; faz sua via.

    Volta-se ao Sul e faz jornada
400 que é solitária e dilatada;
tem sempre à frente a se opor
Gorgorath, montes do terror.
Jamais pisou humana gente
a cordilheira inclemente,
405 nem escalou a sua borda
onde a visão se desacorda;
a face sul a pino, então,
é pico, rocha e paredão
e sombra ali na pedra nua
410 antes que houvesse sol e lua.
Na grota engano há nas raízes
e amargas águas infelizes,
em cova e vale atra magia;
mas muito longe todavia
415 a águia possa da altura
do píncaro que o céu fura
em brilho cinza embaixo vê-la
qual lustre d'água sob estrela,
Beleriand, Beleriand,
420 terra dos Elfos bela e grande.

385   *the leaguer of his watchful foe*
he passed — a shadow on the snow,
a swirl of wind, and he was gone,
the ruin of Dorthonion,
Tarn Aeluin and its water wan,
390   *never again to look upon.*
No more shall hidden bowstring sing,
no more his shaven arrows wing,
no more his hunted head shall lie
upon the heath beneath the sky.
395   *The Northern stars, whose silver fire*
of old Men named the Burning Briar,
were set behind his back, and shone
o'er land forsaken; he was gone.

    Southward he turned, and south away
400   *his long and lonely journey lay,*
while ever loomed before his path
the dreadful peaks of Gorgorath.
Never had foot of man most bold
yet trod those mountains steep and cold,
405   *nor climbed upon their sudden brink,*
whence, sickened, eyes must turn and shrink
to see their southward cliffs fall sheer
in rocky pinnacle and pier
down into shadows that were laid
410   *before the sun and moon were made.*
In valleys woven with deceit
and washed with waters bitter-sweet
dark magic lurked in gulf and glen;
but out away beyond the ken
415   *of mortal sight the eagle's eye*
from dizzy towers that pierced the sky
might grey and gleaming see afar,
as sheen on water under star,
Beleriand, Beleriand,
420   *the borders of the Elven-land.*

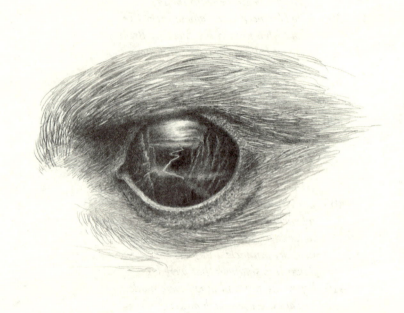

Lista de Nomes nos Textos Originais

Fiz esta lista de nomes (restrita a nomes que aparecem nos trechos dos escritos de meu pai), que obviamente não é um índice, tendo em mente dois objetivos.

Nenhum deles é essencial ao livro de alguma maneira. Em primeiro lugar, propõe-se a auxiliar um leitor que não consiga recordar, dentre a massa de nomes (e formas de nomes), a referência de algum que possa ser significante na narrativa. Em segundo lugar, certos nomes, especialmente os que ocorrem raramente ou apenas uma vez nos textos, são dados com uma explicação um pouco mais completa. Por exemplo, apesar de isto obviamente não ser significante no conto, ainda assim alguém pode querer saber por que os Eldar não tocavam em aranhas "por causa de Ungweliantë" (p. 38).

Aeluin Um lago no nordeste de Dorthonion onde Barahir e seus companheiros estabeleceram seu covil.
Aglon Uma estreita passagem entre Taur-na-Fuin e a Colina de Himring, defendida por filhos de Fëanor.
Ainur (singular *Ainu*) "Os Sacros": os Valar e os Maiar. [O nome *Maiar* foi uma introdução tardia de um conceito mais

antigo: "Com os grandes vieram muitos espíritos menores, seres de sua própria espécie, porém de menor poder" (como Melian).]

Aman   A Terra no Oeste além do Grande Mar em que habitavam os Valar ("o Reino Abençoado").

Anfauglith   "A Poeira Sufocante". Ver *Dor-na-Fauglith*, A Planície Sedenta.

Angainu   A grande corrente, feita pelo Vala Aulë, em que Morgoth foi aprisionado (posteriormente *Angainor*).

Angamandi   (plural) "Os Infernos de Ferro". Ver *Angband*.

Angband   A grande fortaleza-calabouço de Morgoth no noroeste da Terra-média.

Angrim   Pai de Gorlim, o Infeliz.

Angrod   Filho de Finrod (posteriormente Finarfin).

Arda   A Terra.

Artanor   "A Terra Além"; região mais tarde chamada Doriath, o reino de Tinwelint (Thingol).

Aryador   "Terra das Sombras", um nome de Hisilómë (Dor-lómin) entre os Homens. Ver *Hisilómë*.

Ascar   Rio em Ossiriand, renomeado *Rathlorion* "Leito D'Ouro" quando o tesouro de Doriath foi submerso nele.

Aulë   O grande Vala conhecido por Aulë, o Ferreiro; ele é "mestre de todos os ofícios" e "seu senhorio é sobre todas as substâncias das quais Arda é feita".

Ausir   Um nome de Dior.

Balada de Leithian, A   Ver p. 81.

Balrogs   [Nos *Contos Perdidos* os Balrogs são concebidos como existindo "às centenas". São chamados "demônios de poder"; usam armaduras de ferro e têm garras de aço e açoites de chama.]

Barahir   Um chefe dos Homens, pai de Beren.

Bauglir   "O Opressor", um nome de Morgoth entre os Noldor.

Beleg   Elfo de Doriath, grande arqueiro, chamado *Cúthalion* "Arcoforte"; companheiro próximo e amigo de Túrin Turambar, por quem foi morto tragicamente.

Belegost Uma das duas grandes cidades dos Anãos nas Montanhas Azuis.

Beleriand (nome anterior *Broseliand*) A grande região da Terra-média, em grande parte submersa e destruída ao fim da Primeira Era, estendendo-se das Montanhas Azuis a leste até as Montanhas de Sombra ao norte (ver *Montanhas de Ferro*) e as costas ocidentais.

Bëor Líder dos primeiros Homens a entrarem em Beleriand. Ver *Edain*.

Boldog Um capitão dos Orques.

Bregolas Irmão de Barahir.

Calacirya Um passo nas Montanhas de Valinor onde ficava a cidade dos Elfos.

Carcharoth Ver *Karkaras*.

Cavaleiros das Ondas O grupo dos Eldar chamado *Solosimpi*, mais tarde *Teleri*; a terceira e última hoste da Grande Jornada.

Celegorm Filho de Fëanor, chamado "o Alvo".

Cranthir Filho de Fëanor, chamado "o Moreno".

i-Cuilwarthon "Os Mortos que Vivem Outra Vez", Beren e Lúthien após seu retorno de Mandos; *Cuilwarthien*: A terra onde habitavam. (Forma posterior *Guilwarthon*.)

Cuiviénen A Água do Despertar: o lago da Terra-média onde os Elfos despertaram.

Cûm-nan-Arasaith O Morro da Avareza, erguido sobre os mortos em Menegroth.

Curufin Filho de Fëanor, chamado "o Matreiro".

Dagmor A espada de Beren.

Dairon Um menestrel de Artanor, contado entre "os três músicos mais mágicos dos Elfos"; originalmente irmão de Lúthien.

Damrod e Díriel Os filhos mais novos de Fëanor. (Nomes posteriores *Amrod* e *Amras*.)

Deuses Ver *Valar*.

Dior Filho de Beren e Lúthien; pai de Elwing, mãe de Elrond e Elros.

Doriath O nome posterior de Artanor, a grande região de florestas regida por Thingol (Tinwelint) e Melian (Gwendeling).

Dor-lómin Ver *Hisilómë*.

Dor-na-Fauglith A grande planície relvada de Ard-galen ao norte das Montanhas da Noite (*Dorthonion*) que foi transformada em deserto (Ver *Anfauglith, A Planície Sedenta*).

Dorthonion "Terra dos Pinheiros"; vasta região de pinheirais nos limites setentrionais de Beleriand; posteriormente chamada *Taur-na-Fuin*, "a Floresta sob a Noite".

Drûn Uma região ao norte do Lago Aeluin; não mencionada em outro lugar.

Draugluin Maior dos lobisomens de Thû (Sauron).

Eärámë "Ala de Águia", o navio de Tuor.

Eärendel (forma posterior *Eärendil*) Filho de Tuor e Idril, filha de Turgon, Rei de Gondolin; desposou Elwing.

Edain "O Segundo Povo", os Homens, mas usado principalmente acerca das três Casas dos Amigos-dos-Elfos que chegaram primeiro em Beleriand.

Egnor bo-Rimion "O caçador dos Elfos": pai de Beren, substituído por Barahir.

Egnor Filho de Finrod (posteriormente Finarfin).

Eilinel Esposa de Gorlim.

Elbereth "Rainha das Estrelas". Ver *Varda*.

Eldalië (O povo dos Elfos), os Eldar.

Eldar Os Elfos da Grande Jornada desde o lugar onde despertaram; às vezes usado em textos antigos significando todos os Elfos.

Elfinesse Um nome inclusivo para todas as terras dos Elfos.

Elfos da Floresta Elfos de Artanor.

Elfos Verdes Os Elfos de Ossiriand, chamados *Laiquendi*.

Elrond de Valfenda Filho de Elwing e Eärendel.

Elros Filho de Elwing e Eärendel; primeiro Rei de Númenor.

Elwing   Filha de Dior, desposou Eärendel, mãe de Elrond e Elros.

Eönwë   Arauto de Manwë.

Erchamion   "Uma-Mão", nome dado a Beren; outras formas: *Ermabwed, Elmavoitë*.

Esgalduin   Rio de Doriath, passando por Menegroth (os salões de Thingol) e confluindo com o Sirion.

Fëanor   Filho mais velho de Finwë; criador das Silmarils.

Felagund   Elfo noldorin, fundador de Nargothrond e amigo jurado de Barahir, pai de Beren. Sobre a relação entre os nomes *Felagund* e *Finrod*, ver p. 106.

Fingolfin   Segundo filho de Finwë; morto em combate singular com Morgoth.

Fingon   Filho mais velho de Fingolfin; rei dos Noldor após a morte de seu pai.

Finrod   Terceiro filho de Finwë. [Nome substituído por *Finarfin* quando *Finrod* se tornou o nome de seu filho, *Finrod Felagund*.]

Finwë   Líder da segunda hoste dos elfos, os Noldor (Noldoli), na Grande Jornada.

Foice dos Deuses   A constelação da Ursa Maior [que Varda pôs acima do Norte como ameaça a Morgoth e presságio de sua queda].

Gaurhoth   Os lobisomens de Thû (Sauron); *Ilha de Gaurhoth*, ver *Tol-in-Gaurhoth*.

Gelion   O grande rio de Beleriand Oriental alimentado por rios que fluem das Montanhas Azuis, na região de Ossiriand.

Gelo Pungente   *Helkaraxë*: o estreito no extremo norte entre a Terra-média e a Terra do Oeste.

Gilim   Um gigante, mencionado por Lúthien em seu encanto de "alongamento" cantado diante de seus cabelos (p. 51), desconhecido exceto pelo trecho correspondente em *A Balada de Leithian*, onde é chamado "o gigante de Eruman" [uma região da costa de Aman "onde as sombras eram as mais profundas e espessas do mundo"].

LISTA DE NOMES NOS TEXTOS ORIGINAIS

Gimli Um Elfo noldorin muito velho e cego, por muito tempo escravo cativo no baluarte de Tevildo, dono de extraordinário poder de audição. Ele não desempenha nenhum papel em *O Conto de Tinúviel*, nem em qualquer outro conto, e nunca reaparece.

Ginetes d'Ondas O grupo dos Eldar chamado *Solosimpi*, mais tarde *Teleri*; a terceira e última hoste da Grande Jornada.

Ginglith Rio que conflui com o Narog acima de Nargothrond.

Glómund, Glorund Nomes antigos de Glaurung, "Pai dos Dragões", o grande dragão de Morgoth.

Gnomos Tradução antiga de *Noldoli*, *Noldor* (ver p. 30).

Gondolin A cidade oculta fundada por Turgon, segundo filho de Fingolfin.

Gorgol, o Açougueiro Um Orque morto por Beren.

Gorgorath (Também *Gorgoroth*) As Montanhas de Terror; os precipícios em que Dorthonion decaía para o sul.

Gorlim Um dos companheiros de Barahir, pai de Beren; revelou seu esconderijo a Morgoth (posteriormente Sauron). Chamado *Gorlim, o Infeliz*.

Grande Mar do Oeste Belegaer, estendendo-se da Terra-média até Aman.

Grandes Terras As terras a leste do Grande Mar: Terra-média [um termo nunca usado nos *Contos Perdidos*].

Grond Arma de Morgoth, uma grande maça conhecida como Martelo do Mundo Subterrâneo.

Guilwarthon Ver *i-Cuilwarthon*.

Gwendeling Nome antigo de Melian.

Hador Grande chefe dos Homens, chamado "dos Cabelos-dourados", avô de Húrin, pai de Túrin e de Huor, pai de Tuor, pai de Eärendel.

Himling Grande colina no norte de Beleriand Oriental, baluarte dos filhos de Fëanor.

Hirilorn "Rainha das Árvores", uma grande faia perto de Menegroth (salões de Thingol); em seus ramos ficava a casa onde Lúthien foi aprisionada.

Hisilómë Hithlum. [Em uma lista de nomes do período dos *Contos Perdidos* está dito: "Dor-lómin, ou 'Terra das Sombras', era a região chamada pelos Eldar de Hisilómë (e isso significa 'crepúsculos sombreados') [...] e chama-se assim em virtude do escasso sol que espia sobre as Montanhas de Ferro a leste e ao sul."]

Hithlum Ver *Hisilómë*.

Huan O enorme cão lobeiro de Valinor, que se tornou amigo e salvador de Beren e Lúthien.

Húrin Pai de Túrin Turambar e Niënor.

Idril Chamada *Celebrindal* "Pé-de-Prata", filha de Turgon, rei de Gondolin; desposou Tuor, mãe de Eärendel.

Ilha do Mago Tol Sirion.

*Ilha Solitá*ria *Tol Eressëa*: uma grande ilha no Grande Mar perto da costa de Aman; a mais oriental das Terras Imortais, onde habitavam muitos Elfos.

Ilhas Mágicas Ilhas no Grande Mar.

Ilkorins, Ilkorindi Elfos que não eram de Kôr, cidade dos elfos em Aman (ver *Kôr*).

Indravangs (também *Indrafangs*) "Barbas Longas", os Anãos de Belegost.

Ingwil Rio que confluía com o Narog em Nargothrond (forma posterior *Ringwil*).

Ivárë Um renomado menestrel dos Elfos, "que toca junto ao mar".

Ivrin O lago ao pé das Montanhas de Sombra onde nascia o Narog.

Karkaras O enorme lobo que vigiava os portões de Angband (posteriormente *Carcharoth*); sua cauda é mencionada no "encanto de alongamento" de Lúthien; traduzido por "Presa-de-Punhal".

Kôr Cidade dos Elfos em Aman e a colina na qual foi construída; posteriormente a cidade tornou-se *Tûn*, e só a colina era *Kôr*. [Por fim, a cidade tornou-se *Tirion*, e a colina, *Túna*.]

Ladros Uma região a nordeste de Dorthonion.

Lórien Os Valar Mandos e Lórien eram ditos irmãos e chamados *Fanturi*: Mandos era *Néfantur* e Lórien era *Olofantur*. Nas palavras do *Quenta*, Lórien era o "fazedor de visões e sonhos, e seus jardins na terra dos Deuses eram os mais belos de todos os lugares do mundo e repletos de muitos espíritos de beleza e poder".

Mablung "Mão-Pesada", Elfo de Doriath, principal capitão de Thingol; presente à morte de Beren na caçada de Karkaras.

Maglor Segundo filho de Fëanor, celebrado cantor e menestrel.

Maiar Ver *Ainur*.

Maidros Filho mais velho de Fëanor, chamado "o Alto" (forma posterior *Maedhros*).

Mandos Um Vala de grande poder. Ele é o Juiz; e é o guardião das Casas dos Mortos e convocador dos espíritos dos abatidos [o *Quenta*]. Ver *Lórien*.

Manwë O principal e mais poderoso dos Valar, esposo de Varda.

Mares Sombrios Uma região do Grande Mar do Oeste.

Melian A Rainha de Artanor (Doriath), nome anterior *Gwendeling*; uma Maia que veio à Terra-média desde o reino do Vala Lórien.

Melko O grande Vala maligno, Morgoth (forma posterior *Melkor*).

Menegroth Ver *As Mil Cavernas*.

Miaulë Um gato, cozinheiro da cozinha de Tevildo.

Mil Cavernas   *Menegroth*: Os salões ocultos de Tinwelint (Thingol) à margem do rio Esgalduin, em Artanor.

Mîm Um Anão que se estabeleceu em Nargothrond após a partida do Dragão e impôs uma maldição ao tesouro.

Mindeb Um rio que confluía com o Sirion na região de Doriath.

Montanhas Azuis A grande cordilheira que forma os limites orientais de Beleriand.

Montanhas da Noite As grandes alturas (*Dorthonion*, "Terra dos Pinheiros") que passaram a se chamar *A Floresta da Noite* (*Taurfuin*, posteriormente *Taur-na-[-nu-]fuin*).

Montanhas de Ferro Também chamadas *Morros Amargos*. Uma grande cordilheira correspondente às *Ered Wethrin* posteriores, *as Montanhas de Sombra*, formando os limites sul e leste de Hisilómë (Hithlum). Ver *Hisilómë*.
Montanhas de Sombra, Montanhas Sombrias Ver *Montanhas de Ferro*.
Montanhas Sombrias, Montanhas de Sombra Ver *Montanhas de Ferro*.
Morros Amargos Ver *Montanhas de Ferro*.
Morros dos Caçadores (também *Descampado dos Caçadores*) Os planaltos a oeste do rio Narog.

Nan A única coisa que se sabe de Nan parece ser o nome de sua espada, *Glend*, mencionada no "encanto de alongamento" de Lúthien (ver *Gilim*).
Nan Dumgorthin "A terra dos ídolos sombrios" onde Huan encontrou Beren e Lúthien em sua fuga de Angband. No poema aliterante *Balada dos Filhos de Húrin* aparecem estes versos:
    em Nan Dungorthin   não têm nome os deuses,
    os templos têm   segredados em sombra,
    muito mais que Morgoth   ou eméritos senhores,
    os Deuses d'ouro   do Ocidente vigiado.
Nargothrond A grande cidade e fortaleza cavernosa fundada por Felagund à margem do rio Narog, em Beleriand Ocidental.
Narog Rio em Beleriand Ocidental. Ver *Nargothrond*. Muitas vezes usado no sentido de "reino", isto é, "de Nargothrond".
Naugladur Senhor dos Anões de Nogrod.
Nauglamír O Colar dos Anões em que foi engastada a Silmaril de Beren e Lúthien.
Nessa Irmã de Oromë e esposa de Tulkas. Ver *Valier*.
Nogrod Uma das duas grandes cidades dos Anões nas Montanhas Azuis.
Noldoli, posteriormente *Noldor* A segunda hoste dos Eldar na Grande Jornada, liderada por Finwë.

Oikeroi   Um feroz gato guerreiro a serviço de Tevildo, morto por Huan.
Orodreth   Irmão de Felagund; Rei de Nargothrond após a morte de Felagund.
Oromë   O Vala chamado Caçador; em seu cavalo, conduziu as hostes dos Eldar na Grande Jornada.
Ossiriand   "A Terra dos Sete Rios", Gelion e seus afluentes das Montanhas Azuis.

Palisor   A região das Grandes Terras onde os Elfos despertaram.
Planície Protegida   A grande planície entre os rios Narog e Teiglin, ao norte de Nargothrond.
Planície Sedenta   Ver *Dor-na-Fauglith*.
Porto dos Cisnes   Ver "Notas sobre os Dias Antigos", p. 23.

Rathlorion   Rio em Ossiriand. Ver *Ascar*.
Reino Abençoado   Ver *Aman*.
Ringil   A espada de Fingolfin.
Rivil   Rio que nascia no oeste de Dorthonion e se juntava ao Sirion nos pântanos de Serech, ao norte de Tol Sirion.

Sarn Athrad   O Vau das Pedras, onde o rio Ascar, em Ossiriand, era atravessado pela estrada que levava às cidades dos Anãos nas Montanhas Azuis.
Serech   Grandes pântanos onde o Rivil confluía com o Sirion. Ver *Rivil*.
Silmarils   As três grandes joias repletas da luz das Duas Árvores de Valinor, feitas por Fëanor. Ver pp. 33–4.
Silpion   A Árvore Branca de Valinor, de cujas flores caía um orvalho de luz prateada; também chamada *Telperion*.
Sirion   O grande rio de Beleriand, que nascia nas Montanhas de Sombra e corria rumo ao sul, dividindo Beleriand Oriental e Ocidental.
Sombra Mortal da Noite   Uma tradução de Taur-na-Fuin. Ver *Montanhas da Noite*.

Taniquetil   A mais alta Montanha de Aman, habitação de Manwë e Varda.

Taurfuin, Taur-na-fuin, (posteriormente *-nu-*)   A Floresta da Noite. Ver *Montanhas da Noite*.

Tavros   Nome gnômico do Vala Oromë: "Senhor das Florestas"; forma posterior *Tauros*.

Terras de Fora   A Terra-média.

Tevildo   O Príncipe dos Gatos, mais poderoso dos gatos, "possuído por um espírito maligno" (ver p. 46); um companheiro próximo de Morgoth.

Thangorodrim   As montanhas acima de Angband.

Thingol   Rei de Artanor (Doriath); nome anterior *Tinwelint*. [Seu nome era *Elwë*: foi líder da terceira hoste dos Eldar, os Teleri, na Grande Jornada, mas em Beleriand era conhecido por "Capa-gris" (o significado de *Thingol*).]

Thorondor   Rei das Águias.

Thû   O Necromante, maior dos servos de Morgoth, que habitava na torre de vigia élfica em Tol Sirion; nome posterior *Sauron*.

Thuringwethil   Nome adotado por Lúthien em forma de morcego diante de Morgoth.

Timbrenting   Nome em inglês antigo de Taniquetil.

Tinfang Trinado   Um famoso menestrel [*Tinfang* = quenya *timpinen* "flautista"].

Tinúviel   "Filha do Crepúsculo", rouxinol: nome dado a Lúthien por Beren.

Tinwelint   Rei de Artanor. Ver *Thingol*, o nome posterior.

Tirion   Cidade dos Elfos em Aman. Ver *Kôr*.

Tol-in-Gaurhoth   Ilha dos Lobisomens, o nome de Tol Sirion após sua captura por Morgoth.

Tol Sirion   A ilha no rio Sirion onde havia uma fortaleza élfica. Ver *Tol-in-Gaurhoth*.

Tulkas   O Vala descrito no *Quenta* como "o mais forte de todos os Deuses em corpo, e o maior em todos os feitos de valor e proeza".

Tuor   Primo de Túrin e pai de Eärendil.

Túrin   Filho de Húrin e Morwen; chamado *Turambar* "Senhor do Destino".

Uinen   Uma Maia (ver *Ainur*). "A Senhora do Mar", "cujos cabelos estão espalhados por toda as águas sob o céu"; mencionada no "encanto de alongamento" de Lúthien.
Ulmo   "Senhor das Águas", o grande Vala dos Mares.
Umboth-Muilin   Os *Alagados do Crepúsculo* onde Aros, o rio meridional de Doriath, confluía com o Sirion.
Umuiyan   Um velho gato, porteiro de Tevildo.
Ungweliantë   A monstruosa aranha que habitava em Eruman (ver *Gilim*) e que, com Morgoth, destruiu as Duas Árvores de Valinor (forma posterior *Ungoliant*).
Urze Ardente   A constelação da Grande Ursa.

Valar   (singular *Vala*) "Os Poderes": em textos antigos são referidos como *Deuses*. São os grandes seres que entraram no Mundo no início do Tempo. [No *Conto Perdido da Música dos Ainur*, Eriol disse: "Aprazer-me-ia saber quem são esses Valar; são eles os Deuses?" Recebeu esta resposta: "Isso são, porém a seu respeito os Homens contam muitas histórias estranhas e deturpadas que estão longe da verdade, e por muitos estranhos nomes os chamam que não ouvirás aqui."]
Valier   (singular *Valië*) As "Rainhas dos Valar"; neste livro só se mencionam Varda, Vána e Nessa.
Valinor   A terra dos Valar em Aman.
Valmar, *Valimar*   Cidade dos Valar em Valinor.
Vána   Esposa de Oromë. Ver *Valier*.
Varda   Maior das Valier; esposa de Manwë; fazedora das estrelas [daí seu nome *Elbereth*, "Rainha das Estrelas"].
Vëannë   A contadora de *O Conto de Tinúviel*.

Wingelot   "Flor-de-Espuma", o navio de Eärendel.

Glossário

Este glossário contém palavras (incluindo formas e significados de palavras que diferem do uso moderno) que me pareceram que poderiam causar alguma dificuldade. Obviamente que o conteúdo de uma lista como esta não pode ser sistemático, derivado de algum padrão externo.

an se
bent lugar aberto coberto de grama
bid ofereceu
chase lugar de caça
clomb antigo pretérito de *climb* [subir, escalar]
corse cadáver, corpo
croft pequeno pedaço de terra
drouth seca, secura
entreat tratar [uso moderno]
envermined repleto de criaturas nocivas. [Essa palavra parece não estar registrada de outra forma.]
fell pele, couro
flittermouse morcego

GLOSSÁRIO

forhungered   faminto
frith   mata
frore   gelado
glamour   magia, encantamento
haggard   (de colinas) selvagens
haply   talvez
hem and hedge   encerrar e cercar
howe   colina tumular
inane   vazio
lave   lavar
leeches   médicos
let   impedir, deter; *their going let* [impedir sua passagem]
like   agradar; *doth it like thee?* [agradou-te?]
limber   flexível, ágil
march   região fronteiriça
neb   bico
nesh   macio, tenro
opes   abre
parlous   perigoso
pled   antigo pretérito de *plead* [rogar, suplicar]
quook   antigo pretérito de *quake* [tremer, estremecer]
rede   conselho
rove   pretérito de *rive* [rasgar, fender]
ruel-bone   marfim
runagate   desertor, renegado
scullion   ajudante de cozinha
shores   escora
sigaldry   feitiçaria
slot   rastro de um animal
spoor   o mesmo que *slot*
sprite   espírito
sylphine   da natureza de uma sílfide (um espírito que habita o ar). [Esse adjetivo não é registrado.]
swath   sulco, rastro (espaço deixado após a passagem de ceifador)
tarn   um pequeno lago de montanha

thews   força física
thrall   um servo, pessoa que se encontra em servidão
trammeled   barrado, impedido
unkempt   desgrenhado
viol   um instrumento de corda tocado com um arco
weft   tecido
weird   sina, fado, destino
weregild   (inglês antigo) o preço posto em um homem de acordo com sua posição
whin   urze
wolfhame   pele de lobo
woof   tecido
would   desejava, queria

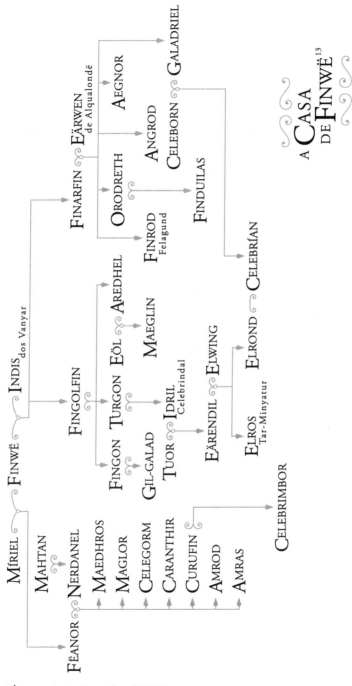

[13] À época de *O Silmarillion*. [N. T.]

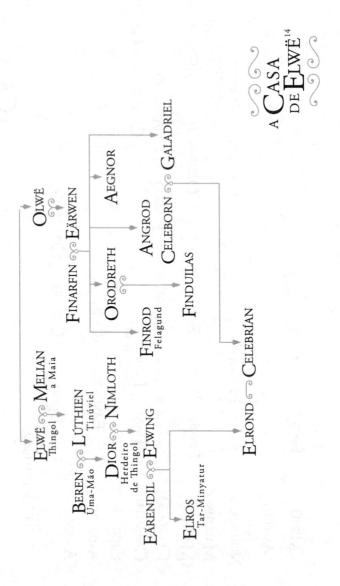

[14] À época de *O Silmarillion*. [N. T.]

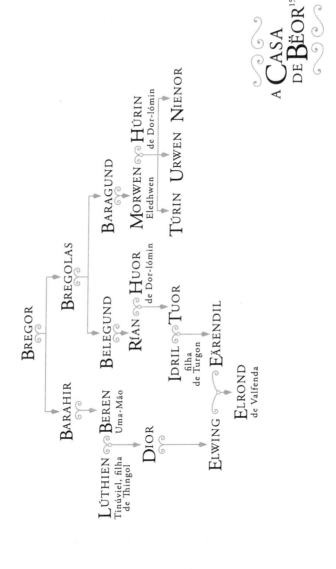

[15] À época de *O Silmarillion*. [N. T.]

Este livro foi impresso em 2024, pela Ipsis,
para a HarperCollins Brasil. A fonte usada
no miolo é Garamond corpo 11.
O papel do miolo é pólen natural 80 g/m².